Fantastic Oriental Heroes
劍神
검신

검신 7

청산 新무협 판타지 소설

초판 1쇄 찍은 날 § 2004년 6월 7일
초판 1쇄 펴낸 날 § 2004년 6월 17일

지은이 § 청산
펴낸이 § 서경석

편집장 § 문혜영
편집 § 장상수 · 서지현
마케팅 § 정필 · 강양원 · 이선구 · 김규진 · 홍현경

펴낸곳 § 도서출판 청어람
등록번호 § 제1081-1-89호
등록일자 § 1999. 5. 31
어람번호 § 제2-0386호

주소 § 경기도 부천시 원미구 심곡1동 350-1 남성B/D 3F (우) 420-011
전화 § 032-656-4452 팩스 § 032-656-4453
http://www.chungeoram.com
E-mail § eoram99@chollian.net

ⓒ 청산, 2003

ISBN 89-5831-141-X 04810
ISBN 89-5505-930-2 (SET)

청산 新무협 판타지 소설

7

천하대역전(天下大逆轉)

■ 제61장

배후는 누구인가?

1

두두두―!

사천성 천자산의 준령을 넘어가는 한 필의 준마는 흡사 바람처럼 빨랐다. 말은 다소 마른 체격이었지만 등에 두 남녀를 태우고도 발굽에는 힘이 넘쳤다.

환유성은 자신도 주체할 수 없는 분노에 휩싸여 있었다. 태양천주의 죽음이 자신에게 이렇듯 커다란 충격과 혼란을 가져다 주리라고는 그로서도 상상치 못한 일이었다.

자신의 모친이 산적들에 의해 겁간을 당한 상황을 목격한 이후 이토록 그를 분노케 한 것은 없었다. 그의 의지와 관계없이 그의 피는 무섭게 들끓어 올랐다.

벽소군이 타고 다니던 말도 잘 달리는 준마였지만 소추의 주력에는 비할 수가 없어 그녀는 자신의 말을 버리고 소추를 택해 함께 타고 가는 중이었다.

그녀는 환유성의 등에 바싹 붙어 앉은 채 그믐밤 같은 절망감에 젖어 있었다.

"이럴 수는 없어… 이럴 수는 없어."

그녀가 실성한 듯 뇌까리자 환유성이 씹어뱉듯이 물었다.

"영호찬 그놈이 왜 태양천주를 암습한 거야? 대체 왜?"

"몰라요… 소녀도 모르겠어요."

"녀석이 아무리 막사검을 지녔더라도 어떻게 천하제일의 태양천주를 죽일 수 있다는 거지? 녀석의 무공 조예는 내가 잘 알아. 그동안 아무리 수련을 쌓았다 해도 태양천주의 일초지적도 될 수 없는 놈이야. 소군이 잘못 들은 건 아니야?"

벽소군은 그의 등에 얼굴을 비비며 다시 눈물을 흘렸다.

"아… 지금 소녀의 머리는 터질 것만 같아요. 아무것도 생각할 수 없어요. 태양천주의 타계를 도저히 믿을 수가 없어요. 이건 악몽입니다."

"그래, 미리 생각할 필요 없어. 우리 눈으로 직접 확인하면 되는 일이니까."

환유성은 처음으로 소추를 혹사하듯 다그쳤다.

"굼벵아, 달려— 어서 달리란 말이야!"

두 사람을 태우고 하룻밤에 이천여 리를 달려온 소추는 허연 거품을 입에 물면서도 사력을 다해 달려갔다. 한혈보마답게 소추의 전신에서 흐르는 땀이 피처럼 붉다.

아미산까지는 아직도 천 리는 더 달려가야 했다. 그들이 막 천자산의 높은 준령을 넘어설 때였다.

두두두두─!

산자락을 타고 이어진 넓은 관도를 따라 질주하는 엄청난 수효의 기마대가 눈에 들어왔다. 봄 가뭄으로 메마른 대지 위로 자욱한 흙먼지가 피어오른다.

삼천에 달하는 기마대는 자파를 상징하는 기치를 높이 쳐든 채 노도처럼 달려가고 있었다. 펄럭이는 깃발에 씌어진 커다란 글씨는 ‘風’이었다. 삼천 기마대는 바로 새황사천왕의 하나인 적풍사의 전사들이었다.

벽소군은 퍼뜩 정신을 차리며 현실을 직시했다.

“적풍사예요!”

“알아.”

“방향을 틀어요. 우회해 가는 편이 좋겠어요.”

“싫어.”

환유성은 잘라 말하고는 적풍사 기마대 후미 쪽을 향해 그대로 소추를 몰아갔다.

벽소군은 그의 허리를 꼭 끌어안으며 차분하게 말했다.

“환랑, 지금 당신의 심정 이해해요. 하지만 감정에 치우쳐 쓸데없는 싸움은 벌이지 말아요. 제발 부탁이에요.”

“언제는 중원을 위해 싸워달라면서?”

“이건 정당한 대결이 아니에요. 당신은 이미 중원의 대표적 고수예요. 게다가 난주성 밖에서 적풍사 전사들을 몰살한 적이 있어 적풍사

무리들은 당신이라면 이를 갈고 있을 거예요. 당신이 적수도 되지 않는 하급 전사들을 상대로 또 한 번 살겁을 벌이면 오히려 새황인들의 공분만 사게 됩니다.”

“이미 늦었어.”

환유성이 기마대의 후미로 바싹 다가서자 적풍사 전사들 일부가 좌우로 흩어지며 말머리를 돌렸다. 그들은 창검과 화살을 손에 쥐며 외쳤다.

“웬 놈이냐?”

“멈춰라!”

“우리는 새황 최강의 적풍사다!”

환유성은 거두절미하고 반검부터 뽑아 들었다.

“비켜!”

그가 일검을 내려치자 눈부신 섬광과 함께 엄청난 검기가 지표를 타고 뻗어 나갔다.

촤아악!

지표를 가르는 검기가 삼십여 장이나 뻗어 나가면서 적풍사 기마대는 칼에 베인 수박처럼 좌우로 갈라졌다. 미처 피하지 못한 말과 전사들 몇이 죽었지만 환유성이 검기에 사정을 두어서 커다란 살상은 펼쳐지지 않았다.

두두두—!

소추는 좌우로 갈라진 기마대 사이로 거침없이 뛰어들었다.

환유성과 대적한 경험이 있는 적풍사 전사들이 그를 알아보고는 아우성을 치며 외쳐 댔다.

"형제들을 몰살시킨 그놈이다!"

"반검무적 환유성이란 대살성이다!"

"죽여라!"

좌우에서 전사들이 쏘아대는 화살이 우박처럼 쏟아져 내렸다. 수백 발의 화살은 흡사 들판을 습격하는 메뚜기 떼처럼 두 사람의 머리 위를 새까맣게 뒤덮었다.

환유성은 머리 위로 반검을 크게 휘둘렀다.

"만상탄무벽(萬象彈武壁)!"

무수한 검형이 피어오르며 그들의 몸 주변으로 두터운 검막을 형성했다. 소추의 주파 능력이 워낙 뛰어나 화살의 대부분은 땅바닥에 박혔고, 일부는 방패와 같은 검막에 부딪치며 모두 튕겨져 나갔다.

환유성은 왼손을 세워 재차 만상백변식을 전개했다.

"꺼져!"

만상백변식은 도검과 같은 병기를 통해 전개하지 않아도 그 위력은 무궁무진하다. 그의 손이 수검이 되어 강기를 펼쳐 내자 수백 개의 손 그림자가 사위로 폭발하였다.

"아악!"

"억!"

접근하던 전사 백여 명이 수검에 적중되며 대번에 튕겨져 나갔다.

이 순간 허공 저편에서 싸늘한 섬광이 날아들었다.

"이놈―!"

츄리리릭―

호선을 그리며 뻗어오는 섬광은 검붉은색을 띤 쇠사슬이었다. 적풍사의 총호법인 가패륵의 십장철삭이었다. 새황십대고수의 일 인답게 내리 꽂히는 십장철삭의 영향력은 반경 십 장 이내를 뒤덮고도 남았다.

환유성은 반검을 휘둘러 절세적 쾌검으로 십장철삭을 후려쳤다.

"가랏!"

잇단 금속성과 함께 십장철삭은 높이 튕겨져 올랐다.

몸을 팽그르르 돌리며 십장철삭을 회수한 가패륵은 쇠사슬을 통해 전해지는 충격에 속이 뒤집혔다. 난주성 밖에서 그와 겨루었을 때보다 훨씬 강한 충격을 받은 것이다.

'으윽! 놈이 더 강해졌군.'

그는 감히 근접할 엄두를 내지 못하고 허공을 빙글빙글 돌아 바닥에 내려서며 외쳤다.

"화살로 저지하라!"

적풍사 전사들은 좌우로 물러선 채 제각기 활시위를 당겼다. 잔뜩 당겨진 활시위가 일제히 튕겨졌다.

피피피핑―!

삼천 발의 화살이 꼬리를 물고 이어지며 기마대 사이를 가로지르는 소추를 향해 날아들었다. 어마어마한 화살세례에 태양조차 빛을 잃었다.

"아아!"

벽소군은 새까맣게 쏟아지는 화살세례에 정신이 아득해졌다. 그녀 역시 만상요결의 일부를 터득해 절세고수로 성장했지만 이렇듯 무지막지한 공세는 처음 대하는 일이었다.

"조심해, 소군!"

환유성은 달리는 와중에 그대로 치솟아올랐다. 공중으로 치솟은 그는 팽그르르 회전하며 반검을 휘둘렀다.

"만상비류섬!"

찬란한 광휘와 함께 무수한 검형이 비산되며 화살 속으로 파고들었다. 활짝 펼쳐진 부챗살처럼 뻗어 나가는 검형은 수백 줄기의 광선으로 흩어졌다.

퍼퍼펑—!

연이은 폭음 속에 하늘을 뒤덮던 화살세례가 씻은 듯이 사라졌다.

가패륵과 적풍사 전사들은 너무도 엄청난 무공에 놀라 입을 딱 벌린 채 멍하니 바라보기만 했다. 그들로서는 일찍이 본 적이 없는 신기였다.

환유성이 몸을 말아 회전하며 서서히 내려서자 소추가 방향을 틀어 급선회하며 환유성의 발 밑으로 달려왔다. 소추의 영특한 움직임 덕분에 환유성은 무난히 안장 위에 내려앉을 수 있었다.

벽소군은 경탄과 두려움에 몸을 떨며 그의 허리를 와락 끌어안았다.

"당신… 그동안 엄청난 고수가 되었군요?"

"소군이 원하는 대로 몇 놈밖에 죽이지 않았어."

"고마워요, 환랑. 어서 가요."

벽소군은 그의 등에 바싹 기대며 다정한 미소를 지었다.

"소녀의 뜻을 받아주다니 감격할 따름이에요. 당신에게 이런 면이 있는 줄 몰랐어요."

그러자 환유성이 잔뜩 짜증 섞인 어조로 말을 받았다.

"당신 내 아내 맞아? 그게 남편에게 할 소리야?"

2

산서성 중산왕부 주변은 수천 개의 군막으로 포진돼 있었다. 왕부의 삼만 근위병들은 곳곳마다 화톳불을 밝히며 물샐틈없는 경비를 서고 있었다.

매화가 지고 나면 목련이 핀다.

중산왕이 거처하는 곤녕전의 뜰은 목련꽃의 진한 향기가 취할 듯 퍼져 있었다. 백조가 유유히 헤엄치는 연못가 정자에서 한참 연회가 베풀어지고 있었다.

"허허헛……!"

"감축드리오이다, 전하."

"모두가 전하의 홍복이외다."

웃음소리와 더불어 축사를 올리는 사람들의 음성이 다투듯 들려온다.

중산왕은 상석에 앉아 주변 성을 관장하는 태수와 성주, 군장들의 하례를 받고 있었다. 산서성 일대의 군병들은 대다수 중산왕부에 투항한 상태였다.

머리에 옥관을 쓰고 용포를 갖춰 입은 중산왕은 이미 황제라도 된 듯 기쁨에 들떠 있었다.

"하핫, 단목휘가 죽었다니 이 어찌 하늘의 뜻이 아니겠느냐? 그자는 황제로부터 호국공이란 관작을 받았지만, 실은 무림을 등에 업고 천하를 어지럽힌 역적에 불과한 자였다. 그자는 스스로 무림왕으로 행세하며 무림계를 도탄에 빠뜨린 악적이다. 게다가 지난번에는 본좌를 찾아와 협박까지 했으니, 이는 천하에 다시없을 불경이었다. 이런 자가 죽었다니 하늘이 우리의 거사를 위해 앞길을 활짝 열어주신 것이나 진배없는 일이다."

중산왕은 금잔을 높이 쳐들었다.

"견융 국왕 찰리합은 본좌를 위한 충성심으로 만 리 길을 마다 않고 달려오고 있다. 이미 북방의 성 열일곱 곳이 무너졌다. 본좌는 견융의 십만 기병과 합류하는 즉시 황도로 친림해 혼군(昏君)과 난신적자(亂臣賊子)들을 엄벌할 것이다. 이로써 대명의 국권은 튼튼해지고 만백성은 새로운 세상 속에서 풍요롭게 지내게 될 것이다!"

중산왕부에 충성을 맹세한 군신들은 일제히 잔을 치켜들며 건배를 했다.

"중산 폐하 만세!"

"대명을 밝히소서, 폐하!"

"천세의 성군이 되소서, 폐하!"

중산왕 옆에서 이를 지켜보던 화옥군주 주화령의 입가에 양귀비꽃 같은 미소가 피어오른다.

'호호. 용의 승천! 이제 곧 아버님께서 대륙의 주인이 되신다!'

연회는 늦은 밤이 되어서야 끝났다.

군신들의 계속된 권주에 얼큰히 취한 중산왕은 옥좌에 비스듬히 기대앉은 채 유쾌한 감흥에 젖어 있었다. 그는 팔걸이를 툭툭 치며 지난

십 년의 세월을 회상하였다.

지난날 태양천주라는 걸출한 영웅이 그의 거사를 방해하지 않았다면 그는 이미 대륙의 황제가 되었을 것이다.

장자가 아니라는 이유 하나만으로 황제로서의 위엄과 통솔력을 지닌 그가 한갓 왕으로 지내야 한다는 것은 순리가 아니었다. 누구보다 강력한 군주가 될 자격이 있는 그에게 있어 황제가 되지 못한 한은 참을 수 없는 분노였다.

"허허, 그다지 기대는 하지 않았건만 태양천주를 죽이다니……."

그는 혼자 남아 자신의 곁을 지키고 있는 딸을 가까이 불러들였다.

"이리 오너라, 령아야."

"예, 아버님."

주화령이 다가서자 중산왕은 그녀를 감싸 안으며 등을 다독여 주었다.

"애썼다. 이 모두 네 공이니 아비는 네게 얼마나 고마워해야 할지 모르겠구나. 아비의 야망 때문에 어린 네게 혹독한 수련을 거치게 했으니, 사실 아비로서는 몹쓸 짓을 하였어."

주화령은 부친의 넓은 가슴에 안기며 힘있는 어조로 말을 받았다.

"아니옵니다, 아버님. 소녀가 스스로 선택한 길입니다. 소녀가 인성을 상실하는 마녀가 될지라도 아버님께서 뜻을 이루실 수 있다면 백 번 그리했을 겁니다."

"대견한 것. 이 아비의 치세가 끝나게 된다면 천하는 네 것이 될 것이다. 넌 명실상부한 대륙의 여제(女帝)가 되어 만세의 영화를 누릴 수 있어."

"망극하옵니다, 아버님."

"오냐, 넌 나의 딸이기에 앞서 나의 분신이다."

중산왕은 주화령의 볼을 어루만져 주고는 몸을 일으켰다. 그는 난간을 짚고 서며 연못을 응시했다.

"암인!"

나직한 외침이 터지기 무섭게 수면 위로 검은 그림자가 유령처럼 내려섰다. 물 위에 떠 있으면서도 전혀 위태로워 보이지 않는 복면인은 바로 혈야회주인 백병사도였다.

"네 공이 크다. 약속대로 널 무림왕에 봉해주겠다."

백병사도의 삭막한 눈에 은은한 야욕이 배어 나왔다.

"망극하옵니다, 왕야."

"황도가 함락 때까지 본좌를 보좌한 후 무림을 접수할 채비를 갖추어라."

"존명!"

암인으로 호명되는 백병사도는 고개를 조아리기 무섭게 모습을 감추었다.

중산왕은 뒷짐을 진 채 정자에서 내려섰다. 그는 딸과 함께 흰 대리석 석판이 깔려 있는 산책로를 걸었다. 다시 생각해도 너무 유쾌한 듯 그는 만면 가득 미소를 띠며 물었다.

"령아야, 대체 어떤 방법을 쓴 것이냐? 암인의 말로는 단목휘는 무도를 익혀 어떤 살수도 접근할 수 없다던데?"

"맞습니다. 가슴에 살심을 품고서는 절대 태양천주를 죽일 수 없지요."

주화령은 요사한 미소를 머금으며 자신이 꾸며왔던 술수를 털어놓았다.

"사실 이번의 압습은 소녀를 능멸한 환가 놈 덕분이라 할 수 있습니다. 소녀는 천마혈경을 수련하던 중 우연히 영호찬이란 인간 사냥꾼을 만나게 되었습니다. 목에 은자가 걸린 현상범이나 추적하는 천한 무사였죠. 한데 놈이 환유성과 같은 요동 출신이며 가까운 사이라는 사실을 알게 되면서 한 가지 계책을 떠올리게 되었습니다. 영호찬을 이용해 환가 놈을 죽이는 차도살인지계(借刀殺人之計)였죠. 놈을 친구의 칼에 죽게 만든다면 얼마나 통쾌한 복수이겠습니까?"

중산왕은 흥미로운 표정을 지으며 고개를 끄덕였다.

"흐음, 기발한 생각이다마는 놈을 어떻게 설득시킬 수 있었느냐?"

"소녀는 천마혈경을 탐독하던 중 사람의 심령을 조종할 수 있는 비법을 하나 터득하게 되었습니다. 대법을 걸 자에게 서른 가지 약재와 소녀의 피를 섞어 만든 약을 복용시킨 후 백일 동안 최면 의식을 거치는 것입니다. 혈연심마대법(血緣心魔大法)이라는 마교비전의 사술 중 하나죠."

그녀는 스스로의 자부심에 취해 쾌활하게 말을 이었다.

"이 대법에 당한 자는 한 가지를 제외하고는 예전과 똑같아 전혀 변함이 없습니다. 소녀의 강력한 주문만 잠재의식에 남아 있게 되는 거죠. 누군가를 죽이라는 지시를 하달해도 살심은 전혀 드러나지 않습니다. 죽여야 될 자를 만나 기습을 펼칠 때 비로소 살기를 발출하기 때문에 태양천주도 당할 수밖에 없었을 겁니다."

"호오, 그런 수법이 있었단 말이냐?"

중산왕이 탄성을 발하자 주화령의 눈에 은은한 핏빛 기운이 감돌았다.

"본래는 영호찬을 통해 환가 놈을 죽이려 했는데 아버님께서 태양천주에 대해 심적 부담을 크게 갖고 계셔서 잠시 보류해 두었습니다. 유사시 태양천주를 암습하는 데 써먹을 수 있도록 암인에게 지시해 두었던 것입니다."

"대단하구나! 본좌의 딸이 지혜마저 이렇듯 뛰어날 줄은 생각도 못 했어."

"과찬이십니다, 아버님. 사실 소녀 역시 영호찬이 이렇듯 완벽하게 암습을 성공시킬 줄은 미처 예상치 못했습니다. 어쨌거나 환가 놈을 죽일 칼로 태양천주를 죽였으니 이는 모두 하늘의 뜻이 아니겠습니까?"

중산왕은 밤하늘을 올려다보며 호탕한 웃음을 터뜨렸다.

"암, 그렇고말고. 그래서 진인사대천명(盡人事待天命)이 아니겠느냐? 사람의 꾀가 아무리 깊어도 하늘이 돕지 않으면 성공할 수 없는 법이다. 네 말대로 이건 천명이야, 천명! 허허헛!"

"이제 아버님께서 두려워하실 자는 없습니다. 호호호!"

천하를 삼킬 야망을 품은 두 부녀의 웃음소리는 허공에서 교합하며 어두운 하늘을 더욱 짙게 만들었다.

3

아미산은 전체가 죽음의 늪으로 빠져든 듯 침잠하기만 했다.

상복을 갖춘 자는 모두 상복으로 갈아입었고, 미처 구하지 못한 자는 애도를 표하는 견장을 차고 상장(喪章)을 가슴에 달았다.

태양천주의 죽음은 무림계에 있어 국상(國喪)과도 같은 대사건이라 태양천 제자들은 물론이며 아미산에 운집한 군웅들은 극도의 비탄과 상심에 빠져 전의마저 상실했다. 태양이 사라진 하늘을 만난 듯 모두가 절망감에 젖고 말았다.

태양천주의 부고가 비합전서를 통해 황실로 전해지자 금상황은 그만 혼절하고 말았다.

어렵사리 모집한 십만 황군을 이끌고 견융국과 중산왕을 대적할 호국공의 타계는 황도의 성곽이 무너지는 것보다 더한 충격이었던 것이다. 결사항전을 주장하던 중신들은 새파랗게 질린 채 입을 다물어야 했다.

더욱 엄청난 타격은 황도를 수호하기 위해 달려오던 각 성의 군장들이 일제히 군마를 멈추었다는 데 있었다.

갑자기 황실이 무력화되자 군장들은 중산왕의 눈치를 살피게 된 것이다. 세상의 주인이 바뀌게 되면 하루아침에 그들도 역적으로 몰려 구족이 몰살될 수 있는 중요한 시국이기 때문이다.

태양이 내려앉은 공포는 아미산에도 찾아왔다.

두려움에 젖은 일부의 군웅들은 슬그머니 진영을 떠나갔고, 남아 있는 군웅들마저 눈치를 살피며 이탈을 꾀하고 있었다.

태양천주의 유해는 이미 태양천을 향해 이송되고 있었다.

넋이 빠진 단목비연은 태양천주의 유해가 안치된 관 옆을 떠날 줄 몰라 함께 보내졌다. 두 명의 전주가 오백 정예를 이끌고 경호를 맡았고, 더불어 실성한 일월도성을 치료하기 위해 보타 성니도 동행했다.

태양천주를 비롯한 우내삼성과 칠천에 달한 막강한 백도연합의 전력이 한순간에 절반으로 축소되었다. 전의마저 상실한 상태에서 새황 무림과의 대결은 아무리 사력을 다한다 해도 역부족일 수밖에 없었던 것이다.

강무영은 제단에 올려진 태양천주의 위패 앞에서 나흘째 물 한 모금 입에 대지 않고 부복해 있었다. 그의 시선은 제단 아래 놓여진 막사검에 꽂혀 있었다.

막사검은 수천 명을 베도 피 한 방울 묻지 않는 절세적 신검이다. 한데 검신의 일부에 피가 스며들어 검푸르게 얼룩져 있었다. 그 피는 천하제일의 의혈(義血)이라 할 수 있는 태양천주의 피였다.

"사부님……."

강무영의 입술은 허옇게 메말라 여기저기 터져 있었다. 눈은 퀭하니 들어갔고 낯빛은 석회를 바른 듯 창백했다. 이제는 눈물도 메말라 흘러나오지 않았다.

그 뒤로는 무아 성승이 목탁을 치며 불경을 외웠고, 태청성검이 묵주를 돌리며 도경을 읊조렸다.

그들은 태양천주의 최후를 직접 목격했기에 군웅들보다 더한 비감에 젖어 있었다. 수십 년을 수행해 온 부동지심도 이 순간만큼은 그들을 지켜주지 못했다.

이때 제단이 마련된 전각 밖에서 한바탕 소란이 일어났다.

"만박옥혜가 왔다!"

"오! 저자가 바로 반검무적이란 말인가?"

"극검마왕과 대결하고도 용케 살아 있었군."

"한데 본래부터 얼굴에 저렇듯 깊은 검상이 있었소?"

전각으로 향하는 보도 좌우로 가득 운집한 군웅들은 전각을 향해 걸어가는 환유성과 벽소군을 바라보며 연신 수군거렸다. 벽소군은 서둘러 전각 위로 뛰어올라 갔지만 환유성은 산보를 나온 사람처럼 느릿느릿 걸음을 옮겼다.

그는 자신을 보고 수군거리는 군웅들을 향해 천천히 시선을 돌렸다. 나른해 보이는 반개한 눈빛이었지만 군웅들은 가슴이 철렁 내려앉아 입을 다물어야 했다.

군웅들에게 있어 그의 존재는 영웅이 아니라 살성이었다. 가는 곳마다 피와 죽음, 대결을 몰고 다니는 그는 사신(死神)과도 같은 공포적 존재였던 것이다.

전각 안에 마련된 제단으로 들어서자 진한 향 냄새가 코를 찌른다.

벽소군은 강무영 옆에 부복한 채 애절한 울음을 터뜨리고 있었다. 태양천주는 그녀에게 있어 의부(義父)와도 같았기에 그녀의 비통함은 이루 말할 수 없었다.

"흑흑… 천주, 어찌 이렇게 가실 수가 있습니까? 어찌……."

태양천주의 죽음이 확실시되는 위패를 대하는 순간 그녀는 다시금 절망감에 젖어 고개를 떨구며 구슬픈 통곡을 했다.

환유성은 그녀 뒤에 선 채 제단 위에 세워진 위패를 응시했다.

　호국무공의천무제태양천주단목휘신위(護國武公義天武帝太陽天主檀木輝神位).

　위패에 새겨진 태양천주의 별호와 성명이 한 자 한 자 그의 눈에 새겨진다. 십수 년 동안 귀가 따갑도록 들어온 절대자가 위패 속에 잠들어 있다.

　만일 태양천주라는 존재가 없었다면 그의 검이 이토록 강해질 수 없었을 것이다. 그로 하여금 검신의 길을 걷게 만든 사람이 태양천주였다. 천하제일검인 태양천주의 비무는 그가 추구하는 마지막 단계였던 것이다.

　한데 이제 그의 꿈은 사라지고 말았다.

　위패를 바라보는 그는 고인에 대한 애도보다 분노가 더 깊었다. 자신의 꿈을 깨버린 태양천주의 죽음이 그의 혈관을 들끓게 만들었다. 그의 주먹이 절로 불끈 쥐어졌다.

　무아 성승과 태청성검은 물끄러미 그를 올려다보며 한마디씩 했다.

　"아미타불… 조문을 왔으며 의당 예를 갖추고 절을 올려야 하지 않겠나?"

　"무량수불… 자네의 명성은 익히 들었네만 천주의 위패가 모셔진 영전이 아닌가? 어서 예를 갖추게."

　환유성은 쌍성에게 시선을 돌리며 삭막한 어조로 응수했다.

　"난 그런 거 모르오."

　안색이 싹 변한 쌍성이 벌떡 일어섰다.

"허어… 이런 무례한 자를 보았나!"

"네 이놈! 어찌 태양천주의 제단을 능멸하는 것이냐!"

놀란 벽소군이 쌍성을 향해 부복하며 읍소했다.

"고정하십시오, 두 분 노선배님. 소녀의 낭군이 결코 천주의 영전을 무시해서가 아닙니다. 너무 큰 충격을 받아서이니 제발 무례를 용서해 주십시오."

상주인 강무영까지 나서 쌍성을 만류했다.

"심기를 가라앉히십시오, 쌍성 노선배님."

그는 환유성을 향해 포권의 예를 취했다.

"환 형, 미리 영접치 못해 송구하오. 이왕 문상을 오셨으니 술이라도 한잔 올리시지요."

"……."

환유성이 주저하자 벽소군이 그의 손을 이끌었다.

"그렇게 하세요, 환랑. 비록 대면은 못했지만 천주께서는 누구보다 환랑을 높이 평가하고 재주를 아끼셨습니다. 환랑도 천주와의 만남을 손꼽아 기다렸잖아요?"

"알았어."

환유성은 제단 앞으로 다가서며 향을 사르고 술을 한 잔 올렸다. 하지만 그는 깊이 읍을 할 뿐 절은 올리지 않았다.

태청성검은 엄숙한 제단 앞이라 화를 낼 수도 없기에 길게 탄식을 했다.

"허어, 차라리 문상을 오지 말지 이게 무슨 망동인가! 내 분함을 참을 수 없구먼."

환유성은 그의 책망은 무시한 채 강무영에게 물었다.

"영호찬은 죽었소?"

"뇌옥에 감금돼 있소. 배후를 캐려 했지만 어떤 고문에도 입을 열지 않고 있소."

"내가 만나보겠소."

환유성은 곧바로 제단을 나섰다.

"아미타불……."

무아 성승은 그늘진 안색으로 불호를 외우며 노기를 가라앉혔지만 태청성검은 벽소군을 매섭게 질책했다.

"네가 정녕 쌍뇌천기자 어른의 제자란 말이더냐? 모두들 너를 천하제일의 재녀로 인정하거늘 어찌하여 저런 무뢰한과 연분을 맺었단 말이냐! 이 자리가 어떤 자리인데 저리도 오만불손할 수 있단 말이냐! 저토록 오만하고 무례한 자는 본 적이 없다. 내 저자의 검이 얼마나 강한지 한번 겨뤄봐야겠구나!"

벽소군은 너무도 부끄러워 몸둘 바를 몰랐다.

"송구하옵니다, 성검 노선배님. 배움이 부족해 예를 잘 모를 뿐이지 심성이 사악하거나 오만해서가 아닙니다. 소녀의 부군은 소녀와 함께 삼천 리 길을 달려오는 내내 천주의 타계를 누구보다 가슴 아파했습니다."

사태가 악화되자 강무영이 옆에서 거들었다.

"노선배님, 벽 소저의 말은 사실입니다. 소생도 처음 반검무적을 대하고 무척 당황했지만 그의 심성은 대쪽처럼 곧습니다. 소문에 의하면 중산왕을 친견하는 자리에서도 절을 올리지 않았다 합니다. 아마 황제

앞에서도 몸을 굽히지 않을 겁니다. 그가 사부님의 영전 앞에서 절을 올리지 않은 건 결코 사부님을 무시해서가 아니니 노여움을 거두십시오.”

비교적 수양이 깊은 무아 성승이 태청성검의 소매를 잡아끌어 앉혔다.

“성검, 상주인 소천주의 입장도 있고 하니 좌정하게나. 세상에는 저렇게 사는 사람도 있는 법일세.”

“허어, 아무리 그래도 그렇지.”

태청성검은 연신 혀를 차며 애써 분통을 눌러 참았다.

벽소군은 쌍성 앞에 부복하며 정중히 배례를 올렸다.

“소녀 벽소군이 쌍성 노선배님께 인사 올립니다. 소녀가 낭군을 설득해 사죄하도록 하겠습니다.”

태청성검은 외면하며 돌아앉았다.

“노부는 그런 자의 사과를 받고 싶지도 않다. 문상을 끝냈으면 너도 나가거라.”

“송구하옵니다.”

벽소군은 다시 한 번 고개를 조아리고는 몸을 일으켰다.

그녀가 제단을 향해 읍을 올리고는 물러서자 강무영이 쌍성에게 아뢰었다.

“소생은 잠시 벽 소저와 얘기를 나누고 오겠습니다.”

무아 성승이 쾌히 승낙했다.

“그러게나. 영전은 노납과 성검이 지킬 테니 이 참에 잠시 쉬게. 중원의 운명을 걸머멘 소천주이니 몸이 상해서는 안 되네.”

노기를 가라앉힌 태청성검도 한마디 했다.

"만박옥혜가 영특하다면 작금의 위기에 대한 방책이 있을 거네. 내 잠시 분노를 참지 못해 그 아이를 내쳤지만 그 아이가 무슨 잘못이 있겠나? 머리를 맞대고 깊이 숙의해 보도록 하게."

"명심하겠습니다."

강무영은 전각을 나서 돌 계단 위에서 그를 기다리고 있는 벽소군에게 다가섰다.

벽소군은 그의 손을 쥐며 깊은 애도를 표했다.

"소천주, 얼마나 상심이 크셨습니까. 천주께서 타계하시다니요. 소녀는 아직도 믿을 수가 없습니다. 대체 어찌 된 연유인지 알아야겠습니다."

강무영은 그녀가 다른 사내의 여인임을 의식해 슬며시 손을 뺐다.

"벽 소저가 와주기만을 학수고대하고 있었소. 중원을 책임져야 할 막중한 책무를 맡은 와중에 사부님마저 운명하셔서 내가 무엇을 어떻게 해야 할지 모르겠소. 너무도 혼란스럽기만 하오. 벽 소저가 아니면 상의할 사람이 없소."

"알겠습니다, 소천주. 얼굴이 너무 상하셨어요. 뭐라도 좀 드셔야죠. 이제 소천주의 몸은 개인의 것이 아닙니다. 천주를 여읜 상심이 아무리 크더라도 마음을 모질게 먹고 천주의 높은 뜻을 계승해야 합니다. 소녀가 도울 일이 있다면 혼신의 힘을 다해 돕겠습니다."

"고맙소. 벽 소저를 대하니 머리가 맑아지고 절로 가슴이 편안해지는구려."

강무영이 오랜만에 희미한 미소를 띠자 벽소군도 어느 정도 상심을 씻을 수 있었다.

그는 그녀에게 있어 애틋한 첫사랑이며 절실한 연모의 대상이었다. 비록 지금은 다른 사내의 아내가 되었지만 그녀의 가슴에 아로새겨진 연정을 칼로 베듯 모두 지울 수는 없는 일이었다.

과거에는 맺어질 수 없는 연인이었지만 지금은 우정을 나눌 친구는 될 수 있었다.

그녀는 맑은 샘물처럼 영롱한 음성으로 말했다.

"가요. 뭐라도 먹으면서 얘기를 나눠요. 아마 서로 할 얘기가 무척 많을 거예요."

4

뇌옥에 감금돼 있는 영호찬은 거의 초주검 상태였다.

사지는 쇠사슬로 결박돼 벽에 세워져 있었다. 혹독한 고문을 당했는지 전신은 온통 피투성이였다. 혀를 깨물고 자결할 것을 막기 위해 이마다 가죽까지 덧씌워진 상태였다.

집형각의 당주 넷이 번을 서며 한시도 그에게서 시선을 떼지 않는다.

환유성은 탕마수좌의 안내를 받아 뇌옥으로 들어섰다. 네 명의 당주가 환유성의 앞을 막아서자 탕마수좌가 그들을 저지했다.

"소천주의 친구 되시는 반검무적 환유성 대협이오. 무례하지 마시오."

"이분이 반검무적이란 말씀이오?"

네 명의 당주는 반검무적이라는 별호에 흠칫 놀라며 좌우로 비켜섰다. 그들을 자신들 사이를 지나는 환유성을 직시하며 과연 소문만큼 고강한 자인지를 가늠하기에 애썼다.

환유성이 영호찬 앞으로 다가서자 탕마수좌가 조심스럽게 물었다.

"대협의 친구인 영호찬이란 자가 분명하오?"

"맞소."

환유성은 영호찬의 턱을 받쳐 올렸다. 얼굴의 절반은 뭉개졌고 반쯤 감긴 눈은 혼미한 상태였다. 입가는 엉겨붙은 피로 뒤범벅이 되어 있었다.

"물이라도 좀 끼얹어주시오."

환유성이 한 걸음 물러서자 당주 하나가 차가운 소금물을 확 뿌렸다. 짠 소금물이 찢겨진 피부 사이로 스며들자 영호찬은 진저리를 치며 정신을 차렸다.

"아아악!"

환유성은 네 당주를 쓸어보다 탕마수좌에게로 시선을 던졌다.

"잠시 둘만 얘기하고 싶소."

당주들이 정색을 하며 강경한 어조로 반박했다.

"그럴 수는 없소! 감히 하늘 같은 천주를 암습한 극악한 놈이오."

"물을 것이 있으면 우리 모두가 있는 자리에서 심문하시오."

환유성은 당주들의 반발을 무시한 채 탕마수좌만 직시했다.

탕마수좌는 심각한 고민에 빠졌다.

그는 과거 풍요원을 추적하면서 환유성과 잠시 겨룬 적이 있기에 환유성의 성격을 익히 파악하고 있었다. 환유성의 요구가 다소 지나치지만 거부하기가 난처했다.

태양천의 입장에서 보면 환유성은 엄청난 은인이다. 소공녀와 소천주를 모두 구한 혁혁한 공을 세웠으니 나름대로 보답을 해야 했다. 또한 그는 소천주의 친구이기도 했다.

그는 어렵게 결정을 내렸다.

"저자를 죽이지 않겠다고 약조해 주시오."

"그러겠소."

환유성이 팔짱을 낀 채 고개를 끄덕이자 탕마수좌가 네 당주에게 명했다.

"사대당주는 물러서시오."

"탕마수좌, 이자는 극악한 살수와 친구 사이요. 어찌 믿을 수 있겠소?"

"살수를 죽일 수도 있는 일이오!"

당주들이 여전히 반발하자 탕마수좌는 검미를 불끈 치켜 올렸다.

"소천주께서 이 자리에 계셨어도 반검무적의 청을 들어주었을 것이오. 이건 상관의 명이니 어서 물러서시오!"

호통 쳐 사대당주를 내보낸 탕마수좌는 다소 미심쩍은 눈빛으로 환유성을 응시했다.

"과거의 우정 때문에 이자를 풀어주는 일은 없기를 바라겠소."

환유성은 묵묵히 고개만 끄덕였다.

탕마수좌는 뇌옥을 나서며 육중한 철문을 단단히 닫아걸었다. 행여 환유성이 영호찬을 데리고 뇌옥을 벗어나려 할 수도 있는 일이기 때문이다.

환유성은 영호찬과 가까이 서며 그의 고통에 젖은 눈망울을 쏘아보았다.

"날 알아보겠냐?"

영호찬의 입가에 흐릿한 미소가 배어 나왔다.

"유성… 네가 왔구나."

"날 알아보는 것을 보니 미치지는 않았군."

"큭… 난 멀쩡해. 내가 왜 이런 곳에 끌려와서 고문을 당해야 하는지 모르겠다."

"왜 고문을 당해야 하냐고? 넌 태양천주를 죽였어."

영호찬은 정색하며 고개를 저었다.

"말도 안 돼! 내가… 내가 어떻게 태양천주를 죽일 수 있겠냐? 내 무공으로는 그분의 머리카락 하나 건드릴 수 없어. 그건 너도 잘 알잖아?"

"……."

"유성, 날 믿어다오. 세상에 날 믿어줄 사람은 너밖에 없어."

영호찬이 간절하게 호소하자 환유성은 팔짱을 낀 채 그 앞을 거닐었다.

"누구의 사주를 받은 것도 아니란 말이냐?"

"사주라니? 내가 무엇 때문에 살수가 된단 말이냐? 더군다나 태양천주는 내가 가장 존경하는 분인데… 어떻게 내가 태양천주를 죽일 마음을 먹을 수 있겠냐?"

"넌 막사검으로 태양천주를 죽였어. 더군다나 태양천주가 직접 전수해 준 검법으로 말이야. 이 모든 게 기억에 없단 말이냐?"

영호찬은 몹시 괴로운 표정을 지으며 비감 어린 어조로 대답했다.

"몰라… 전혀 기억나지 않아. 너와 헤어진 후 목에 은자가 걸린 놈을 추적해 목을 벤 것이 전부야. 대체 내게 무슨 일이 일어난 거란 말인가?"

"……."

환유성은 더는 묻지 않고 몸을 돌려 철문으로 향했다.

영호찬은 그의 등을 향해 발작적으로 외쳤다.

"유성, 난 죽이지 않았어! 난 죽이지 않았단 말이야!"

환유성은 철문의 고리를 쥐고 두드리며 말을 받았다.

"알아. 이해할 수 없는 일이지만 난 널 믿는다. 하지만 태양천주는 죽었어. 넌 백 번 죽어도 그 죄를 씻지 못해. 누군가 너의 영혼을 빼앗아간 것이 밝혀져도 너는 결백을 주장할 수 없어."

"크으, 유성……!"

영호찬은 참담한 심정으로 고개를 흔들었다.

"차라리… 날 죽여다오……. 너무 고통스럽다."

환유성은 냉담하게 말을 받았다.

"넌 고통을 받아 마땅해. 네 영혼을 빼앗긴 죄니까."

탕마수좌가 문을 열어주자 그는 뒤도 돌아보지 않고 문을 나섰다. 탕마수좌는 영호찬이 혹시 죽지 않았는지 살펴보고는 나직이 물었다.

"뭘 좀 알아내셨소?"

환유성은 그를 지나치며 한마디 던졌다.

"그는 태양천주를 죽이지 않았소."

5

강무영과 밀담을 나누던 벽소군은 환유성이 아미산을 내려갔다는 보고에 깜짝 놀라 밖으로 나섰다.

"그게 무슨 소리에요? 떠났다니요?"

탕마수좌가 떨떠름한 표정이 되어 대답했다.

"영호찬을 만나보고는 곧바로 출타했습니다."

강무영이 벽소군 옆에 서며 물었다.

"다른 말은 없었던가?"

"어디로 간다는 말도 없이 떠나갔습니다. 속하의 능력으로는 막을 수가 없었습니다."

"영호찬과는 무슨 말을 나누었더냐?"

"둘만 있겠다 하여 속하는 밖에 있어 무슨 얘기를 주고받았는지는 모르겠습니다."

"이런 답답한 일이 있나!"

강무영이 다소 노한 표정으로 탕마수좌를 질책하자 벽소군이 차분하게 그를 위로했다.

"고정하세요, 소천주. 탕마수좌는 잘못이 없습니다. 환랑이 갑자기 이곳을 떠난 데에는 이유가 있을 겁니다."

"환 형의 성격상 나한테 작별 인사도 하지 않고 떠난 건 이해할 수 있지만 벽 소저는 그의 아내가 아니오? 달리 기별도 없이 어떻게 이럴 수가 있소?"

강무영이 의아한 표정으로 묻자 벽소군은 양볼을 살짝 붉혔다.

"그가 소녀의 낭군인 것은 확실하지만 그는 바람과 같아 붙잡을 수가 없어요."

그녀는 잠시 생각에 잠기다 탕마수좌에게 물었다.

"떠나면서 한마디 말도 없었나요?"

"뇌옥을 나서면서 이해할 수 없는 말을 하기는 했습니다."

"뭐죠?"

"영호찬이 천주를 살해하지 않았다고 했습니다."

"……?"

벽소군은 눈을 커다랗게 뜨며 강무영과 시선을 마주했다.

강무영의 짙은 검미가 심하게 꿈틀거렸다. 그는 두 계단을 내려섰다.

"뭐라? 영호찬이 사부님을 해치지 않았다고? 정녕 그리 말했단 말이냐?"

"분명 그렇게 들었습니다, 소천주."

"말도 안 돼! 그 현장에 내가 있었어. 내 눈으로 똑똑히 보았거늘 영호찬이 어찌 살수가 아니라 할 수 있단 말이냐?"

탕마수좌는 자신이 엄청난 실언을 했다 싶어 급히 부복했다.

"소천주, 속하는 단지 들은 대로 말씀드렸을 뿐입니다."

벽소군은 손으로 이마를 짚으며 전각 기둥에 기대섰다. 세상을 꿰뚫어 볼 지혜를 지닌 그녀였지만 지금 이 순간은 너무도 혼란스러웠다.

그녀 역시 영호찬이 태양천주를 살해했다는 사실은 부정할 수 없었다.

영호찬의 암습은 단목비연이 빤히 보고 있는 상황에서 전개되었고, 태양천주가 막사검에 관통된 모습은 다수가 보았다. 배후를 밝혀내는 것이 남았을 뿐 살해범이 영호찬이라는 사실은 누구도 의심할 수 없는 명백한 사건이다.

'환랑이 대체 무슨 근거로 그런 말을 했을까? 우정 때문에 영호찬을 두둔하기 위해 그런 실언을 할 사람은 아닌데… 혹시 어떤 단서라도 찾아낸 것일까?'

그녀는 문득 그가 떠나갔다는 사실을 상기하며 가슴 한 자락이 베어진 듯한 허전함을 느꼈다. 함께 지낸 보름의 시일이 꿈처럼 느껴졌다.

'어디를 가든 제발 무사하세요, 환랑.'

■ 제62장
갈라선 악인들

1

　감숙성의 성도(省都)인 난주성이 천산무궁에 의해 함락되었다는 풍문은 도저히 믿을 수 없는 충격적인 급보였다. 천산무궁의 궁주 금강혈존(金剛血尊) 오랍찰극(烏啦札極)은 휘하 이천의 제자와 새황무림의 삼천 고수를 대동한 채 당당히 난주성에 입성했다.

　변방 최강의 요새인 옥문관이 돌파당한 지 열흘 만에 난주성마저 새황무림의 손에 떨어진 것이다.

　대명의 국권은 땅에 떨어져 군장들과 군병들은 이미 장안으로 퇴각한 상태였다. 북방의 견융국이 남하할 경우 퇴로가 막힐 것을 우려해 앞서 후퇴한 것이다.

　태양천의 감숙성 지부의 정예들 역시 강무영을 따라 아미산으로 출동한 상태라 몇 안 되는 태양천 제자들은 군병들을 따라 어쩔 수 없이 장안까지 물러서야 했다.

난주성 양민들은 새황인들의 약탈에 참혹한 고통을 겪어야 했다.

타국의 군병이 아닌 무림인에 의해 점거된 상태라 치안 상태는 엉망이었다. 아녀자들은 보이는 대로 끌려가 겁간을 당해야 했고, 잔악한 약탈 속에 부호들은 전 재산을 모두 바쳐서야 겨우 목숨을 연명할 수 있었다.

또한 견융국의 십만 기병이 북방 요새인 만리장성을 넘었다는 소문에 대륙은 온통 아수라장이 되었다. 그들이 산서성에 웅거한 중산왕과 합류하기까지는 닷새도 채 안 남았다.

금상황은 대륙 전체에 총동원령을 공표하고 각 성의 군장들에게 황도로 속히 집결할 것을 재촉했지만 강남의 태수와 성주들은 여전히 관망의 태도를 취하고 있었다. 그들에게는 중산왕부에서 발부된 칙명도 함께 도착해 있었던 것이다.

황제의 총명을 어지럽히는 내관들과 사리사욕에 물든 탐관오리를 처단하기 위한 구국의 거병에 동참해 줄 것을 촉구하는 격문이었다. 만일 거병에 참가할 수 없다면 중립을 지켜줄 것을 요구했다. 이를 어기고 황도의 난신적자들을 지원한다면 구족을 멸하겠다는 으름장도 함께 보태졌다.

하기에 각 성의 태수들과 성주들은 어느 쪽으로 줄을 서야 할지 갈피를 잡지 못하고 있었다. 결국 황군과 중산왕부의 군병들이 한판 승부를 벌일 때까지 그들은 사태의 추이를 지켜볼 수밖에 없는 상황이었다.

이런 난국 속에서 한 가지 특이한 상황은 암흑마국의 세력이 자취를 감추었다는 데 있었다. 아미산에서 물러선 그들은 어둠의 장막 속으로 사라졌다. 결코 세력이 약화돼서가 아니었다.

그들은 또 하나의 숨겨진 폭풍이었다.

중원의 흑도와 마도, 사도를 비롯해 새황의 혈해전까지 규합한 그들은 느긋하게 팔짱을 낀 채 중원이 새황과 격돌하는 천하대전을 관망하고 있을 뿐이었다. 누가 승자가 되든 극심한 피해를 입게 될 것이기에 그들에겐 득이 되는 일이기 때문이다.

어둠 속의 독버섯 암흑마국…….

그들이야말로 세상을 위협하는 가장 무서운 적이었던 것이다.

2

협강은 사천 분지에서 황하로 흘러드는 지류다.

봄 가뭄으로 강폭이 절반이나 줄어들어 밭작물을 키우는 농부들의 시름을 더해준다. 강변을 끼고 늘어선 대나무 숲도 누런 황토에 덮여 갓 돋은 새순이 무서리를 맞은 듯 누렇게 보인다.

사사삭……!

바람도 없건만 대나무 숲이 거칠게 움직였다. 한 노인이 사람 세 길 높이로 웃자란 대나무 사이를 헤집으며 달아나고 있었다.

“헉헉… 악적들이 죄다 죽었는 줄 알았는데 대체 어찌 된 일이란 말인가?”

노인은 상당한 장신이었지만 어깨가 꾸부정해 그다지 큰 키로 보이지는 않았다.

그는 특이하게도 소매며 바짓가랑이까지 주머니로 가득한 옷을 걸치고 있었다. 백 개도 넘는 주머니에 약병을 가득 채우고 다니는 그는 다름 아닌 천하의 명의 의독성수였다.

그는 누군가에 의해 쫓기는 듯 연신 뒤를 돌아보았다.

그의 옷은 여기저기 찢겼고 피로 얼룩져 있었다. 상처 부위는 약을 발라 더 이상 피가 흐르지 않았지만 상당한 내상마저 당한 듯 안색이 창백했다. 심각하게 굳어진 얼굴에는 평소의 장난스런 미소마저 씻은 듯 사라져 있었다.

참으로 놀라운 일이 아닐 수 없었다.

그는 천하제일의 의술을 지녔으며 독술 또한 뛰어나다. 게다가 절세적 무공까지 지녀 그를 위협할 수 있는 사람은 극히 드물다. 그러한 그가 이렇듯 부상을 입고 쫓기는 일은 여간해서는 상상할 수 없는 일이었다.

"카아아아!"

흡사 지옥에서도 터져 나올 듯한 끔찍한 괴성이 대나무 숲으로 파고들었다.

퍼퍼펑—!

요란한 폭음과 함께 뿌리째 뽑힌 대나무들이 아우성을 치며 치솟아 올랐다.

"크으, 의독성수 이놈!"

칼을 휘둘러 대나무를 베어내며 추격하는 인물은 온통 검은색으로 감싼 중년인이었다.

장발은 치렁치렁 늘어졌고, 전신에서는 잘 벼른 병기와 같은 살기가 뿜어지고 있었다. 붉은빛이 감도는 그의 눈빛은 너무도 섬뜩해 마주 대하기도 겁날 정도였다. 인간의 눈이라기보다 짐승의 눈에 가까운 흉포한 눈이었다.

천하에서 이렇듯 흉포한 눈빛의 소유자는 오로지 한 명뿐이다. 그는 바로 악인궁의 사대악인 중 하나인 악중살이었다. 그는 광심마정혈로 빚은 잘못된 영단을 복용하는 바람에 광인이 되어버렸다.

그의 얼굴은 흰색과 붉은색으로 극반의 대조를 이루고 있는데, 바로 영단의 부작용 때문이었다. 그로 인해 그는 반신은 불 속에 던져진 듯 뜨겁고 반신은 얼음 속에 잠긴 듯 시린 고통스런 삶을 살아야 한다.

"크아아! 어서 약을 내놔!"

악중살이 묵도를 휘두르자 무수한 도기가 비산되며 사위로 뻗어 나갔다.

콰— 콰쾅—!

주변 십 장 반경이 대번에 폐허로 변했다. 예리하게 베어진 대나무들이 창날처럼 거꾸로 꽂히며 뒤집혀진 지표를 더욱 을씨년스럽게 만들었다.

악중살은 짐승처럼 울부짖으며 대나무 숲 위로 솟구쳐 올랐다. 그는 휘청거리는 대나무 위를 밟고 미끄러지며 미친 듯이 묵도를 휘둘렀다. 협강을 따라 십 리에 걸쳐 자란 대나무 숲이었지만 그의 가공할 도법에 찰나지간 절반이나 파괴되었다.

그는 과거의 악중살이 아니었다.

광심마정혈에 의한 부작용으로 처절한 고통을 겪어야 했지만 그의 공력은 엄청나게 증진된 상황이었다. 급증된 공력 덕분에 그의 쾌도는 두 배나 빨라졌고, 도신합일(刀身合一)이라는 초상승 절학까지 터득할 수 있게 되었다.

몸을 숨긴 대나무 숲이 점점 파괴되어 오자 의독성수는 어쩔 수 없이 대나무 숲을 빠져나와야 했다.

"우라질, 광심마정혈을 처먹는 바람에 공력이 삼 갑자를 넘어섰군. 놈에게는 독술도 전혀 먹히지 않아."

그는 협강을 향해 대나무 가지를 몇 개 던졌다.

가뭄으로 강폭이 줄어들었지만 오십 장도 넘는 강줄기를 단숨에 건너뛸 수는 없는 일이었다. 그는 수면 위로 떨어진 대나무를 밟고 건너는 일위도강 수법을 펼치며 강 건너편으로 건너뛸 요량이었다.

그가 강물 위로 몸을 날리는 순간 괴성과 함께 대기를 찢는 섬광이 날아들었다.

쐐애애액─!

악중살의 묵도에서 뻗어 나온 도기가 의독성수의 등판을 향해 내리꽂혔다.

"허억?!"

의독성수는 기겁하며 몸을 확 틀었다.

"회륜강기!"

혼신의 힘을 다한 강기가 뿜어지며 섬광 같은 도기와 정통으로 부딪쳤다. 엄청난 폭음과 함께 수면 위로 높은 물기둥이 치솟아올랐다.

"크윽!"

의독성수는 자신의 강기를 뚫고 어깨를 관통하는 도기의 위력에 팅겨지며 물속으로 첨벙 빠져들었다.

"카아아, 죽어라!"

악중살은 고통에 찬 절규를 외치며 수면으로 미끄러져 왔다. 그의 묵도가 의독성수의 머리통을 쪼갤 순간이었다.

피피핑―!

난데없이 암기가 쏟아지고 소리없는 무형강기가 그의 등판으로 뻗어왔다. 짐승의 눈 같은 혈안을 번득인 악중살은 몸을 팽그르르 회전시키며 단칼에 무형강기를 베어버렸다. 쏟아지던 암기는 모두 그의 호신강기에 의해 팅겨졌다.

"셋째야, 그 늙은이를 죽이면 어떻게 고통에서 벗어날 수 있겠느냐?"

"그래요, 셋째 오라버니. 제발 진정해."

각기 절기를 펼쳐 악중살의 공세를 저지한 악중악과 악중요는 강변으로 내려섰고, 어느새 의독성수를 제압한 악중뇌가 강변으로 내려섰다.

악중뇌는 자갈 더미 위에 의독성수를 심하게 팽개쳤다.

"의독 늙은이, 곱게 죽고 싶으면 딴 수작 부리지 마라."

악인궁의 네 수괴에 의해 포위된 의독성수는 그만 절망하고 말았다.

'염병, 이제 꼼짝없이 죽었군.'

악중살은 수면을 밟고 미끄러져 왔다. 그는 의독성수를 쏘아보며 묵도를 치켜 올렸다.

"해독약! 해독약을 당장 내놔!"

의독성수는 그의 짐승 같은 눈빛에 전신을 부르르 떨었다.

"오냐, 처방을 써줄 테니 제발 한칼에 죽여다오."

악중요는 표창 암기를 의독성수의 혈도 여러 곳에 꽂았다.

"호호, 그건 너무 싱겁잖아? 이 교활한 늙은이, 네놈 때문에 우리 모두가 광심마정혈로 빚은 영단을 먹고 미칠 뻔했어!"

의독성수는 누운 채로 악중뇌를 올려다보았다.

"뇌제, 대체 어떻게 영단을 제련했기에 노부를 이렇듯 곤경에 처하게 만든단 말인가? 똑같은 방법으로 제련한 금강성단을 먹고 강무영은 기사회생을 했지 않은가?"

그가 어쭙잖은 변명을 늘어놓자 악중악이 냅다 그를 걷어찼다.

"닥쳐라, 사기꾼!"

"아악!"

옆구리 뼈가 으스러진 의독성수는 아픈 비명을 토하며 바닥을 데굴데굴 굴렀다. 표창에 의해 혈도가 제압된 그는 꼼짝도 할 수 없는 상태였다.

악중살은 지독한 한기와 열기에 젖어 전신을 부들부들 떨었다.

"어서 놈에게 해독약을 만들어내게 해! 연후 놈의 살을 저며 먹겠다!"

악중요가 눈을 흘기며 그를 질책했다.

"셋째 오라버니, 그렇게 무서운 말을 하면 의독 늙은이가 해독약을 만들어주겠어?"

그녀는 몸을 굽혀 의독성수의 혈도에 꽂힌 표창을 아프게 비틀었다. 혈관을 타고 퍼지는 극심한 고통에 의독성수는 짐승처럼 울부짖었다.

"캬아아악!"

"호호, 엄살도 심해. 막내가 있었다면 정말 다양한 고문을 가해주었을 텐데 말이야."

"제발… 고통없이 죽여준다고 약속… 영단의 독을 해소할 수 있는 방법을… 일러주겠다……."

의독성수가 식은땀을 흘리며 숨을 몰아쉬자 악중뇌가 그의 가슴에 발을 얹어놓았다.

"틀림없겠지?"

"물… 물론이다."

악중악이 예의 간특한 미소를 지으며 다가섰다. 그는 품속에서 밀랍으로 봉한 약병을 꺼내 들었다.

"일단 네놈에게 조금 먹여주지. 그래야 해독약이 틀림없는지 확인할 수 있으니까."

악중요가 의독성수의 단전혈에 꽂힌 표창을 비틀었다.

"자, 주둥이를 벌려."

"아아악!"

의독성수는 전신이 갈기갈기 찢기는 참혹한 고통에 젖으며 악을 써 댔다.

악중악이 천천히 밀랍을 뜯어내자 악중살이 사나운 눈빛으로 재촉했다.

"어서— 어서 놈에게 먹여!"

"크흐흐. 셋째야, 여태 잘 참아왔지 않느냐?"

악중악은 아우의 고통마저 즐기는 듯 비릿한 웃음을 흘리며 밀랍으로 봉한 마개를 열었다. 이때였다.

두두두―!

한 필의 준마가 협강의 강변을 따라 내려오고 있었다.

온몸 가득 피처럼 붉은 땀을 흘리는 준마는 바로 소추였다. 소추의 고삐를 바싹 거머쥔 채 재촉하는 마상의 인물은 다름 아닌 환유성이었다. 그는 협강을 건너기 위해 비교적 폭이 좁은 여울을 찾아 강줄기를 따라 내려오는 중이었다.

그를 대하자 악중살을 제외한 삼대악인은 입을 쩍 벌리며 비명을 질렀다.

"허억! 환가 놈이다!"

"으으, 환유성 저놈이 하필……."

"맙소사! 저 귀신같은 놈이 왜 또 나타난 거야?!"

환유성은 소추를 타고 달려가면서 힐끔 그들에게 시선을 던졌다. 삼대악인은 질겁을 하며 뒤로 물러섰다.

의독성수는 지옥에서 부처를 만난 듯 반가웠다.

"유성 아우, 날세. 제발 좀 살려주게나!"

환유성은 바닥에 쓰러진 채 애걸하는 의독성수를 내려다보았지만 이내 고개를 돌리며 그대로 말을 몰아 내려갔다.

의독성수는 눈물을 흘리며 통사정을 했다.

"아이구, 유성 아우. 그냥 가면 어떻게 해! 제발 살려주게나. 이 악당 놈들 좀 죽여줘!"

삼대악인은 환유성이 자신들을 무시한 채 멀어지자 놀란 가슴을 내리 쓸었다.

악중뇌가 고개를 끄덕이며 입을 열었다.

"놈이 뭔가 화급을 다투는 일이 있는 게 확실해. 게다가 먼저 건드리지만 않으면 남의 일에 무심한 놈이라 그냥 가는 거다. 아주 잘됐어."

"잘되기는 뭐가 잘돼? 벌써 잊었어? 놈이 우리 막내를 죽였잖아? 당장 놈을 쫓아가 복수를 해야 하는 거 아냐?"

악중요가 입술을 삐죽이자 악중악이 그녀의 머리채를 거세게 움켜쥐었다.

"이년아, 아가리 닥쳐! 극검마왕까지 죽인 놈을 우리가 무슨 수로 당해? 복수는 훗날로 미뤄도 늦지 않아."

이 순간, 멀어지는 환유성을 쏘아보던 악중살이 괴성을 지르며 솟아올랐다.

"크아아! 환유성 이놈!"

고통스런 광기에 젖어 있던 그는 비로소 환유성의 존재를 기억에서 떠올린 것이다. 그의 목에 깊은 상처를 새긴 원한과 악중잔에 대한 복수심이 열화처럼 그의 가슴 밑바닥에서 치밀어 올랐다.

"안 돼!"

악중뇌가 다급히 외치며 그를 만류하려 했지만 그는 이미 환유성을 향해 묵도를 발출한 후였다.

"죽어라!"

쐐애액—

어도술에 버금가는 탄류비도술이었다. 빛줄기로 화한 묵도는 그대로 환유성의 등판을 향해 내리 꽂혔다. 과거였다면 시도도 하지 못할 절기였다.

등 뒤의 기습을 감지한 환유성은 마상에서 둥실 떠올랐다. 그는 한 바퀴 회전하며 쾌검으로 응수했다.

차앙!

맑은 금속성과 함께 묵도는 높이 튕겨져 올랐다. 몸은 날리며 섭물진기로 묵도를 끌어들인 악중살은 연속적으로 쾌도를 전개했다.

"뒈져!"

쐐애액―

환유성은 한 번에 아홉 개의 불꽃을 일으키며 날아드는 그의 쾌도를 직시하며 내심 놀라움을 금치 못했다.

'과거보다 몇 배는 강해졌군.'

그 역시 쾌검으로 맞섰다. 눈부신 섬광과 함께 검과 도가 부딪치며 잇단 폭음이 터졌다.

쾌검 대 쾌도!

무림 사상 가장 빠른 검과 그에 못지않은 쾌도는 순식간에 스무 번이나 충돌했다. 얼마나 빠른 쾌식의 대결인지 둘의 몸은 검광과 도광에 가려 보이질 않았다. 폭발적인 섬광과 요란한 금속성이 들려올 뿐이었다.

다소 멀리 떨어진 채 관전하던 삼대악인은 바싹 긴장한 채 연신 눈알을 굴렸다.

악중요가 양손 가득 암기를 뽑아 들었다.

"우리도 함께 나서자고. 광심마정혈의 효력 덕분인지 셋째 오라버니가 정말 잘 싸우고 있어. 우리가 협력한다면 이번에는 저 귀신같은 놈을 죽일 수 있을 것 같아."

악중악은 떨떠름한 표정으로 입맛을 다셨다.

"그래, 요매와 둘째가 나서 도와줘라. 난 의독성수를 지키고 있겠다."

"손끝 하나 꼼짝 못하는 놈을 왜 지켜?"

악중요가 눈을 치켜뜨며 대들자 악중악은 예의 간특한 미소를 지었다.

"이년아, 지금은 셋째보다 의독 늙은이가 더 중요해. 놈에게서 해독약을 받아낸다면 난 셋째처럼 미치지 않고도 개세고수가 될 수 있어."

"악중악, 정말 이럴 거야?"

"흐흐, 네년의 아가리를 찢어놓기 전에 입 다물어!"

둘의 실강이를 벌이자 악중뇌가 침음성을 발했다.

"요매는 나설 것 없다. 이미 승부는 기울었어."

악중요와 악중악은 얼른 두 사람의 격전장으로 시선을 돌렸다.

차차창!

과연 악중살의 묵도에서 뻗어 나오는 도광은 그 기세가 급속도로 수그러들었다.

환유성의 손에서 일초 십이식으로 쏟아지는 쾌검이 악중살의 전신 요혈로 파고들었다. 동시에 열두 곳을 노리는 절기 앞에 악중살은 정신이 아득해졌다. 그의 능력으로는 도저히 감당할 자신이 없었다.

궁지에 몰린 악중살은 짐승 같은 괴성을 발하며 동귀어진 수법으로 파고들었다.

"카우우!"

죽음을 각오한 그의 수법은 실로 위협적이었다. 환유성의 쾌검이 그의 목을 베는 동시에 그의 묵도가 환유성의 심장으로 파고들었다.

팍!

어우러진 광휘가 스러지며 세상이 일순 정지하였다.

환유성은 이미 검을 꽂은 상태였고, 악중살은 그의 가슴에 묵도를 찍은 채 석상처럼 멈춰 섰다.

악중살의 입가에 기괴한 미소가 어린다. 승리를 확신하는 그런 미소였다. 그러나 그런 모습 그대로 그의 수급이 치솟는 핏줄기와 함께 허공으로 솟아올랐다. 이어 그의 몸뚱이가 썩은 통나무처럼 서서히 쓰러졌다.

악중살의 죽음!

악중잔에 이어 그마저 목이 달아나며 이제 악인궁의 수뇌는 셋만 남게 되었다.

"으음……!"

환유성은 인상을 찡그리며 가슴에 꽂힌 묵도를 뽑아 내던졌다. 그의 쾌검이 한 수 빨라 악중살의 동귀어진 수법을 저지할 수 있었지만 전혀 예상치 못한 기습이라 그의 부상은 의외로 컸다.

그가 삼대악인을 향해 몸을 돌리자 악중악의 모습이 우는 듯 웃는 듯 일그러졌다.

"으으… 셋째가 죽다니!"

환유성이 그들을 향해 다가서자 악중악은 악중요와 악중뇌의 뒷덜미를 콱 쥐며 그를 향해 내던졌다.

"니들이 대신 죽어라!"

과연 악중악다운 심보였다. 두 아우를 제물로 바치면서 그는 냅다 몸을 날렸다.

순간 환유성은 반검을 뽑아 그를 향해 날렸다.

"만상어기검(萬象御氣劍)!"

번— 쩍—

세상의 모든 빛을 압도하는 광휘가 퍼지며 그의 반검이 광선처럼 뻗어 나갔다.

삼십 장 밖으로 달아나던 악중악은 등줄기로 파고드는 싸늘한 기운에 기겁하며 고개를 돌렸다. 세상의 모든 빛이 사라진 암공 속을 뚫고 불꽃을 발하는 반검이 날아들고 있었다.

"커억! 어검술(御劍術)?!"

그는 무형심강을 운집해 황급히 두 손을 휘둘렀다.

퍼억!

둔탁한 폭음과 함께 오른팔이 분쇄된 그는 오 장 밖으로 나가동그라졌다. 절단난 어깨에서 검붉은 피가 뭉클뭉클 뿜어져 나왔다.

"크으윽, 죽일 놈!"

악중악은 팔이 떨어져 나간 고통을 참으며 재차 몸을 날렸다. 살겠다는 의지는 고통마저 잊게 했다.

환유성이 손끝으로 검을 가리키자 반검은 저절로 선회해 등 뒤의 검집으로 척 내리 꽂혔다. 참으로 경이적인 어검술이었다. 그는 새황성존이 남긴 천원단서의 요결을 깨달으면서 검도 최상승인 어검술까지 터득할 수 있었던 것이다.

악중악에 의해 떠밀린 악중뇌와 악중요는 환유성 앞으로 나뒹굴다가 벌떡 일어섰다.

그들은 환유성이 보여준 초상승 검도인 어검술에 넋이 빠져 감히 대항할 엄두도 못 냈다. 절망감에 젖어 시커멓게 변색된 그들의 얼굴은 안쓰럽기까지 했다.

환유성이 무심한 눈빛으로 그들을 응시하자 악중요는 털썩 무릎을 꿇었다. 그녀는 체면도 잊은 채 눈물을 뚝뚝 떨구었다.

"흑흑… 살려줘, 유성. 제발 살려줘."

"……."

환유성은 무표정하게 어깨 위의 반검으로 손을 가져갔다.

"아악! 안 돼!"

악중요는 무릎걸음으로 빠르게 다가서며 그의 다리를 감싸 안고 엎어졌다.

"엉엉! 난 죽기 싫어. 제발 살려줘."

악중뇌의 표정이 참담하게 일그러졌다. 뇌피질처럼 쭈글쭈글한 그의 머리통에서 식은땀이 샘물처럼 솟아올랐다.

천하가 인정하는 악의 두뇌였지만 지금의 상황에서는 어떤 계략으로도 자신을 구할 수 없었다. 상대는 계략이 전혀 먹여들지 않는 무심한 자이기 때문이다.

그 역시 악중요처럼 그의 바짓가랑이라도 붙잡고 목숨을 구걸하고 싶은 심정이었다. 죽는다는 건 너무도 두려운 일이었다. 그러나 그는 최소한의 자존심은 지키고 싶었다. 한때는 악인궁의 수뇌로서 흑도무림을 호령한 그가 아니었던가.

그는 마른침을 꿀꺽 삼키며 고개를 떨구었다.

"주, 죽여라."

환유성은 자신의 다리에 매달려 애걸하는 악중요를 내려다보았다. 육순을 바라보는 나이였지만 화장술이 뛰어난 데다 주안술까지 익혀 여전히 요요한 미색을 지니고 있었다.

그는 그녀의 머리채를 콱 쥐었다.

"아악!"

악중요는 더욱 결사적으로 그의 바짓가랑이를 부여안았다. 그에게서 떨어지는 순간 목이 베어지는 것은 피할 수 없는 현실이었기에 그녀는 구명줄처럼 그의 다리에 매달렸다.

"흑흑, 살려줘. 앞으로는 착하게 살겠어. 천지신명께 맹세해도 좋아."

환유성은 잔뜩 짜증스런 표정으로 그녀의 머리채를 쥐고 내던졌다.

"비켜."

"악!"

악중요는 자갈 더미 위로 나뒹굴며 본능적으로 자신의 목을 감쌌다. 그녀는 눈을 질끈 감으며 애절하게 흐느꼈다.

"흑흑… 살려줘."

한데 한참을 기다려도 목이 베어지는 섬뜩한 기운은 느낄 수 없었다. 뭔가 이상하다 싶었지만 감히 눈을 뜰 수가 없었다. 환유성의 무심한 모습은 그녀에게 있어 저승사자와 다름없기 때문이다.

"후우, 눈을 떠라. 우리는 죽지 않았어."

악중뇌의 긴 탄식에 화들짝 놀란 악중요는 눈을 번쩍 떴다.

환유성은 강변 저편에 쓰러져 있는 의독성수를 향해 걸어가고 있었다. 그는 두 악인을 죽이지 않은 것이다.

악중요는 이게 꿈인가 싶어 자신의 뺨을 찰싹찰싹 때렸다. 몹시 아팠다. 꿈은 아닌 게 확실했다. 그는 희열에 찬 환호성을 외치며 벌떡 일어섰다.

그녀는 악중뇌를 부둥켜안으며 감격에 겨운 눈물을 펑펑 쏟아냈다.

"오, 살았어! 살았다고!"

악중뇌는 참담한 표정이 되어 그녀를 휙 밀쳤다.

"제발 좀 그만 울어! 다 늙은 게 채신머리없게 뭔 꼴이냐!"

그러자 악중요는 언제 울었냐는 듯 소매로 눈물을 훔치고는 호들갑을 떨었다.

"호호. 뇌 오라버니, 우리 확실히 산 거지? 환가 놈이 마음 바꾸기 전에 어서 달아나!"

한데 악중뇌는 그녀의 허리띠를 부여잡고 환유성이 있는 곳으로 다가갔다.

"가보자."

악중요는 질겁하며 발버둥을 쳤다.

"아악! 왜 이래? 죽으려면 혼자 죽어! 왜 저 사신(死神) 같은 놈에게 다시 가려는 거야!"

악중뇌가 냅다 호통을 쳤다.

"닥쳐! 놈이 우리를 죽이려 했다면 진작 죽였어. 우리를 죽이지 않은 건 죽일 가치가 없기 때문이야. 살려달라고 징징 울어대는 널 어떻게 죽이겠냐!"

악중요는 여전히 이해할 수 없는 듯 눈알을 또르륵 굴렸다.

"나야 그렇다지만… 뇌 오라버니는 왜 안 죽였지?"

"내가 죽었으면 좋겠냐?"

"호호, 그럴 리가 있겠어? 이해가 안 돼서 하는 소리지."

악중요가 풍만한 가슴으로 그의 머리통을 끌어안자 그는 길게 한숨을 내쉬었다.

"요매, 차라리 죽고 싶은 심정이다. 환유성은 막내와 셋째를 죽인 원수다. 한데 그 원수 놈에게 목숨을 구걸받았으니 너무도 수치스럽구나. 놈이 죽일 가치도 못 느꼈다면 우리는 버러지 같은 신세가 아니냐?"

"뇌 오라버니, 좋게 생각해. 따지고 보면 환유성은 우리를 꼭 죽여야할 이유가 없어. 우리야 원한이 깊지만 놈은 우리한테 별 중요한 존재도 아니야. 소문에 의하면 이제 현상범을 추적하는 인간 사냥꾼도 아니라면서? 그렇다고 피 끓은 열협도 아니니 우리를 죽일 이유가 없었던 거야."

악중요는 죽지 않을 거라는 확신 때문인지 생글생글 웃으며 악중뇌를 위로했다.

"물론 우리는 복수심 때문이라도 놈을 죽여야겠지. 하지만 이번에 우리를 죽이지 않았으니 우리도 한 번은 놈을 구해주자고."

"놈을 구해주자고? 이미 천하제일검이 된 놈을 무슨 수로 돕는다는 거냐?"

"태양천주도 쓰러진 세상이야. 환유성이라고 영원히 패하지 말라는법 있어?"

"그래, 지금은 요매처럼 단순하게 생각하는 편이 낫겠구나."

악중뇌는 참담한 심정을 떨어내며 그녀와 함께 걸음을 옮겼다.

의독성수의 전신에 꽂힌 표창은 환유성에 의해 모두 뽑혀졌다. 혈도를 제압한 암기가 제거되자 의독성수는 겨우 운신할 수 있었다. 그는 주머니를 뒤져 약을 몇 알 꺼내 일부는 복용하고 일부는 상처에 발랐다.

그는 환유성을 힐끔 보며 불만을 토로했다.

"자네가 그럴 줄 몰랐네. 살려달라고 그리 애원했는데 그렇게 매정하게 가버려?"

"어쨌든 살지 않았소?"

"히힛, 그건 그렇지."

의독성수는 옷깃을 찢어 상처를 감싸다 말고 다가서는 두 악인을 보고는 눈을 커다랗게 떴다.

"아니, 저 연놈은 왜 죽이지 않았는가?"

"귀찮아서."

"뭐야, 귀찮다고?"

의독성수가 어처구니없다는 표정을 짓자 악중뇌가 의독성수에게 한마디 던졌다.

"몸은 좀 괜찮소?"

"대가리만 큰 놈아, 악중살에게 독약을 모두 사용하지만 않았다면 너희 연놈을 당장 독살시켰을 것이다."

"성수 노형, 우리의 원한은 잊읍시다. 서로 한 번씩 죽이려 했으니 은원은 해소된 셈이오. 만일 우리가 욕심을 부려 모두 영단을 복용했다면 어찌 될 뻔했소?"

"지금 화해를 하자는 말이냐?"

의독성수가 둘을 번갈아 보자 악중요가 눈웃음을 치며 사근사근거렸다.

"그래요, 성수 오라버니. 우리 좋은 연분도 맺을 수 있잖아?"

"연분?"

"호호, 성수 오라버니와 함께 환음쾌락단을 시험해 보고 싶어."

악중요가 몸을 비비꼬며 요사를 떨자 환유성이 권태롭게 한마디 던졌다.

"당신들은 어서 꺼져."

"에그머니!"

악중요가 질겁을 하며 뒤로 물러서자 악중뇌가 당당히 그를 직시했다.

"환유성, 우리가 비록 너의 일초지적도 못 되지만 너무 함부로 대하는구나. 이 빚은 언제고 갚겠다."

악중뇌는 악중요와 함께 강둑으로 향했다.

악중요는 눈을 가늘게 뜨며 표독스런 표정을 지었다.

"뇌 오라버니, 악중악 그놈을 어쩔 거야?"

"놈은 더 이상 우리의 형제가 아니다. 반드시 죽여 버리겠어!"

"맞아, 그렇게 악독한 놈은 인간도 아니야. 놈의 두 다리와 나머지 팔 한쪽마저 끊어버려야 돼."

두 악인이 강둑 너머로 사라지자 의독성수는 고개를 절레절레 저었다.

"자네가 아직 세상 물정을 잘 모르는군. 저 악인 남매는 반드시 죽였어야 했어. 살려둬 봤자 무림에 해악을 끼칠 뿐일세."

"당신이 대신 죽이시오."

"히힛, 사실 악중요는 죽이기에는 조금 아깝지. 나이답지 않게 아직
도 탱탱해."

의독성수는 강가에서 물을 마시고 있는 소추 옆으로 다가갔다. 그는
몸을 숙여 물을 떠 마시며 물었다.

"자네가 갑자기 심경을 바꿔 날 구한 이유가 뭔가?"

환유성은 소추 옆에 서며 목덜미를 어루만져 주었다.

"태양천주를 살려주시오."

깜짝 놀란 의독성수는 입에 머금은 물을 푸하 내뱉었다.

"자네… 농담하는 겐가?"

"성수는 죽은 사람도 살릴 수 있다 하지 않았소?"

"그거야 세상 사람들이 노부의 의술을 빗대 하는 소리지 어떻게 죽
은 사람을 살릴 수 있겠는가?"

환유성은 소추에 몸에 기대서며 권태롭게 말했다.

"귀심신의는 목이 절반이나 떨어졌어도 스스로 붙여 살아났소. 성수
에게는 그만한 의술이 없단 말이오?"

"유성 아우, 나 역시 태양천주의 죽음을 누구보다 가슴 아프게 생각
하네. 그 사실을 믿을 수가 없어 아미산으로 가는 길이었네. 그러다 저
못된 악인궁 수괴들을 만나게 된 것이지."

의독성수는 소추의 몸을 쓰다듬으며 한숨을 내쉬었다.

"만일 내가 옆에 있었다면 어떻게든 손을 써보았을 것이네. 막사검
이 태양천주의 심장을 꿰뚫었다 해도 죽음만은 피할 수 있게 영단을

제련했을 것이야."

"그렇다면 아미산에는 갈 필요 없소. 태양천주의 유해는 태양천으로 이송 중에 있으니까."

"쯧, 내가 한발 늦었군. 가만, 실혼인이 된 도성도 함께 있다 들었는데 그는 아직 아미산에 머물러 있던가?"

환유성은 팔짱을 낀 채 협강을 응시했다.

"만나보지 못했소. 얼핏 들으니 태양천주의 운구 행렬과 함께 가는 중이라 했소."

"하면 호북으로 가봐야겠군."

의독성수가 떠날 채비를 하자 환유성이 물었다.

"성수, 자신이 저지른 일을 전혀 기억하지 못할 수 있소?"

"그게 무슨 소리인가?"

의독성수가 머리를 긁적이자 환유성은 백도연합의 뇌옥에서 영호찬을 만나 주고받은 얘기를 간략하게 말해 주었다.

의독성수는 턱을 어루만지며 미간을 잔뜩 찌푸렸다.

"약물로 과거의 기억을 지울 수는 있네. 하지만 자네의 말을 들어보면 영호찬이란 자는 기억의 일부만 지워졌군. 과거는 모두 기억하는데 태양천주를 살해하는 과정만 전혀 기억을 하지 못하고 있는 것 아닌가?"

"그렇소. 영호찬은 나와 헤어진 후 인간 사냥꾼으로 지내왔고, 그의 기억 속에는 그런 부분만 남아 있소."

의독성수는 그제야 환유성의 가슴에 난 상처를 발견하고는 약병을 꺼내 약을 발라주었다.

"그자가 혹시 혹독한 죽음이 두려워 거짓을 말할 수도 있지 않은가?"

"아니오. 영호찬의 말은 사실이오."

환유성이 단호히 말하자 의독성수는 고개를 끄덕였다.

"맞아. 자네는 무도에 의한 심안을 터득했으니 진가(眞假)를 정확히 꿰뚫어 볼 수 있겠지. 확실한 건 내가 직접 그자를 진맥해 봐야 알 것 같네. 한데 자네의 똑똑한 아내는 뭐라던가?"

"소군과는 얘기해 본 적 없소."

"흐음, 마교의 비법과 특별한 약물을 사용한다면 기억의 일부를 지울 수는 있을 것이네. 하지만 그런 마교 비전의 사술은 천마혈경이나 태음마경에 수록돼 있을 텐데?"

"천마혈경?"

환유성은 눈빛을 발하며 의독성수를 직시했다.

"천마혈경에 그런 사술이 수록돼 있단 말이오?"

"확실치는 않네. 아마도 자네의 똑똑한 아내라면 더 자세히 알고 있을 것이야."

"그렇다면 내 대신 소군을 만나 함께 연구해 보시오."

환유성은 소추의 안장 위로 훌쩍 올라앉았다.

의독성수가 그를 올려다보며 물었다.

"자네, 어디를 그렇게 서둘러 가는 길인가?"

환유성은 소추를 몰아가며 의미심장한 한마디를 남겼다.

"내 꿈을 깬 자를 찾아 죽여야겠소."

다각다각……!

소추는 이내 강변을 따라 멀어져 갔다.

의독성수는 고개를 갸우뚱거리다 쓴 입맛을 다셨다.

"쩝, 모르겠군. 하지만 직업이 인간 사냥꾼이었으니 태양천주의 살해를 사주한 놈을 확실히 찾아내기는 할 게야."

■ 제63장
찾아낸 흉수

1

아미산에 포진한 백도연합은 어느 정도 안정을 되찾고 있었다.

쌍성의 강력한 추천으로 강무영이 백도연합의 임시 맹주로 추대되고, 벽소군이 전략을 담당할 군사(軍師) 직을 맡았다. 천하의 운명을 건 중대한 시국을 감당하기에 그들 둘은 다소 어렸지만 달리 방안이 없었다.

그들은 모두가 인정하는 무림 최고의 영걸이다. 또한 태양천주의 유언(遺言)인데다 쌍성의 비호까지 받고 있는 상황이기에 무림의 종주들과 원로들은 기꺼이 천하의 운명을 그들에게 맡겼다.

벽소군은 태양천의 정예들과 군웅들로 이루어진 백도연합을 삼 군으로 나누었다.

좌군은 태청성검이 이끌고, 우군은 무아 성승이, 그리고 중군은 강무영과 벽소군이 맡았다. 삼 군은 각기 적풍사, 천산무궁, 포달랍사를 상대로 대결할 채비를 갖추었다.

벽소군은 특별히 경공과 잠입에 뛰어난 고수들을 밀정으로 파견해 새황무림의 동태를 살피는 데 주력했다.

그녀는 쌍뇌천기자의 진전을 이었기에 전투에 있어 가장 중요한 것이 정확한 첩보에 의한 상황 판단임을 잘 알고 있었다. 이는 손자병법의 용간편(用看篇)에서도 주지하는 전략의 기본이었다.

커다란 탁자 위에는 대륙지형도가 펼쳐져 있고 그 위로 무수한 삼각 깃발과 표식이 꽂혀 있었다. 새황무림은 붉은 깃발, 백도연합은 흰 깃발로 구분 되었다.

벽소군은 산더미처럼 쌓인 전서통문을 꼼꼼히 읽으며 새황무림의 이동 경로에 맞춰 깃발을 이동시켰다. 덕분에 그녀는 사흘도 안 돼 새황무림의 전력을 대부분 파악할 수 있게 되었다.

백도연합은 새황무림에 비해 수적으로 열세이지만, 무인들의 많고 적음은 그다지 중요한 것이 아니다. 수백 명을 감당할 상승 고수들을 어느 쪽이 더 많이 보유하고 있느냐가 승패로 이어진다.

사흘 동안 거의 잠을 자지 못한 그녀는 다소 초췌해 보였지만 빼어난 미모는 여전했다.

그녀는 전서통문을 내리며 의자에 깊숙이 몸을 묻었다.

"적풍사나 천산무궁 정도는 쌍성이 지휘하는 좌우군으로 충분히 감당할 수 있어. 문제는 포달랍사야."

그녀의 고민은 새황 최강의 방파인 포달랍사였다.

포달랍사는 중원무림에 비교하자면 태양천과 같은 위치다. 포달랍사의 장문인 수미대법왕(須彌大法王)은 새황 최강의 고수로 수미대불력을 대성해 도검불침지체을 이루었다. 중원의 해와 달이 태양천주와 월영서시라면 새황의 해와 달은 새황성존과 수미대법왕이라 할 수 있다.

"오직 천주만이 대법왕을 감당할 수 있을 텐데……."

그녀는 차갑게 식은 차를 한 모금 들이켰다.

태양천주를 제외한다면 월영서시만이 수미대법왕과 견줄 수 있는 유일한 개세고수다. 하지만 자신이 육반천라금쇄진으로 그녀를 가두어놓았으니 월영서시는 당분간 세상에 나올 수 없다. 물론 그녀에게 요청을 한다 해도 무림사에 관여하지 않는 성격이라 나서줄지도 의문이다.

벽소군은 월영서시의 말을 되새기며 길게 한숨을 내쉬었다.

"후우, 월영서시의 말씀이 옳았어. 어떻게든 환랑을 설득해 비무를 포기시켰어야 했어. 그랬다면 월영서시께 이번 대결에 나서줄 것을 요청할 수 있었을 거야."

그녀로서는 가슴이 저리도록 후회스러운 결정이었지만 태양천주가 갑자기 타계할 줄은 꿈에도 생각지 못한 일이었다.

그녀는 몸을 일으켜 대륙지형도를 세심하게 살펴보았다.

"수미대법왕만 견제할 수 있다면 충분히 승산이 있는 대결이야."

그녀는 두 팔로 가슴을 안으며 천천히 탁자 주변을 거닐었다.

"무심한 분… 이 중요한 순간에 훌쩍 떠나가다니."

그녀는 환유성을 떠올리며 고개를 내저었다.

환유성의 무공 수위는 그녀로서도 추측하기 힘들 정도였다. 잠시 헤어졌다 만날 때마다 그는 한 단계씩 상승한다.

황하의 한 객잔에서 그를 처음 만났을 때 그의 무공은 일류급 정도였다. 놀랍도록 빠른 쾌검을 지녔지만 절세고수는 아니었다. 하지만 그의 쾌검은 더욱 빨라졌다. 세상에 알려지지 않은 사실이지만 월영서시를 두렵게 만들 만큼 그의 쾌검은 독보적인 경지에 이르렀다.

물론 그가 절세고수로 거듭날 수 있었던 것은 만상석부에서 십 개월에 걸친 수련 덕분이었다.

만상백변식을 터득한 이후 그의 검은 인간 한계에 이르렀다. 귀명마공의 악마지공을 격파했고, 극검마왕마저 죽음에 이르게 만들었다. 검에 관한 한 그는 검선(劍仙)으로 불리어도 좋을 만큼 성장한 것이다.

포달랍사의 수석 장로 뇌랍마저 그의 기도에 압도될 정도라면 그의 무공 수위는 중원에서도 다섯 손가락 안에 꼽힐 것이다.

"환랑이라면 수미대법왕과 겨뤄도 쉽게 패하지는 않을 거야. 더군다나 상승 무도까지 터득해 어떤 무공도 파훼할 능력이 있지."

그녀는 월창을 활짝 열어젖혔다.

암흑마국에 의해 심하게 훼손된 아미파의 경관은 볼썽사나웠지만 멀리 보이는 아미산의 춘경(春景)은 아름답기 그지없었다. 붉고 흰 꽃들이 푸른 신록과 어우러져 한 폭의 그림을 연상케 한다.

그녀는 문득 품에 간직한 보물을 떠올렸다.

하얀 손가락에 의해 풀어진 주머니 안에서 천잠비단이 끄집어져 나왔다. 바로 새황성존이 남긴 천원단서였다. 단주로 씌어진 일천 개의 글자가 빼곡하게 적혀 있었다.

월영궁을 떠나 중원으로 오는 동안 환유성은 그녀와 천원단서의 요결을 함께 연구하다 그녀에게 건네준 것이다. 자신은 귀찮으니 마땅한 사람을 찾아 새황무신의 절학을 잇게 하라는 의도였다.

그녀가 천원단서의 요결에 심취해 있을 때였다.

"군사, 들어가도 되겠소?"

강무영의 음성이었다. 벽소궁은 천원단서를 손에 접어 들고는 문으로 향했다.

"들어오세요, 맹주."

가슴에 상장을 단 강무영이 들어섰다. 극도의 상심으로 다소 여윈 모습이었지만 전신에서 뿜어지는 기품은 예전처럼 활기찼다.

벽소군은 탁자로 그를 안내해 찻잔에 차를 따랐다.

"차가 조금 식었군요."

"괜찮소."

두 남녀는 탁자에 마주 앉아 차를 마셨다.

가슴 한 자락에 남아 있는 과거의 연정 때문인지 조금은 어색한 분위기였다. 만일 그들 둘이 연분을 맺었다면 천하에서 가장 잘 어울리는 한 쌍이 되었을 것이다.

강무영이 대륙지형도 쪽으로 시선을 돌렸다. 빼곡한 붉은 깃발을 보며 그는 한눈에 새황무림의 움직임을 파악할 수 있었다.

"대단하시오. 불과 사흘 만에 새황의 동태를 모두 파악했구려."

"비찰부 소속 밀정들이 모두 애써준 덕분입니다."

"저들의 전진 속도를 감안한다면 조만간 결전이 벌어질 것 같소."

벽소군은 손에 쥔 천원단서를 탁자에 올려놓았다.

"포달랍사의 대법왕이 언제 당도하느냐가 관건이에요. 그전에는 사소한 충돌 정도만 있을 겁니다. 다행히 대법왕이 천주를 위한 애도 기간으로 칠 일간 모든 싸움을 중지하라는 영을 내렸다 합니다. 약간의 시일을 더 벌게 되었지요."

강무영이 찻잔을 내리며 담담히 미소를 지었다.

"돌아가신 사부님을 위해 그런 조의를 표해주다니 고마울 따름이오. 대법왕은 명실 공히 새황 최강의 고수이니 여한이 없는 대결이 될 것이오."

벽소군이 잠시 생각하다 그에게 천원단서를 건네주었다.

"이것을 깊이 탐독하시면 대법왕과의 결전에 도움이 되실 겁니다."

"무엇이오?"

강무영은 천원단서를 받아 들고 찬찬히 훑어보다 눈을 커다랗게 뜨며 벽소군을 직시했다.

"이건 무공요결이 아니오?"

"그렇습니다."

강무영은 정색하며 천원단서를 내려놓았다.

"사부님의 절학 외에 다른 무공은 수련할 수 없소."

"맹주, 그것은 천원단서입니다. 한 고인의 칠십 년 심득이 담겨 있지요. 하지만 절기는 한 가지도 적혀 있지 않습니다. 천원단서는 그야말로 무(武)를 해석한 요결일 뿐입니다. 무의 근원을 밝힌 요결을 깊이 탐구하시면 맹주가 터득한 태양천주의 절학을 더욱 강화시킬 수 있습니다."

"……."

강무영은 천원단서를 다시 집어 들고 한 구절씩 읽어 내려갔다. 그의 표정이 시시각각으로 변화되었다.

"믿을 수가 없소. 이 요결은 사부님께서 전수해 주신 태양절기와 아주 유사하오. 어떻게 이럴 수가 있소?"

"사물의 근원은 한줄기에서 시작되는 법이지요. 하기에 모든 줄기를 따라 올라가다 보면 한곳에 이르게 됩니다."

"만류귀종(萬流歸宗)?"

강무영이 정광을 발하자 벽소군이 고개를 끄덕이며 차분하게 응대했다.

"맞습니다. 이 천원단서를 남긴 분은 수천 가지의 무학을 두루 섭렵했지요. 하기에 정불선사마독(正佛仙邪魔毒) 모든 부류의 무학을 분석하였고 그 이치를 찾아낸 것입니다. 결국 모든 무학은 같은 원리에서 창안된 것임을 깨닫고 만류귀종이라는 심득을 남긴 것입니다."

"대체 누가……? 대체 누가 이렇듯 심오한 요결을 창안할 수 있단 말이오?"

"바로 새황성존의 심득입니다."

"새황성존?!"

강무영이 크게 놀라워하자 벽소군은 환유성과 새황성존의 운명 같은 만남과 죽음에 대해 상세히 얘기해 주었다.

강무영은 새황성존이 죽었다는 사실에 몹시 비통한 심정이 되었다. 이 시대를 대표할 거목 둘을 잃었으니 중원과 새황 모두 태양을 잃은 셈이다.

"천원단서의 요결 중 삼 할은 태양천주와 연관이 돼 있습니다. 천주는 새황성존과 세상에 알려지지 않은 대결을 벌인 적이 있었던 겁니다. 그 비밀스런 비무를 통해 두 분 모두 놀라운 심득을 얻게 된 것이지요."

강무영은 천원단서의 요결이 적힌 천잠비단을 탁자 위에 내려놓았다.

"사부님이나 새황성존은 무림 사상 다시없을 천년기재이셨소. 두 분의 심득이 담긴 요결이 군사의 손에 들어왔다니 이는 중원의 홍복이오."

"소녀는 그저 환랑에게 건네받았을 뿐입니다."

"그렇다면 주인인 반검무적이 수련하는 게 옳소."

강무영이 정중히 사양하자 벽소군이 그의 손에 천원단서를 쥐어주었다.

"환랑은 이미 머리 속에 요결을 담고 있어요. 지금은 맹주께서 터득하셔야 합니다. 시일이 많지 않지만 수미대법왕과의 대결을 위해 반드시 필요합니다."

"군사……."

벽소군군은 간곡한 어조로 청했다.

"맹주와의 오랜 친구로서 부탁드리겠어요. 중원을 위해, 그리고 맹주를 위해 천원단서를 받아들이세요. 구천에서 지켜보시는 천주께서도 결코 맹주를 탓하지 않으실 겁니다."

강무영은 잠시 동안 천원단서를 쥔 채 숙고하다 마음을 정한 듯 고개를 끄덕였다.

"알겠소. 이는 사부님의 태양절기를 빛내는 길이니 기꺼이 받겠소."

벽소군의 표정이 만개한 꽃처럼 환해졌다.

"잘 생각하셨습니다. 이로써 중원의 태양은 다시 떠오르게 되었습니
다."

2

세상에서 멀리 떨어진 곤륜산의 월영궁에도 대륙에서 날아든 전서
통문이 전해졌다.

중원에서 전해진 급보에 놀란 금류향은 서둘러 온천지로 향했다. 진
세가 펼쳐진 것을 깜빡 잊은 그녀가 무작정 육반천라금쇄진 안으로 들
어서려 할 때였다.

"멈춰라!"

진세 안에서 들려오는 일갈에 그녀는 화들짝 놀라 걸음을 멈추었다.
그녀는 무너지듯 무릎을 꿇었다.

"사부님, 제자 금류향이옵니다."

"누구도 접근하지 말라 했거늘 어쩐 일이냐?"

"사부님… 너무도 엄청난 사건이라……."

금류향이 파랗게 질린 채 말을 잇지 못하자 흰 휘장이 둘러진 곳에
서 월영서시의 차가운 음성이 전해졌다.

"대체 무슨 일이냐? 환유성이 다시 찾아오기라도 했느냐?"

"그것이 아니오라… 사부님께서도 너무 놀라지 마십시오."

“말을 해라.”

“태양천주께서… 운명하셨다 하옵니다.”

금류향은 어두운 안색으로 고개를 떨구었다.

일 수유의 정적이 흘렀다. 촌각도 안 될 시간이었지만 금류향은 질식한 듯한 중압감에 가슴이 떨려왔다.

“사부님…….”

금류향이 겨우 고개를 쳐들자 월영서시가 천천히 휘장 밖으로 걸어나왔다. 백발과 흰 피부를 제외하면 흑색으로 일관된 검은 옷이 극반의 대조를 이룬다.

월영서시는 서릿발 같은 기운을 발하며 물었다.

“네가 무슨 소리를 하는 것이냐? 태양천주가 운명하다니? 대체 어디서 그런 허무맹랑한 소리를 들었단 말이냐?”

“주변을 정탐하던 제자들을 통해 들었습니다. 중원에서 전해진 급보가 지금 새황 천지에 널리 퍼져 있다 하옵니다. 더 놀라운 사실은…….”

“뭐냐?”

“태양천주께선 암습에 의해 살해되셨다 합니다.”

“하면… 피살되었단 말이냐?”

월영서시의 눈에서 폭발적인 안광이 뿜어졌다.

콰앙!

폭음과 함께 지반이 흔들렸다. 뻗어 나간 안광이 진세에 의해 형성된 무형의 강막에 부딪친 것이다.

월영서시는 강막의 반탄력에 튕겨 뒤로 주르륵 밀려났다. 그녀의 전신이 와들와들 떨린다. 희로애락을 전혀 표현하지 않아 백발마녀로까지 불리는 그녀였지만 태양천주의 죽음은 그녀의 영혼마저 파괴할 만큼 충격적인 비보였던 것이다.

"누구냐? 대체 누가 태양천주를 살해했느냐?"

금류향은 삼 장 두께의 진세를 사이에 두고 있었지만 전율과 격동에 젖은 월영서시를 똑똑히 볼 수 있었다.

"영호찬이라고… 제자도 잘 아는 요동의 인간 사냥꾼입니다."

"말도 안 돼! 그런 하찮은 자가 어떻게 태양천주를 해칠 수 있단 말이냐!"

"태양천주는 그자의 검에 등이 관통되었다 하옵니다."

"……"

월영서시는 한순간 침묵하다 획 돌아섰다. 그녀의 어깨에 두른 피풍의가 바람도 없건만 세차게 나부꼈다.

"있을 수 없는 일이다! 천하의 어떤 자객도 태양천주를 해칠 수 없어. 누구도 살심을 품고는 초극무도에 이른 그에게 접근할 수 없다. 절대… 절대 있을 없는 일이야!"

"사부님, 제자도 처음에는 믿을 수 없었습니다. 하지만 다른 제자들을 통해 알아본 결과 분명한 사실입니다. 태양천주의 유해는 태양천으로 이송되었고 아미산에 운집한 군웅들은 상복을 입고 통곡하였다 합니다. 포달랍사의 대법왕조차 조의를 표하며 칠 일 동안은 어떤 충돌도 없도록 새황무림 전체에 포고령을 내렸다 합니다. 모든 상황으로 보건대 태양천주의 타계는 사실입니다."

금류향은 슬픔을 이기지 못하고 눈물을 글썽였다.

월영서시는 휘장 안으로 사라졌다.

금류향은 물러가라는 영이 없어 떠나지도 못하고 자리를 지켜야 했다. 그렇게 한 식경이 지나서야 휘장 안에서 월영서시의 음성이 들려왔다.

"월영사화를 불러오너라."

온기 한 점 묻지 않은 냉막한 어조는 변함이 없었지만 다소 가라앉은 음성이었다.

"예, 사부님."

금류향은 서둘러 몸을 일으켰다.

그녀는 일각도 지나지 않아 월영사화를 대동하고 진세 앞으로 달려왔다.

매난국죽(梅蘭菊竹)으로 불리는 월영사화는 월영서시의 호법들로 하나같이 절정급 고수들이다. 삼십 대의 나이로 용모는 단정했지만 하나같이 냉기가 흐르는 모습이었다.

"부르셨습니까, 궁주님."

월영사화의 첫째 한매(寒梅)가 묻자 월영서시의 음성이 휘장 안에서 들려왔다.

"사화는 총령을 도와 중원으로 떠날 채비를 하여라. 월영궁은 폐쇄될 것이다. 이유는 묻지 마라. 곤륜산으로 돌아올 일은 없을 테니 전 제자들에게 명해 모든 소지품과 궁의 재보를 옮기도록 해라."

"궁주님께서도 함께 가십니까?"

"난 사흘 후 진세를 파훼하고 나설 것이니 중도에 합류하게 될 것이다."

"명을 받들겠습니다."

　월영사화와 함께 물러 나온 금류향은 전 제자들에게 월영서시의 중원 진출령을 하달하고는 대대적인 이동 채비를 갖추었다.

　월영궁 오백여 제자는 내심으로 기뻐했다. 비록 단정의 맹세를 하고 월영궁에 입궁했지만 중원은 그녀들에게 있어 잊을 수 없는 고향이었다.

　월영궁의 중원행!

　그것은 세상을 놀라게 할 또 하나의 변수였다.

3

　월영서시는 온천탕 옆 반석에 가부좌를 튼 채 사흘 동안 꼼짝도 하지 않고 있었다. 전 제자들에게 출궁령을 내렸기에 넓은 월영궁 내에는 오직 그녀만이 있을 뿐이다.

　그녀의 표정은 얼음으로 만든 조각상 같아 희로애락을 분별할 수 없었다. 비탄과 분노로 그녀의 혈관을 타고 흐르는 피가 용암처럼 들끓고 있었지만 본래의 냉염한 모습은 조금의 변화도 없었다.

　일순 그녀의 몸이 구름처럼 둥실 떠오른다.

　그녀의 몸 주변으로 허연 빙무가 형성되었다. 강력한 소수신공으로 전신을 감싼 그녀는 그대로 진세를 향해 부딪쳐 갔다.

　콰― 콰쾅―!

　기의 흐름을 차단하는 강막이 형성되며 엄청난 반탄력을 일으켰다.

산악도 관통할 그녀의 무공으로도 진세를 파훼하지 못한 것이다.

"월영천관파(月影穿關破)!"

그녀는 손목에 팔찌처럼 찬 월환검을 뽑아 들었다. 삼천공의 절학 중 월영검후의 개세절학이 펼쳐지는 순간이었다.

세상의 모든 빛이 소멸되며 한 덩이 달빛이 빛을 발한다. 암흑 속에서 빛나는 월광은 너무도 강렬해 흡사 태양을 보는 듯하다. 휘황한 달빛으로 화한 그녀는 재차 진세를 향해 돌진했다.

파지지직—!

무수한 뇌전이 피어오르며 연신 섬광이 번득인다. 기의 흐름을 차단하는 육반천라금쇄진이 진동하며 은영곡 전체가 요동친다.

월영서시는 전신을 짓누르는 강력한 진세에 대항하며 극한의 공력을 분출했다.

"월영비천검!"

그녀의 몸이 월환검으로 스며들며 믿을 수 없는 광채를 뻗어냈다. 최상승 검도인 심기어검술이 펼쳐진 것이다.

꽈꽝—!

지축을 뒤흔드는 굉음과 함께 진세의 강막을 뚫고 월환검이 솟아올랐다. 마침내 육반천라금쇄진을 돌파한 것이다.

월환검이 내리 꽂히며 월영서시가 모습을 드러냈다. 월환검을 팔찌로 변환해 손목에 채운 그녀는 한 모금의 선혈을 토하며 풀썩 주저앉았다.

"우욱!"

붉은 피가 장미꽃처럼 선연하다. 천하에서 가장 아름다운 여인의 피이기에 이리도 붉은 것일까.

월영서시는 가슴을 누르며 가쁜 숨을 몰아쉬었다.

삼천공의 절학을 터득한 이후 그녀가 피를 흘려보기는 이번이 세 번째다. 첫 번째는 단목휘를 만나 호승심에 승부를 겨루었을 때였고, 두 번째는 환유성의 절세적 쾌검에 약간의 혈흔을 보인 것이 전부였다.

그녀를 가둔 벽소군의 진법도 대단했지만 그 진법을 파훼한 그녀의 무공은 실로 경이적이었다. 시일이 지나기 전에는 그 어떤 생명체도 통과할 수 없다는 육반천라금쇄진을 돌파했으니 이는 인간 한계를 뛰어넘는 경지였다.

내상약을 복용해 들끓는 기혈을 가라앉힌 그녀는 천천히 몸을 일으켰다.

"소군, 이따위 진세로 날 가둘 수 있다고 생각했다면 오산이다. 너의 죄는 훗날 묻겠다."

그녀는 꼿꼿이 미끄러지며 양 소매를 휘저었다.

콰― 콰쾅―!

소수신공이 펼쳐지며 월영궁의 전각들이 하나씩 붕괴되었다. 자신이 살아온 터전을 흔적도 없이 파괴한 것이다. 다시는 돌아오지 않겠다는 의도이며, 자신이 지냈던 곳을 다른 누가 더럽히는 것을 용납할 수 없기 때문이다.

"휘, 난 당신을 위해 중원을 떠났어요. 내가 중원에 머물러 있으면 당신이 태양이 될 수 없기 때문이었죠."

그녀의 한 서린 손길에 월영궁은 순식간에 형체를 감추었다.

"당신의 복수는 내가 해드릴 겁니다. 당신의 죽음과 조금이라도 연관된 자들은 누구도 용서치 않을 겁니다. 천 명이든 만 명이든 모두 죽이겠어요."

그녀는 폐허 속에서 솟구쳐 올랐다.

까마득한 삼십 장 높이로 비상한 그녀는 월영비천술을 전개해 삽시간에 은영곡을 벗어났다.

"마지막으로 죽여야 할 계집이 하나 있습니다. 간악한 술책으로 당신과 나의 운명을 갈라놓은 악녀입니다. 난 당신의 행복을 위해 당신이 살아 있는 동안은 절대 그 계집을 죽이지 않겠다고 스스로 맹세했지요. 하지만 당신이 세상을 떠난 이상 이제 그 맹세는 지킬 이유가 없습니다."

바람처럼 허공을 가르는 월영서시의 눈에 수정 같은 이슬이 흘러내린다. 그 누구도 본 적이 없는 달의 눈물이다.

"휘… 우리의 인연은 내세에서 반드시 이루어질 겁니다."

4

태양천주의 부고가 천하에 알려진 이후 모든 기루가 문을 닫았다. 장안제일기루인 원앙각 역시 예외는 아니었다. 기녀들도 가슴에 상장을 달고 당분간 태양천주의 죽음을 애도하는 기간으로 정해 모든 음률마저 금했다.

평소 정문을 활짝 열고 취객들을 받아들이던 원앙각의 분위기는 조용하기만 했다. 정문을 굳게 닫아건 채 쪽문을 통해 간간이 경비 무사들과 기녀들이 오갈 뿐이다.

무료한 표정으로 서 있던 경비 무사들은 추레한 모습의 청년이 먼지투성이 말을 탄 채 다가서자 손부터 흔들었다.

"당분간 영업을 하지 않소. 다른 곳도 마찬가지일 테니 주루나 찾아가슈."

송충이눈썹의 경비대장은 돌 계단 위에서 청년을 훑어보고는 쓴 입맛을 다셨다.

"설사 영업을 한다 해도 그런 몰골로는 들어올 수 없소. 보아하니 수중에 은자도 넉넉치 않은 것 같군."

청년은 무심한 눈빛으로 경비대장을 응시했다.

"난 환유성이란 사람이오. 벽향원의 옥잠화를 만나러 왔소."

그가 자신의 이름을 밝히자 원앙각에 한바탕 소란이 일어났다.

반검무적 환유성의 명성은 이미 천하에 자자해 무림천하는 물론이고 기루나 전장, 객잔 등 사람들의 왕래가 많은 곳에서는 그를 모르는 사람이 없다. 태양천주와 같은 협명(俠名)은 아닐지라도 그의 명성이 지닌 위력은 실로 대단했다.

원앙각의 주인 홍예화는 화장도 하지 않은 얼굴을 하고 몸소 영접에 나섰다. 백발이 성성한 노파였지만 아직 과거의 고운 자태를 지니고 있었다.

그녀는 환유성을 향해 정중히 허리를 굽혔다.

"어서 드십시오, 상공. 잠화가 출타 중이니 잠시 기다리시면 잠화를 불러들이겠습니다."

“난 술을 마시러 온 것이 아니오. 어디 있소?”

“태양천주께서 타계하셨다는 비보를 듣고는 한동안 식음을 전폐했다가 사흘 전부터 자은사(慈恩寺)에서 불공을 드리고 있습니다.”

“알겠소.”

환유성은 그대로 말머리를 돌려 원앙각을 떠났다.

홍예화는 놀란 가슴을 손으로 눌렀다.

“후우, 소문대로 감정을 읽을 수 없는 사람이군. 어째 좀 불안하구나.”

경비대장이 공손하게 아뢰었다.

“심려 마십시오, 각주. 본래 반검무적의 무심은 천하일절이 아닙니까?”

“이런 시국에 주흥을 즐기자고 들른 것은 아닌 게 확실해. 오매불망 그를 기다리던 잠화였지만… 느낌이 좋지 않아.”

화류계에서 산전수전을 겪으며 살아온 그녀였기에 세상을 보는 안목은 남달랐다.

5

자은사는 장안제일의 사찰로 명성이 높은 곳이다. 유명한 대안탑(大雁塔)과 소안탑(小雁塔)은 당나라의 명승 삼장법사가 서역에서 불경을 가져온 것을 기념해 세워졌다.

불공을 드리러 온 많은 불자들이 법당에서 배례를 올리고 더러는 탑 주변을 돌며 소망을 기원하고 있었다. 목탁 소리와 함께 바람을 타고 들려오는 풍경 소리가 근심과 시름을 씻어주는 듯 청명하기만 하다.

소복 차림을 한 이국의 금발 미녀는 수만 명 속에서도 한눈에 드러날 만큼 빼어난 용모를 지니고 있었다. 소복의 빛깔로 인해 본래의 흰 피부가 더욱 희게 부각되었다. 푸른 눈망울은 금세라도 눈물을 떨구어낼 듯 물기로 젖어 있었다.

바로 장안제일의 기녀 옥잠화였다. 그녀는 두 시비인 소청과 여홍을 대동한 채 소안탑 주변을 돌며 불경을 외고 있었다.

한 걸음을 옮길 때마다 손에 쥔 염주를 돌리던 그녀는 기이한 느낌이 들어 살포시 시선을 들었다.

일순, 그녀는 벼락이라도 맞은 듯 부르르 전율하고 말았다. 팔짱을 낀 채 무심하게 응시하고 있는 한 명의 청년이 그녀의 눈망울을 가득 채운 것이다.

"아아……!"

그녀가 실신할 듯 휘청거리자 두 시녀가 얼른 그녀를 부축했다.

"아가씨!"

"괜찮으세요, 아가씨?"

옥잠화는 숨을 두어 번 몰아쉬고는 겨우 정신을 가다듬었다. 두 시비도 비로소 환유성의 존재를 알아채고는 깜짝 놀랐다.

"아, 공자님!"

"환 공자님이 오셨군요, 아가씨!"

옥잠화는 그의 갑작스런 방문이 꿈이 아닌가 의심스럽기만 했다.

“소청과 여홍은 여기 있거라.”

그녀는 조심스럽게 옥보를 옮겨 환유성 앞으로 다가섰다.

그녀의 심장은 세차게 뛰고 있었다. 꿈속에서라도 한 번 보고 싶은 연인(戀人)이 마침내 그녀를 찾아온 것이다. 하지만 그의 무심한 모습을 가까이 대하자 그녀는 또 한 번 머리 속이 터지는 듯한 아득한 절망감에 젖어야 했다.

“공자… 오랜만에 뵙습니다.”

그녀는 최대한 정중히 허리를 굽혔다.

서로가 한 번씩 목숨을 구해준 깊은 인연을 맺은 남녀다. 헤어진 지 벌써 일 년도 훨씬 넘는 세월이 흘렀다. 의당 안부를 묻는 인사라도 건네야 했지만 환유성은 홱 몸을 돌리며 건조한 음성으로 한마디 던졌다.

“따라오시오.”

두 남녀는 경내를 벗어나 한적한 고송림 사이의 산책로에 이르렀다. 언뜻 본다면 선남선녀의 다정한 나들이였지만 사내의 표정은 냉막하기만 했다.

“영호찬이란 자를 알고 있소?”

환유성이 단도직입적으로 묻자 옥잠화는 그늘진 표정을 지으며 대답했다.

“잘 알고 있습니다. 은살귀서에 의해 능욕을 당할 순간에 소녀를 구해준 사람입니다. 그 사람은 소녀가 잘 아는 분의 친구이기에 벽향원으로 모셔 수일 동안 술을 대접해 드렸습니다.”

“그놈과 잤소?”

환유성은 차가운 안광을 발하며 그녀를 직시했다.

옥잠화의 표정이 참담하게 일그러졌다. 그와 시선을 마주한 그녀의 푸른 눈망울에 맑은 이슬이 그렁그렁 맺혔다.

"그게… 중요한 일입니까?"

"물론이오. 영호찬은 태양천주를 살해했소. 놈이 막사검을 얻게 된 내막에 당신이 연관돼 있을 수도 있소."

"너무하십니다… 정말 너무하십니다."

그녀의 매끄러운 볼을 타고 눈물이 또르르 굴러 내렸다.

풀잎에 떨어진 절세미녀의 눈물은 그대로 영롱한 보석이 되어버렸다. 슬픔에 찬 그녀의 모습은 누구라도 부둥켜안고 다독여 주고 싶을 만큼 애절했다.

"한 번은 소녀를 찾아주시리라 믿고 기다렸건만… 소녀를 죄인처럼 심문하러 오신 거란 말입니까?"

"묻는 말에 대답이나 하시오. 만일 태양천에서 당신을 찾아왔다면 형벌부터 가했을 거요."

환유성의 삭막한 어조에 옥잠화는 비로소 깨달을 수 있었다.

그녀는 태양천주의 살해에 전혀 무관하지 않는 것이다. 영호찬이 막사검를 얻기 위해 천사신검을 유인할 요량으로 은살귀서를 죽였다면 그녀 역시 혐의가 있는 일이다.

환유성의 말마따나 새황무림과 대치하는 긴박한 상황만 아니었다면 그녀는 태양천에 소환돼 혹독한 고문을 당했을 것이다. 태양천주를 살해한 극악한 살수를 한동안 자신의 처소에서 지내게 한 일만으로도 그녀는 자칫 공범으로 몰릴 수 있는 상황이었다.

그녀는 환유성 앞에 털썩 무릎을 꿇었다.

"공자, 소녀의 죄가 전혀 없다고 말씀드리지는 않겠습니다. 하오나 소녀는 환 공자의 친구라는 말에 현혹돼 그자를 벽향원에 들인 것입니다. 나중에 천사신검이 찾아와 대결을 위해 떠나고서야 비로소 일부러 은살귀서를 죽인 사실을 깨닫게 되었습니다. 하지만 그자가 설마 천주를 살해할 줄은 꿈에도 생각지 못했습니다."

"영호찬과 무슨 얘기를 나누었소?"

"대부분 환 공자에 대한 얘기였을 뿐입니다. 요동에서 환 공자와 함께 현상범을 추적한 일과 금류향이란 여인, 중원으로 오던 중 환 공자와 만났던 얘기가 전부였습니다."

환유성은 팔짱을 낀 채 그녀 앞을 거닐며 죄인을 심문하듯 다루었다.

"그 외 달리 만난 사람들에 대한 얘기는 없었소?"

"없었습니다."

"달리 수상쩍은 행동도 없었소? 정신 나간 사람처럼 혼란스러움에 젖은 적도 없었냐 말이오?"

"그자는 호쾌했고 여홍과 소청과도 잘 지냈습니다. 무엇을 숨긴 사람처럼 보인 적은 한 번도 없었습니다."

환유성은 칼날 같은 혀를 놀렸다.

"잠자리를 할 때도 그랬소?"

"공자… 소녀는 그자와 잠자리를 하지 않았습니다."

옥잠화는 고개를 떨구며 심하게 어깨를 들먹였다. 그녀의 가슴은 갈가리 찢어졌다. 차라리 죽고 싶은 심정이었다. 그녀가 단 한 번 사랑한 사람이 뱉어내는 말들은 하나하나 칼날이 되어 그녀의 폐부 깊숙이 박혀 버린 것이다.

너무도 심한 상처를 입은 그녀였기에 앞으로는 누구도 사랑할 수 없을 만큼 정신과 마음 모두가 멍들고 말았다.

"흑흑… 차라리 소녀를 죽이십시오."

옥잠화는 하염없는 눈물을 흘리며 그를 올려다보았다.

"천하인 모두가 소녀를 의심해도 공자만큼은 소녀를 믿어주시리라 확신했습니다. 하온데… 하온데…….."

"당신을 의심했다면 이미 내 손에 죽었소."

환유성은 휙 돌아서며 길게 휘파람을 불었다.

다각다각……!

소추가 경쾌한 말발굽으로 달려왔다.

"오, 소추!"

옥잠화는 소추를 보고는 몸을 일으켰다. 그녀가 힘겨운 발걸음을 옮기자 소추가 그녀를 알아보고 길게 울음을 터뜨렸다.

"그래, 소추. 날 알아보는구나."

옥잠화는 소추의 목덜미를 얼싸안고는 볼을 비볐다.

그녀로서는 이역만리 타향에서 고향 사람을 만난 기분이었다. 제대로 씻겨주지를 않아 소추의 몸에서 역겨운 냄새가 풍겼지만 전혀 개의치 않았다.

소추 역시 몹시 반가워하며 그녀의 얼굴을 혀로 핥았다. 오랜만에 그녀의 몸에서 전해지는 고향의 향기에 한껏 취한 것이다.

"이리 와!"

환유성의 일침에 소추는 몹시 아쉬운 듯 옥잠화의 어깨에 턱을 비비고는 그에게 다가섰다. 안장에 올라앉은 그는 그녀를 내려다보며 이해할 수 없는 한마디를 던졌다.

"태양천주를 위한 불공은 당장 그만두시오."

그는 소추를 몰아 이내 소나무 숲 사이로 사라져 갔다.

"……?"

옥잠화는 하나의 석상이 되어 그가 사라진 곳을 멍하니 바라보기만 했다.

그는 바람이었다. 바람처럼 나타나 그녀를 구하고는 훌쩍 떠나 버렸다. 죽을 뻔한 몸으로 소추의 등에 업혀왔지만 걸음을 딛는 순간 떠나 버렸다. 이번 세 번째 대면은 세찬 폭풍이었다. 그에 대한 애틋한 연정을 산산이 깨뜨려 버리고 떠난 것이다.

그러나 마지막 한마디가 그녀의 심금을 울렸다.

"태양천주를 위한 불공은 당장 그만두시오."

그것이 무엇을 뜻하는지 그녀는 그의 속내를 파악할 수가 없었다. 너무도 많은 것을 시사하는 말이었기 때문이다.

'대체 무슨 의미로 그런 말씀을 하신 것일까. 나 같은 계집은 천주를 위한 불공을 드릴 자격도 없기 때문일까?'

그녀는 힘없이 몸을 돌렸다. 주체할 수 없는 눈물로 얼굴이 뒤범벅되었지만 닦아내고 싶지도 않았다.

'맞아. 날 의심했다면 이미 죽였을 거라 했어. 그 말씀은 날 믿는다는 의미가 분명해.'

마치 폭풍이 스쳐 간 땅에도 꽃이 피듯 그녀의 황폐해진 가슴에 한 가닥 희망이 샘물처럼 솟아올랐다.

'아! 맞아. 그분이 서둘러 달려오신 건 날 살리기 위함이었어.'

나름대로 해답을 찾은 그녀는 참을 수 없는 흥분과 격정에 가슴이 터질 것만 같았다.

"난 이미 반검무적의 심문을 받았어. 그분이 날 용서한 건 내게 죄가 없기 때문이겠지. 그분이 날 용서했다면 천하의 누구도 내게 죄를 묻지 못해. 이미 그런 위치에 오른 분이니까."

그녀는 환유성이 사라진 방향을 향해 털썩 무릎을 꿇었다.

"이제야 알 것 같습니다, 환 공자. 소녀가 천주의 죽음을 애도하는 모습이 자칫 가식으로 보일 것을 우려하셨군요. 한갓 기녀가 천주를 위해 불공을 드린다는 건 죄책감으로 비칠 수도 있음을 시사하신 것입니다."

공손히 절을 올린 그녀는 비로소 밝은 미소를 지었다. 유리병처럼 조각난 마음이 다시 붙여진 것이다.

"공자의 말씀에 따르겠습니다. 기녀답게 살겠습니다. 장안의 기녀로서 노래와 음률로 취객들을 즐겁게 만들고 기꺼이 술을 따르겠습니다. 하지만… 소녀의 가슴에 공자 한 분만을 담아두는 것만은 헤아려 주십시오."

그녀는 합장하듯 두 손을 가슴 앞에 모았다.

"소녀는 험악한 무림에서 공자께서 무탈하시기만을 천지신명께 기원하겠습니다."

6

위석산의 한 협곡은 달포 전의 대결로 인해 심하게 훼손돼 있었다. 붕괴된 벼랑에 의해 돌 더미가 바닥 곳곳에 수북했다.

협곡을 찾아 들어선 환유성은 곡 내를 샅샅이 수색하는 중이었다.

'영호찬의 무공으로는 절대 천사신검을 죽일 수 없다. 누군가의 도움을 받은 것이 분명해. 영호찬을 사주한 자는 태양천주를 죽이기 위해 막사검이 필요했고, 이곳에서 싸움을 벌이는 동안 영호찬을 도와 천사신검을 죽였다.'

그가 타인의 죽음에 대한 배경에 이렇듯 관심을 갖는 건 그 자신조차도 놀랄 정도였다.

과거에 그가 현상범이 걸린 자들을 추적한 것은 은자를 얻기 위해서였다. 은자를 구해 검귀와 같은 자들에게 주고 검술을 배울 수 있었다.

하지만 태양천주의 죽음에 대한 내막을 밝히는 일은 그에게 어떤 혜택도 없다. 태양천주와 각별한 관계도 없는 그가 이렇듯 집요하게 추적에 나서야 할 이유도 없었다. 굳이 한 가지 이유를 들자면 그 자신의 꿈이 깨진 데 대한 보복 때문이라 할 수 있었다.

그러나 결코 사소한 보복 때문은 아니었다.

태양천주의 죽음은 그에게 기이하리만치 강렬한 충격을 가져다 주었다. 그의 감정 밑바닥에 자리한 본능마저 자극한 것이다. 남들에게는 전혀 표현을 하지 않았지만 그의 본능은 활화산처럼 들끓고 있었다.

영호찬은 하수인일 뿐이다. 태양천주의 살해를 사주한 자를 찾아 반드시 죽여야 한다!

이러한 의식이 주문처럼 그를 움직이게 만들었다. 마치 피할 수 없는 운명처럼 그를 옭아맨 사명감이 그를 이곳까지 오게 만든 것이다.

문득 돌 더미 속에서 그는 빛나는 금속 조각을 하나 발견하게 되었다. 녹색 빛이 감도는 독암기였다. 돌 더미를 파헤치자 은신을 위한 위장포의 찢겨진 조각도 찾아낼 수 있었다.

"……?"

환유성은 머리가 지끈지끈 아파왔다.

그는 직관에는 아주 뛰어났지만 작은 단서를 맞추어 큰 그림을 만들어내는 추리는 그다지 관심이 없었다. 이런 일은 그의 아내인 벽소군이 전문이다. 하지만 이번만큼은 그가 이런 일을 해내야 했다.

"살수들… 그래, 살수들의 지원을 받았군."

찰나지간 그의 뇌리 속으로 숱한 사건들이 주마등처럼 흘러갔다. 시간의 흐름이 거꾸로 거슬러 올라간 것이다.

"영호찬은 태양천주를 살해하고도 기억하지 못한다. 의독성수의 말대로라면 약물이나 마교의 대법에 걸리면 그럴 수 있다 했다. 그런 사술은 천마혈경에 수록돼 있지. 천마혈경… 새황에서 주화령과 맞붙었을 때 그 계집은 천마혈경의 마공을 전개했다. 맞아. 주화령을 호위하는 자들도 살수들이었어. 그 살수들은 과거에 날 기습했던 살수들, 바로 중산왕부의 살수들이었다!"

갑자기 그의 뇌리 속이 환해졌다. 어지럽게 흩어졌던 조각들이 저절로 맞춰지며 확실한 그림을 형성한 것이다.

"이제야 알겠군. 태양천주의 살해를 사주할 자들은 천하에 오직 그들 부녀뿐이다."

그는 서둘러 협곡의 출입구를 향해 뛰어갔다.

"중산왕과 주화령!"

■ 제64장

무모한 도전

1

사천성을 떠나 동정호에 이르기까지 태양천주의 유해를 모신 운구 행렬은 수십만 인파의 눈물 바다를 지나야 했다. 무림 사상 가장 걸출한 인협이며 견융의 침공을 격퇴시킨 호국공의 죽음 앞에 모두가 부복하며 애통함을 표했다.

"아이구, 천주께서 돌아가시다니!"

"흑흑. 천주, 너무도 원통합니다요!"

무림인의 죽음에 양민들까지 통곡하기는 태양천주가 처음이었다.

천후 위지운설과 문상 남궁현은 태양천 백 리 밖까지 나와 운구 행렬을 맞이했다. 금상황은 황태자인 주문곡(朱文曲)을 보내 비감 어린 조사(弔辭)를 대신했다.

태양천주의 유해는 그의 유언대로 잠양동에 안치되었다.

잠양동은 본래 한옥(寒玉)으로 둘러진 연공실이다. 앞서 안치된 무상 사자천왕 연풍헌의 유해는 수정관 속에서 곤히 잠들어 있었다. 한옥의 기운으로 시신의 부패를 막을 수 있었기 때문이다.

태양천주 단목휘의 유해도 수정관에 모셔진 후 연풍헌 옆에 안치되었다. 그의 애검인 의천검 역시 관 안에 놓여졌다.

잠양동은 굳게 봉쇄되었고 제단만 마련되었다.

장례 의식은 황제의 명에 의해 당분간 금지되었다. 국난이 해소된 후 황제가 참가하는 국상(國喪)으로 장례를 치를 것이라는 어명 때문이었다.

위지운설은 제단 앞에 부복한 채 부군의 명복을 빌고 있었다.

극심한 상심과 충격으로 그녀의 안색은 소복보다 더 창백했다. 머리를 풀어헤친 그녀는 도저히 믿을 수 없는 현실 앞에 넋이 빠졌다. 만일 곁에 단목비연이 없었다면 그녀는 부군을 따르기 위해 자결했을 것이다.

단목비연은 부친의 유해를 운구하는 내내 관 옆에서 지내왔기에 어느 정도 안정을 되찾고 있었다.

"엄마, 아버님은 영원히 지지 않는 태양이셔. 육신은 가셨지만 그 빛나는 혼백은 하늘 위에서 우리 모녀를 지켜주실 거야."

위지운설은 처연한 눈빛으로 제단 위에 세워진 신위(神位)만 응시했다.

단목비연은 모친의 파리한 손을 꼭 쥐었다.

"엄마, 제발 신지를 굳건히 해. 엄마가 너무 상심하면 나도 견디기 힘들어."

　본래 곱지 않은 위지운설의 모습은 심각하게 굳어져 흡사 야차를 방불케 했다. 그녀는 스르르 눈을 뜨며 입술을 질끈 깨물었다.

　"연아야, 네가 아들이 아닌 것이 통한이구나."

　"그게 무슨 상관이야?"

　위지운설은 딸의 어깨에 팔을 둘렀다. 그녀는 딸을 직시하며 분명한 어조로 말했다.

　"연아야, 이 어미의 말을 명심해 들어라. 네 아버님이 돌아가신 이상 이 어미도 오래 살지는 못할 것이다."

　"엄마……?"

　단목비연이 눈을 커다랗게 뜨며 그녀를 와락 끌어안자 그녀는 딸을 가슴에 안으며 볼을 비볐다.

　"어떠한 일이 있더라도 네 가문을 잊지 마라. 위지세가(尉遲世家)는 태양천을 탄생시킨 위대한 가문이다. 천을 잃을지라도 가문은 지켜야 한다. 가문이 존재하는 한 태양천은 다시 탄생할 수 있으니까."

　위지운설은 슬픔을 삼키며 시선을 들었다.

　어둑어둑해지는 동녘 하늘 위로 막 초승달이 솟아오르고 있었다. 여인의 아미(蛾眉)같이 가는 초승달이 칼날처럼 빛난다. 어슴푸레한 달빛이 뿜어내는 기운이 유난히 차다.

　달을 응시하는 위지운설의 눈빛이 기이하도록 섬뜩하다.

　'월영서시, 네가 올 것을 알고 있다. 하지만 넌 결코 내게서 그분을 뺏어가지 못했어. 또한 태양천 역시 뺏기지 않겠다. 설사 네 손에 죽는다 하더라도 이제는 안심하고 죽겠다. 당당히 그분의 아내로 죽을 수

있으니까.'

2

벽소군은 금빛의 두루마리를 무아 성승에게 건네주었다.

"포달랍사 수미대법왕의 서찰입니다."

무아 성승은 무수한 경전을 탐독했기에 서장의 문자에도 능했다. 길지 않은 서찰을 단숨에 읽어 내린 무아 성승은 백미를 꿈틀거리며 장탄식을 했다.

"허어, 마침내 결전의 날이 왔군."

태청성검이 물었다.

"대체 무슨 내용인가?"

"청해와 인접한 황룡평원에서 대결을 벌이겠다는 내용일세."

"새황무림의 일부가 이미 중원에 들어섰거늘 왜 굳이 황룡평원인가?"

태청성검이 의아해하자 벽소군이 대신 대답해 주었다.

"대법왕의 서찰에 살펴보면 태양천주의 죽음을 무척 애도하는 내용이 담겨 있습니다. 하지만 이미 출정한 이상 그대로 회군할 수가 없다고 했습니다. 대법왕은 태양천주 외에 중원무림을 대표할 영웅과 대결을 갖겠다고 했습니다. 그 대결에서 이긴다면 중원으로 들어설 것이고, 만일 패한다면 새황삼천왕 모두 서장으로 회군할 것을 약속했습니다."

그녀의 처소에는 세 사람만이 회합을 갖고 있었다.

이미 심적으로 준비는 되어 있었지만 막상 결전의 통보를 받자 그녀와 쌍성 모두 산악에 눌린 듯 어깨가 무거워졌다. 그들은 차를 마시며 잠시 침묵의 시간을 보냈다.

무아 성승이 손목에 찬 묵주를 꺼내 쥐고 한 알씩 돌렸다.

"아미타불… 어쨌거나 대법왕은 새황무림의 대종사답군. 암흑마국과 같은 사악한 무리들에 비하면 얼마나 정당한 승부인가?"

"무량수불… 천주의 죽음이 너무도 애석하군. 부끄럽지만 중원무림에서 대법왕을 상대할 자는 없을 것이야. 노부와 성승이 합세한다면 모를까."

태청성검이 긴 수염을 내리 쓸자 벽소군이 맑은 눈빛을 반짝이며 말을 받았다.

"왜 사람이 없다 하십니까? 소녀가 알기로 적어도 세 사람이 대법왕과 자웅을 겨뤄볼 만 합니다."

"세 사람?"

쌍성은 서로를 보며 의아한 표정을 짓자 벽소군은 찻잔을 두 손으로 감싸며 대답했다.

"강 맹주께서 폐관수련 중에 있습니다. 시일이 짧아 얼마만큼 성과를 얻을지 모르겠지만 중원을 실망시키지는 않을 겁니다. 맹주가 첫 번째 상대자입니다."

무아 성승은 길게 드리워진 흰 눈썹을 꿈틀거렸다.

"강 맹주가 대법왕을 상대할 수만 있다면 더할 나위가 없겠지. 하지만 군사의 말마따나 시일이 너무 촉박해."

"다른 두 사람은 누군가?"

태청성검이 재촉하듯 묻자 벽소군은 천천히 몸을 일으켰다.

"월영서시입니다."

쌍성은 그제야 월영서시의 존재를 떠올리며 고개를 끄덕였다.

"흐음, 월영서시라면 가능하지."

"하지만 무림사에 관여하지 않는 그녀가 나서겠는가? 설사 그녀가 나서준다 해도 과연 누가 자만심으로 가득 찬 그녀를 중원의 대표자로 인정하겠는가?"

"아마 오시지 못할 겁니다. 소녀가 월영서시를 육반천라금쇄진으로 가두었으니 진세가 해소되려면 아직도 상당한 시일이 필요합니다. 물론 소녀가 월영궁으로 달려가 진세를 해소하는 방법이 있기는 합니다."

벽소군은 월영서시를 진세로 봉쇄한 일을 몹시 후회했다.

그녀는 월영서시가 중원을 떠나 멀리 곤륜산에서 지내는 이유를 어느 정도 간파하고 있었다. 자존심이 강한 월영서시가 한 수 양보하는 인물은 오직 태양천주뿐이다. 월영서시는 태양천주와 충돌을 피하기 위해 중원을 떠난 것이다.

과거 그들이 세상에서 가장 잘 어울리는 한 쌍의 연인이었다는 것은 결코 풍문이 아닌 사실이다. 그들이 왜 갈라서고 태양천주가 위지운설과 결혼을 했는지는 천하인 모두가 궁금해하는 비사이지만 그 내막은 벽소군도 모른다.

어쨌거나 태양천주가 운명한 이상 월영서시가 중원을 떠나 지낼 이유는 없어진 셈이다. 그녀가 중원으로 귀환할 것은 자명한 일이며 태양천주를 대신할 중원제일의 고수로 군림하는 것 또한 누구도 부인할 수 없다.

만일 그녀가 대법왕을 격파한다면 그녀는 자연스럽게 중원의 여제가 될 것이며 무림은 태양천주의 세상에서 월영궁의 세상으로 바뀌게 될 것이다.

그러나 천하인들은 여인이 지배하는 월영천하(月影天下)를 두려워하고 있었다.

무아 성승이 고개를 저었다.

"아미타불… 노납은 아직 월영서시를 만난 적이 없지만 대다수 사람들이 그녀를 백발마녀로 칭하며 두려워하는데 어떻게 천하의 운명을 맡길 수 있겠는가?"

"천주가 살아 있을 때도 무림대사를 논의하였지만 월영서시는 배제하기로 했네."

쌍성이 완곡한 표정을 지으며 반대 의사를 표명했다.

벽소군은 활짝 열린 창가에 서며 눈을 깜빡이다 어렵사리 입을 열었다.

"하면 세 번째 인물은 소녀의 부군인… 반검무적입니다."

태청성검이 봉목을 커다랗게 떴다.

"반검무적? 그 사람이 정녕 그럴 능력이 있단 말인가?"

"소녀도 아직 부군의 무공 수위를 정확히는 측정할 수 없습니다. 하지만 월영서시와도 겨룰 만한 고수임은 확신할 수 있습니다."

무아 성승이 빈 잔에 차를 따르며 말을 받았다.

"군사의 부군이라 평을 하기가 조금은 곤란하지만 노납이 한마디 해야겠네."

"말씀하십시오, 성숭."

"중원제일인은 단지 무공이 높다 하여 될 수 있는 자리가 아닐세. 태양천주와 같은 품성과 의협심을 지닌 사람만이 오를 수 있는 존엄한 권좌일세. 월영서시는 품성에 문제가 있고, 반검무적은 의협심에 문제가 있으니 유감스럽게도 두 사람 모두 중원의 대표자로 인정할 수 없네."

태청성검도 고개를 끄덕이며 동조했다.

"군사, 우리 두 늙은이의 망령된 고집이라 생각지 말게. 정도는 한번 퇴색되면 돌이킬 수 없는 법일세. 순간의 위기를 넘기고자 뜻을 꺾을 수는 없는 법이야. 우리는 강 맹주에게 중원의 운명을 맡기고 싶네. 불행히도 강 맹주가 패한다면 오랜 세월 수모를 당하겠지. 하지만 그것을 계기로 절치부심하여 중원의 정기를 되살릴 수 있네. 결코 끝은 아니라는 말이네."

과연 무림의 대원로다운 의지였다. 세상을 보는 안목과 깊이는 확실히 남달랐다.

벽소군이 쌍성을 향해 포권을 쥐어 보였다.

"알겠습니다. 쌍성 노선배님의 뜻을 받들겠습니다."

그녀는 전각 밖까지 쌍성을 배웅했다. 쌍성은 행운유수처럼 몸을 날려 자신의 처소로 날아갔다.

곧 이어 의독성수가 돌 계단을 따라 올라왔다.

"뭐 좀 알아내셨어요?"

벽소군이 다급히 묻자 의독성수는 호리병을 흔들며 말을 받았다.

"몇 가지 약물과 최면술로 시험해 봤지만 놈이 기억의 일부를 상실한 것은 분명해."

"하면 천주의 살해를 지시한 자를 밝혀낼 수가 없지 않습니까?"

"군사의 서방이 나섰으니 뭔가를 찾아내겠지."

두 사람은 전각 안으로 들어섰다.

의독성수는 과일과 떡을 안주 삼아 술을 홀짝거렸다.

"내 생각에는 암흑마국 놈들인 것 같아. 그런 사악한 대법은 천마혈경이나 태음마경과 같은 전설적인 마공비급에나 수록돼 있을 테니 말이야."

벽소군은 눈을 커다랗게 떴다.

"지금 천마혈경이라 하셨나요?"

"그래, 과거 천마제국의 국주인 천마대제가 수련했던 마공비급이지. 천마제국의 붕괴와 함께 분실되었지만 절대 없어질 마물이 아니야."

"소녀의 부군한테도 그런 말씀을 하셨어요?"

벽소군이 바싹 긴장된 표정으로 묻자 의독성수는 콧등을 긁으며 눈알을 데굴데굴 굴렸다.

"아마 그런 것 같아."

그는 가볍게 탁자를 치며 송충이눈썹을 꿈틀거렸다.

"맞아. 그러고 보니 천마혈경에 대해 조금은 아는 눈치던데?"

벽소군은 손으로 이마를 짚으며 심각한 숙고에 빠져들었다.

'천마혈경… 환랑은 청해호반에서 화옥군주를 만나 대결을 벌이다 부상을 당했어. 화옥군주가 혈경을 수련했다고 스스로 밝혔다면 천마혈경을 지닌 것이 분명해. 그런 절대마경을 수련치 않고서는 순식간에

무공이 급증할 수는 없지. 게다가 그녀를 호위하는 자들이 살수들이라 했어.'

그녀의 영특한 두뇌가 무섭게 회전했다.

'살수… 혈야회는 십수 년 전 태양천에 의해 붕괴되면서 사라졌어. 사중악 중 다른 세 방파는 명맥을 유지했지만 유독 혈야회만은 모습을 감추었지. 그렇다면 그들은 괴멸된 것이 아니라 암중에 숨어 오랜 세월 재기를 모색해 온 것이 분명해. 중원천하에서 태양천의 이목을 속이고 그들이 살아갈 수 있는 곳은… 관부밖에 없어!'

갑작스레 머리 속이 환해지며 그녀는 소스라치게 놀라 부르짖었다.

"중산왕부!"

의독성수는 이가 득실거리는 머리카락을 긁적이며 물었다.

"갑자기 뭔 소리를 하는 거야? 중산왕부라니?"

"비합전서의 통문에 의하면 환랑은 장안을 떠나갔다 했어요. 자은사에서 옥잠화를 만난 것까지만 확인됐어요. 아마 다음 행선지는 중산왕부가 될 거예요. 부탁이니 어서 그를 좇아가서 저지하세요! 독약을 써서라도 그의 길을 막아야 합니다."

의독성수는 멀뚱한 눈빛으로 그녀를 응시했다.

"중독시키라고? 반검무적은 군사의 남편 아닌가? 그런 사람을 중독시키라고?"

"그렇지 않으면 그는 죽습니다. 단신으로 중산왕부로 뛰어들 게 뻔하다구요."

벽소군이 의독성수의 등을 밀며 재촉하자 그는 밀려 나가며 연신 쓴 입맛을 다셨다.

"쩝, 대체 무슨 영문인지……."

그녀가 나직하게 일러주었다.

"노선배님만 알고 계세요. 태양천주의 살해를 지시한 자는 중산왕이 유력해요."

"뭐, 뭐야?!"

의독성수가 눈을 커다랗게 뜨자 그녀는 손가락을 세워 자신의 입술에 댔다.

"아직 공개돼서는 안 됩니다. 확실한 물증이나 증언이 필요해요. 그렇게만 할 수 있다면 중산왕의 동조 세력을 절반쯤 되돌릴 수 있을 거예요. 군부에서도 호국공이신 태양천주를 존경하는 장군들이 많습니다. 중산왕의 추악한 살인 교사가 밝혀진다면 민심은 중산왕을 떠나갈 게 분명해요."

의독성수는 잔뜩 분개하여 외쳤다.

"중산왕, 그 역적 놈이 그토록 악독한 짓까지 저질렀단 말인가!"

"소녀가 알아냈다면 환랑 역시 곧 간파할 겁니다. 아니, 벌써 추측해 냈는지도 모르죠. 어서 그를 좇아가 저지해야 합니다. 환랑의 성격상 직접 중산왕을 죽이러 찾아갈 겁니다."

벽소군은 그의 손을 쥐며 간곡히 부탁했다.

"소녀가 비합전서를 날려 태양천 제자들에게 최대한 그의 행보를 늦추도록 지시하겠어요. 소녀는 노선배님만 믿습니다."

의독성수는 몹시 떨떠름한 표정을 지으며 몸을 날렸다.

"젠장. 반검무적을 중독시키기가 어디 쉬운 일이야? 자칫 내 목이 먼저 달아날 수 있다고!"

그는 투덜거리며 대번에 담장을 넘어 사라졌다.

벽소군은 손을 마주 쥔 채 초조한 표정으로 전각 앞을 왔다 갔다 거닐었다.

"오오, 환랑, 제발 나서지 말아요. 천주의 복수는 천하인 모두의 몫입니다. 당신은 그저 세상을 관조하는 권태로움에 젖어 사세요."

그녀는 꽃잎처럼 붉은 입술을 꼭 깨물었다.

"중산왕부를 찾아가면… 당신은 죽습니다!"

3

견융국 십만 기병이 만리장성을 넘어 산서성으로 들어섰다는 풍문에 천하가 발칵 뒤집혔다. 난리를 피해 고향을 등진 채 달아나는 피난 행렬이 천 리에 걸쳐 이어졌다.

중산왕부에서 황도인 북경까지는 천오백 리 정도.

황도를 수호하는 세 개의 관문이 아무리 견고하다 해도 중산왕부와 견융국의 십오만 동맹군을 감당하는 데에는 한계가 있다. 황도를 수호하는 친위대는 칠만에 불과했고, 그나마 두려움에 젖어 도주하는 탈영병이 속출했다.

황군을 지휘하는 보국대장군(保國大將軍) 황보숭(皇甫崇)은 칠순에 달한 노장으로 진작에 은퇴했지만 황제가 친히 방문해 청하자 어쩔 수 없이 대장군 직을 맡게 되었다. 과거에도 그는 견융의 침공을 맞이해 황도를 수호하는 데 혁혁한 전공을 세운 역전의 노장이었다.

그는 소갈을 앓는 병환 중이지만 눈물까지 흘리며 애원하는 황제의 청을 거절할 수가 없었다.

늙은 몸을 이끌고 황도삼관 중 가장 외곽의 관문인 철융관(鐵隆關)에 당도한 그는 엄한 군령으로 병사들의 전의부터 가다듬었다. 황보숭이 전면에 나서면서 일부의 태수와 성주가 군병을 이끌고 황군에 가담했지만 동맹군의 노도와 같은 기세를 감당하기에는 여전히 역부족이었다.

모두가 바라는 건 기적뿐이었다.

4

중산왕부를 중심으로 펼쳐진 군막은 엄청났다.

삼천여 개의 막사에는 오만의 군병이 연일 훈련을 거듭하며 견융국 십만 기병의 당도만을 기다리고 있었다. 동맹군은 합류 즉시 철융관을 공격하기로 약조되어 있었다.

두두두―!

한 떼의 인마가 진영을 가로지르며 북방을 향해 달려가고 있었다.

갑주와 투구로 무장한 장군은 하늘도 빛을 잃을 만큼 절세적 용모의 여인이었다. 이토록 매력적인 여전사는 세상에 오직 그녀 하나뿐이다.

화옥군주 주화령은 기병들의 호위를 받으며 견융 국왕을 영접하기 위해 왕부를 나서는 중이었다.

'세월이 많이 지나 찰리합의 정신을 사로잡은 섭심마공이 퇴색되었을 거야. 하룻밤을 같이 보내 아버님의 충견으로 만들어야겠어.'

견융국 기병들이 삼백여 리 밖까지 접근해 왔다면 해가 저물 무렵이면 만날 수 있다. 자연스럽게 하룻밤을 보낸 후 함께 중산왕부에 당도한다. 연후 두 왕은 하늘을 향해 맹세를 한 후 철융관으로 진격한다.

나름대로 상상의 날개를 편 주화령은 이미 천하를 수중에 넣은 듯 벌써부터 가슴이 들떠 있었다.

'후후, 한 달을 넘기지 않을 것이다. 황보숭이 비록 천하의 용장이지만 이미 늙고 병들었다. 그의 우국충정도 이제 끝이지.'

그녀는 소리없는 웃음을 터뜨리며 북방을 향해 달려갔다.

중산왕은 곤녕전에서 장군들과 더불어 전략을 숙의하고 있었다.

중산왕군의 대장군은 관홍이었다. 그는 한해야적의 손에서 화옥군주를 구출한 공을 세운 이후 중산왕의 신임을 얻어 대장군에 오르게 되었다. 당시 그를 보좌하던 순우문은 중산왕군의 군사(軍師)로 임명되었으니 그들로서는 엄청난 출세였다.

순우문은 탁자 위에 커다란 지도를 펼쳐 놓고 전략을 아뢰었다.

"철융관은 황도를 수호하는 첫 번째 관문으로 협곡 사이에 위치해 있어 견융국 기병들은 도움이 되지 않습니다. 소신의 생각으로는 소수의 정예들을 우회시켜 관문 안으로 침투시킨 후 문을 열게 하는 것이 상책으로 사료되옵니다. 일단 철융관만 통과하면 십오만 동맹군은 황도를 포위할 수 있습니다. 이번 전투로 황군을 이끄는 황보숭만 제거하면 황도 내부에서 반란이 일어나 황성은 저절로 열리게 될 것입니다."

중산왕은 옥좌에 앉아 전략을 듣고는 고개를 끄덕였다.

"괜찮은 생각이군. 본좌의 군병들이 앞서 공을 세워야 훗날 견융과의 협상에서 칼자루를 쥘 수 있는 법이다. 군사는 세밀한 전술을 세워라. 철융관에 침투할 정예들 중 일부는 본좌의 비밀 호위로 채울 것이다."

"망극하옵니다, 전하."

순우문은 자신의 책략이 받아들여지자 무릎을 꿇으며 배례를 올렸다.

중산왕은 술잔을 손에 쥐며 관홍을 향해 영을 내렸다.

"화옥군주가 영접을 나갔으니 내일 견융 국왕이 당도할 것이다. 본좌를 위한 동맹군이지만 워낙 무지하고 사나운 자들이니 사소한 충돌이 없도록 만반의 준비를 갖추어라."

"알겠습니다, 전하."

관홍은 군례를 올리고는 휘하 장군들을 향해 지시했다.

"장군들은 견융국 기병들이 머물 막사를 세우고 건초와 양곡을 충분히 준비하게. 먼 길을 온 자들이니 술과 고기로 노고를 달래주는 것도 잊지 말고."

"예, 대장군."

장군들은 곤녕전을 나서며 각자의 막사로 향했다.

중산왕은 옥좌에 편안히 기댄 채 술잔을 입으로 가져갔다. 목구멍을 타고 넘어가는 술이 그토록 달콤할 수가 없었다. 마침내 평생의 꿈이 실현되기 직전이었다.

이때 외곽을 순시하던 순찰장군이 대전으로 들어섰다.

"대장군, 어떤 자가 전하를 뵙기를 청합니다."

관홍이 한 걸음 나서며 물었다.

"어떤 자냐?"

"환유성이라 하옵니다."

일순 대전 안에 짧은 침묵이 흘렀다.

예전부터 중산왕부에 있었던 자들은 모두 그의 이름을 안다. 화옥군주를 구출한 영웅이지만 중산왕을 알현하고도 배례를 올리지 않은 특이한 인물이라 생생히 기억하고 있는 것이다.

중산왕은 술잔을 입에 댄 채 날카로운 봉목을 치켜떴다.

"환유성? 분명 환유성이란 말이냐?"

"당시 그자를 본 병사들을 대면시켜 확인했습니다. 분명 군주를 구출한 자가 확실합니다."

순우문이 눈알을 굴리다 아뢰었다.

"전하, 무슨 연유인지 모르지만 지금은 전시 상황입니다. 일개 무림인의 알현을 받을 만큼 한가한 상황이 아니라 사료되옵니다."

중산왕은 술잔을 손바닥에 받쳐 든 채 빙글빙글 돌리며 물었다.

"혼자 왔느냐?"

"그렇습니다, 전하. 후방 십 리 밖 어디에도 동행자는 없었습니다."

"용건은 뭐라더냐?"

"전하를 뵙고 꼭 확인할 일이 있다 했습니다."

"그래?"

중산왕은 술잔을 옥좌 옆 협탁에 내리며 의미심장한 미소를 지었다.

"훗훗, 본좌에게 확인할 일이 있다고?"

관흥이 정색을 하며 아뢰었다.

"지난날 전하를 뵙고도 배례를 올리지 않은 오만한 놈입니다. 게다가 풍문에 의하면 그동안 천하에 적수가 없는 절세고수로 성장했다 하옵니다. 만나실 이유가 없습니다."

순우문도 적극적으로 동조했다.

"전하, 대업을 앞두고 약간의 불미스러운 일도 있어서는 아니 되옵니다. 놈의 저의가 불분명한 상황이라면 알현을 윤허하실 필요가 없습니다. 오히려 과거의 무례함을 책망하여 목을 베소서."

중산왕은 소매를 저어 그들의 말을 막았다.

"본좌에게는 오만 군병이 있다. 놈의 무공이 아무리 절세적이라 한들 감히 본좌의 옷깃 하나 건드릴 수 있겠느냐? 과거 군주를 구출해 온 공으로 알현을 수락하겠다."

"전하, 재고해 주십시오!"

관흥과 순우문이 극구 반박하자 중산왕은 여유있는 미소를 지었다.

"놈을 사로잡아 군주에게 선물할 것이다. 군주가 본좌를 위해 수만여 리 길을 마다 않고 다니며 새황의 원군을 이끌었으니 그에 상응하는 선물을 주어야겠지. 놈은 군주에게 있어 세상에서 가장 기쁜 선물이 될 것이다."

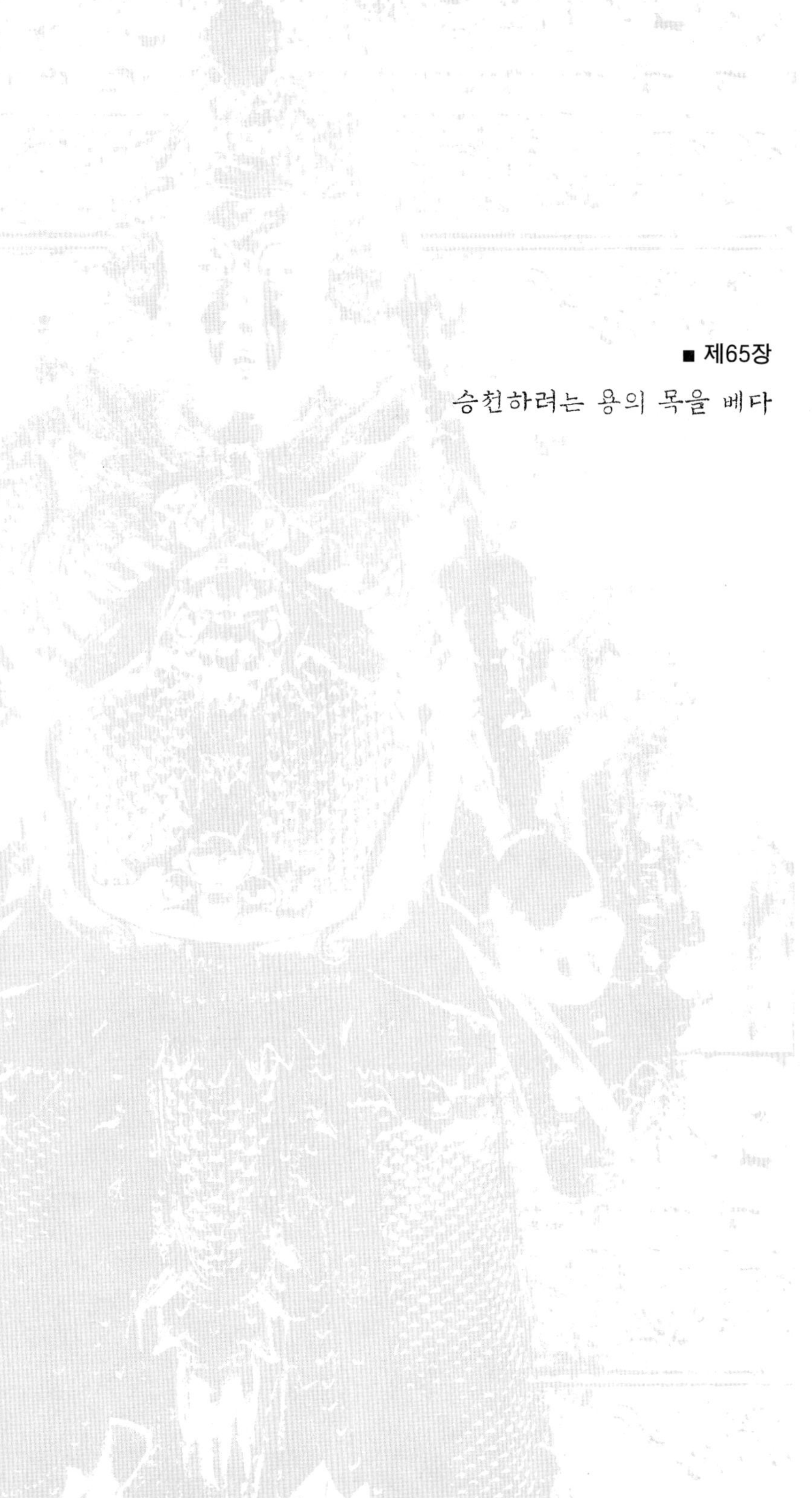

■ 제65장
승천하려는 용의 목을 베다

곤녕전 앞 넓은 연무장 좌우는 삼천의 궁병들이 도열했다. 오십 개도 넘는 돌 계단 위로는 일천 창병들이 빽빽이 늘어섰다. 묵직한 북소리가 둥둥 울리며 왕부의 위엄을 한껏 높이고 있었다.

대문이 활짝 열리며 환유성이 천천히 연무장으로 들어섰다. 그 뒤로는 갑주를 입은 일천 검병들이 대오를 이룬 채 따랐다.

"멈추어라!"

돌 계단 위에 선 관홍이 외치자 환유성은 걸음을 멈추었다.

곤녕전까지는 아직도 이백 보 밖이었다. 곤녕전의 문은 활짝 열려 있었지만 워낙 거리가 멀어 내부는 들여다보이지 않았다.

관홍이 멀리 환유성을 내려다보며 외쳤다.

"전하께서 지켜보고 계신다! 어서 예를 갖추어라!"

환유성은 허리를 굽혀 읍을 올렸다.

관홍이 눈을 부라리며 호통을 쳤다.

"이런 무엄한 놈, 당장 삼 배를 올리지 못할까!"

"난 왕야를 뵈러 왔소."

"어서 꿇어라!"

관홍이 손가락으로 바닥을 가리키자 대전 앞에 늘어선 일천 창병들이 창대로 바닥을 찍으며 일제히 외쳤다.

"꿇어라!"

일천 명이 동시에 질러대는 고함은 실로 압도적이었다. 하건만 환유성은 무심한 눈빛으로 곤녕전만 응시할 뿐이었다.

"꿇어라—!"

창병들은 연이어 창대를 찍으며 외쳐 댔다.

그들에 이어 삼천 궁병과 일천 검병들까지 부복을 외쳤다. 오천 명이 질러대는 함성에 곤녕전 전체가 흔들렸다. 철의 심장을 지닌 자라도 굴복시킬 어마어마한 함성이었다.

이런 위압스런 분위기 속에서도 환유성은 눈을 반개한 채 그대로 있었다. 만 개의 눈과 오천 개의 입을 가진 괴물의 포효성도 그의 부동지심을 흩뜨리는 못했다.

술 한 배 마실 시간이 흘렀다.

"멈춰라!"

곤녕전 안에서 들려오는 사자후에 오천 군병들은 일제히 입을 다물었다.

일산과 월산을 받쳐 든 시종들을 대동한 중산왕이 천천히 곤녕전 안에서 걸어나왔다. 시종 몇이 돌 계단 위로 옥좌를 내려놓자 중산왕은 턱하니 걸터앉았다.

관홍이 깃발을 쥔 손을 쳐들었다.

"준비하라!"

그러자 연무장 좌우의 삼천 궁병이 일제히 활시위에 화살을 걸었다. 명령만 떨어지면 언제든지 화살을 날릴 태세였다.

환유성 뒤에 도열한 검병들은 일제히 검을 빼 들고 퇴로를 봉쇄했고, 대전 앞에 도열한 창병들은 창을 비껴 든 채 중산왕을 향한 기습에 대비했다.

오천 군병들에 의해 삼엄한 호위를 받고 있는 중산왕을 위협한다는 것 자체가 불가능한 일이었다. 게다가 환유성과의 거리는 아직도 이백 보를 유지하고 있었다.

중산왕은 환유성을 굽어보며 물었다.

"네가 무슨 연유로 본좌를 알현하려 하느냐?"

환유성은 등에 멘 검집을 풀었다.

"대화를 하기에 너무 먼 거리 같소. 이 검이 위협이 된다면 검을 풀어놓겠소."

관홍이 눈을 부라리며 버럭 소리쳤다.

"네 이놈! 전하를 알현했으면 어서 배례를 올리거라!"

중산왕이 소매를 저어 그를 물렸다.

"물러서라. 본좌를 찾아온 귀빈으로 예우를 하겠다. 과거 군주를 구출해 준 영웅이 아니냐?"

그는 옥좌에 편안히 기대앉으며 팔걸이를 탁 쳤다.

"오냐, 네가 검을 풀겠다면 백 보 앞까지 다가서는 것을 윤허하겠다."

환유성은 다가서는 무장에게 검을 건넸다. 무장은 검을 받아 들고 중산왕 쪽으로 향하다 돌 계단 아래 내려놓았다.

오천 쌍의 눈빛이 환유성에게 모아지는 가운데 그는 천천히 곤녕전을 향해 다가섰다. 모두의 시선이 그의 걸음걸이와 몸짓 하나하나에 고정되었다. 조금이라도 수상쩍은 행동을 보이는 순간 삼천 발의 화살이 발사될 것이다.

환유성은 연무장을 가로질러 돌 계단 위의 중산왕과 백 보 거리를 두고 멈춰 섰다.

중산왕은 만약의 사태에 대비해 보검을 왼손에 쥐었다. 오색 찬연한 보석이 박힌 검집은 그 자체가 보물이었다. 물론 검집은 후대에 만들어진 것으로 검집 안에 숨겨져 있는 보검은 천하에서 가장 뛰어난 신검 중 하나다.

바로 오대신검 중 하나인 태아검(太阿劍)이 그것이었다.

"환유성, 이제 본좌를 찾아온 연유를 말해 보아라."

환유성은 백 보 거리를 두고 있는 중산왕을 올려다보며 말했다.

"아직도 대화를 나누기는 먼 것 같소. 오십 보까지 다가서게 윤허해 주신다면 소생의 두 다리를 제압해도 좋소."

"……."

중산왕은 눈을 가늘게 뜨며 그를 직시했다.

워낙 무심한 표정이라 상대의 심중을 읽을 수는 없었지만 어떻게든 자신을 향해 다가서려는 그의 의도가 불안했다. 알 수 없는 불길함이 엄습해 왔다.

관홍과 순우문이 허리를 굽실거리며 아뢰었다.

"아니 되옵니다, 전하. 놈의 행동이 너무 수상쩍습니다."

"그렇습니다, 전하. 당장 궁병들에게 명해 놈을 죽이소서."

중산왕은 태아검의 검집을 어루만지며 한참 동안 생각에 잠겼다.

간단히 명을 내려 오천 군병을 동원해 그를 죽이는 것은 쉬운 일이다. 그가 아무리 절세적 고수라 해도 오천 군병을 감당하기는 불가능한 일이다. 게다가 왕부 외곽에는 아직도 사만 오천의 군병이 더 있다.

그러나 장차 대륙의 황제가 될 자신이 한갓 무사를 두려워해야 하는가 하는 문제에 이르자 몹시 자존심이 상했다. 그것도 검까지 푼 상대를 말이다.

불쑥 오기가 치민 중산왕은 그를 굽어보며 싸늘한 미소를 머금었다.

"너처럼 오만불손한 놈은 처음 보았다. 하지만 본좌 앞에서 전혀 주눅이 들지 않는 너의 패기는 정말 대단하다 아니 할 수 없구나. 네가 본좌에게 충성을 맹세한다면 황도 진격의 선봉장군으로 삼겠다."

"소생은 누가 중원의 황제가 되든 관심 밖이오. 소생이 알고 싶은 한 가지만 확인하면 되는 일이오."

"그래? 하면 어떻게 네 다리를 제압할 생각이냐?"

"혈도를 제압하시오."

중산왕은 고개를 설레설레 저었다.

"네가 청해호반에서 화옥군주와 겨루었다는 얘기는 들었다. 내 딸과 버금갈 무공이라면 혈도의 점혈 따위는 쉽게 해소할 수 있을 것이다."

"그렇다면 왕야의 뜻에 따르겠소."

"네 다리에 금강족쇄를 채우겠다."

중산왕은 시립해 있는 내관에게 명했다.

"당장 금강족쇄를 대령해라."

"예, 전하."

내관이 시종들을 몇을 대동하고 물러서자 관홍이 간곡하게 아뢰었다.

"전하, 더 이상 다가서는 것은 위험하오이다. 놈은 극검마왕과 같은 흑도대종사를 격패시킨 절세고수입니다. 그런 고수라면 백 보도 먼 거리가 아닙니다."

"우려할 것 없다. 천하의 그 누구도 백 보 밖에서 본좌를 해칠 수 없다. 물론 오십 보 밖에서도 마찬가지겠지만."

쩔그렁거리는 금속성이 요란하다.

교자와 같은 들것에 올려진 족쇄가 여덟 명의 거한에 의해 옮겨지고 있었다. 얼마나 무거운 금철인지 여덟 명이 들고서도 힘겨워 보였다.

철그렁……!

환유성 앞에 족쇄가 내려지자 무게 때문에 연무장 바닥을 덮은 두터운 석판이 푹 꺼졌다.

금강족쇄를 본 중산왕은 한결 여유있는 모습을 보였다.

"금강족쇄는 무게가 이천 근에 달한다. 네 스스로 채운 후 오십 보까지 다가오너라."

환유성은 몸을 굽혀 금강족쇄를 두 발목에 채웠다. 한해금철로 제작된 듯 싸늘한 냉기가 전해진다. 양발에 채워진 족쇄는 짧은 쇠사슬로 연결되어 한 번에 한 걸음씩밖에 움직일 수가 없다.

철그렁… 철그렁……!

족쇄를 채운 환유성은 쇳소리를 내며 천천히 걸음을 옮겼다. 한 발에 실린 무게가 천 근에 달해 한 걸음을 옮기는 데도 진땀을 빼야 했다.

석판 위로 그의 족인이 선명하게 새겨진다.

그를 주시하던 군병들은 무려 이천 근의 족쇄를 발목에 달고도 걸음을 옮기는 환유성의 신력(神力)에 경악하고 말았다. 그들은 비로소 무림고수의 진면모를 실감하였다.

환유성은 중산왕과 오십 보 거리를 두고 멈춰 섰다. 금강족쇄의 무게 때문에 전신이 땀으로 흥건하게 젖었다. 족쇄의 무게로 인해 발목 부위의 살갗이 벗겨져 피가 흘렀다.

그는 가볍게 숨을 몰아쉬며 돌 계단 아래 놓여진 반검의 검집을 바라보았다. 그의 반검까지는 삼십 보 정도가 남았다.

중산왕은 태아검의 손잡이를 쥐며 물었다.

"이제 본좌를 알현하려 한 이유를 말하겠느냐?"

환유성은 그를 올려다보며 분명한 어조로 내뱉었다.

"왕야가 태양천주의 살해를 사주했소?"

장내에 일 수유의 정적이 흘렀다. 군병들의 시선이 저절로 중산왕을 향해 옮겨갔다.

태양천주가 그들의 적임은 사실이지만 그는 천하에서 가장 존경받는 인협이다. 그의 존재는 무림계를 넘어서 민간에까지 널려 알려져 있다. 만일 중산왕이 그의 존재가 두려워 추악한 암살을 지시했다면 천하의 민심은 중산왕을 떠나게 될 것이다.

하기에 환유성의 질문에 대한 중산왕의 답변은 천하의 운명이 걸릴 만큼 중요했다.

중산왕의 봉목에 예리한 살기가 피어올랐다.

"후훗, 그것을 알고 싶은 게냐?"

"그렇소."

"넌 태양천주와 어떤 관계냐?"

"아무런 관계도 없소."

중산왕은 여전히 경계심을 늦추지 않은 채 계속 물었다.

"본좌가 듣기에 넌 의협도 아니라 하던데 왜 쓸데없는 일에 나서는 것이냐?"

"소생은 태양천주와의 비무를 꿈꿔왔소. 한데 그가 죽는 바람에 소생이 추구하던 길이 혼란에 빠졌소."

중산왕은 태아검을 쥔 채 옥좌에서 몸을 일으켰다.

"그렇다면 그의 복수를 하겠다는 의도냐?"

"복수가 아니오. 분노 때문이오."

환유성은 시선을 들어 곤녕전 지붕 위로 물든 노을을 올려다보았다.

"소생은 목표했던 일은 반드시 실행해 왔소. 그것을 방해하는 자는 누구도 용서치 않았소. 소생은 태양천주가 누구의 손에 죽었는지 반드시 알아야겠소."

중산왕은 한 손으로 뒷짐을 진 채 돌 계단 위를 거닐었다.

"단목휘를 죽인 자는 현장에서 잡히지 않았더냐?"

"그는 단지 하수인일 뿐이오."

중산왕은 바닥까지 늘어진 긴 피풍의를 이끌며 옥좌로 향했다. 황제만이 입을 수 있다는 용포를 걸친 그의 풍채는 보기에도 위풍당당했다.

"단목휘는 과거의 전공을 등에 업고 황실을 어지럽히는 난신적자 중의 하나다. 혼군(昏君)을 내치고 천하에 광명을 가져다 줄 본좌와 맞서려 했던 반역자이기도 하다. 그자가 죽었다면 그것은 하늘의 뜻이다."

그는 옥좌에 앉으며 태아검을 가슴에 안았다.

"답변이 되었느냐?"

"왕야께서 지시하지 않았다면 화옥군주가 사주한 것이오?"

"닥쳐라! 하늘의 뜻이라 하지 않았더냐?"

환유성은 드물게 안광을 발하며 그를 직시했다.

"천하를 도모하려는 왕야답지 않게 답변을 회피하지 마시오. 소생은 중산왕부에 혈야회의 살수들이 숨어 있다는 것도 알고 왔소. 과거 그들을 보내 소생을 죽이려 한 적도 있지 않았소?"

중산왕은 잔뜩 격분하여 팔걸이를 탁 쳤다.

"당장 놈의 사지를 결박해라!"

관홍이 한 걸음 나서며 휘하 무장들에게 지시했다.

"전하의 엄명이다! 놈을 제압하라!"

"예, 대장군!"

갑주와 투구를 갖춰 입은 무장들이 우르르 돌 계단을 따라 내려왔다.

환유성은 여전히 도전적인 눈빛으로 중산왕만 쏘아보고 있었다.

"소생은 아직 왕야의 정확한 답변을 못 들었소."

중산왕은 시녀가 받쳐 들고 있는 소반 위의 술잔을 쥐었다.

"천명(天命)이라 했다."

그는 술잔을 입으로 가져갔다.

순간, 환유성의 고막으로 중산왕의 전음성이 칼날처럼 파고들었다.

"오냐, 네놈에게만 말해 주겠다. 단목휘의 살해는 본좌가 지시했다. 이제 됐느냐?"

"……!"

마침내 자신이 원하던 답변을 이끌어낸 환유성의 입가에 가는 미소가 새겨졌다.

술잔을 내린 중산왕은 그를 내려다보며 호쾌한 웃음을 터뜨렸다.

"하하핫! 설사 본좌가 단목휘의 죽음을 지시했다 한들 네가 어쩌겠느냐? 두 발까지 제압된 몸으로 본좌의 오천 군병을 상대하겠단 말이냐?"

오랏줄을 쥔 무장들이 다가서자 환유성은 중산왕을 향해 가볍게 목례를 취해 보였다.

"말씀 고맙소, 왕야."

양손을 가슴 앞에 교차한 환유성은 다가서는 무장들을 향해 홱 뿌렸다.

퍼퍼펑—!

희뿌연 만상진기가 뿜어지며 십여 명의 무장이 피를 토하며 날아갔다.

놀란 관홍이 다급히 외쳤다.

"왕야를 보호하라— 궁병 발사!"

삼천 궁병이 일제히 활시위를 당겼다.

환유성은 극한의 만상심법을 운기해 양발로 집중시켰다.

"차아앗!"

맑은 외침과 함께 석판을 통해 만상진기가 밀물처럼 퍼져 나갔다.

콰— 콰콰쾅—!

일만 평 연무장에 덮인 석판들이 연이어 폭발해 올랐다. 그를 중심으로 동심원처럼 퍼져 나가는 폭발은 삽시간에 궁병들이 딛고 선 석판까지 파괴했다.

"아아악!"

"으아아!"

중심을 잃은 궁병들이 아우성치며 나뒹굴었다.

잔뜩 활시위를 당긴 그들의 손에서 발사된 삼천 발의 화살이 방향을 잃고 날아갔다. 궁병들은 서로 쏘아댄 화살에 관통되었고, 일천 검병과 일천 창병 역시 쏟아지는 화살을 막고 피하느라 아수라장이 되었다.

쿵! 쿵!

환유성은 석판 위에 깊은 족인을 새기며 걸음을 옮겼지만 이천 근무게의 금강족쇄 때문에 그의 동작은 제약받을 수밖에 없었다.

환유성은 능공섭물을 전개해 돌 계단 아래 놓인 검집을 끌어들였다. 검집을 받아 든 그는 천천히 반검을 뽑아 들었다.

스르릉……!

중산왕의 주변으로 갑주와 방패로 무장한 창병들이 펼쳐 낸 인의 장막이 형성되었다. 화살 한 시위 파고들 수 없는 견고한 방어망이었다.

인의 장막 속에서 중산왕의 격노한 음성이 터져 나왔다.

"놈을 죽여라— 놈을 죽이는 자에게는 황금 만 냥과 상장군 직을 하사하겠다!"

그는 인의 장막에 둘러싸인 채 천천히 곤녕전으로 후퇴했다.

곤녕전 안으로만 피신한다면 신변의 안전은 보장된다. 암중으로 호위하는 혈야회의 살수들이 그를 지켜줄 것이다. 그 와중에 그는 자신만이 알고 있는 비밀 통로로 탈출할 수도 있다.

피피피핑—!

돌 계단을 오르는 환유성을 향해 수백 발의 화살이 쏟아진다.

"만상무벽!"

환유성이 반검을 휘두르자 수백 개의 검형이 피어오르며 두터운 검막을 형성했다. 폭우처럼 쏟아지던 화살은 모두 튕겨져 나갔다.

그는 왼손을 꼿꼿이 세워 중산왕을 둘러싼 인의 장막을 향해 내려쳤다.

"비켜!"

섬광이 번득이며 전면의 창병들의 방패가 박살나며 좌우로 찢겨져 날아갔다. 만상진기를 수강으로 펼쳐 낸 것이다.

"와아아—!"

좌우의 창병들이 함성을 질러대며 터진 봇물처럼 쇄도해 왔다. 노을빛에 물든 갑주와 투구가 핏물에 젖은 듯 번들거린다.

"만상백변!"

환유성이 힘차게 반검을 휘두르자 은은한 뇌성과 함께 수백 수천의 검형이 섬광처럼 비산되었다.

피피핑—!

폭발하듯 뻗어 나가는 검형은 급격한 호선을 그리며 창병들의 방패와 갑주마저 관통하고는 중산왕 주변에 펼쳐진 인의 장막을 강타했다.

퍼퍼펵—!

연이은 폭음과 함께 호위병들의 몸에서 뿜어진 피가 자욱한 피 안개를 형성했다.

환유성은 다리가 끊어져 나갈 듯한 고통도 잊은 채 금강족쇄를 이끌고 빠르게 달려갔다. 그의 일검이 전개될 때마다 수십 명의 창병이 낙엽처럼 튕겨져 나갔다.

연무장의 궁병들은 환유성이 창병들과 혼전을 벌이자 화살을 날리지도 못하고 시위만 당긴 채 기회를 엿보았다. 검병들이 돌 계단 위로 올라서며 환유성의 배후를 노렸지만 폭발하는 검형에 의해 그들은 연속적으로 관통되고 말았다.

"비켜라!"

창병들을 밀쳐 낸 환유성은 여전히 중산왕을 에워싼 인의 장막을 향해 반검을 내려쳤다.

촤아아악—!

석판 위로 강렬한 검기가 뻗어 나갔다. 가로막는 모든 것들이 파괴되었다. 방패와 병기는 물론이며 호위병들은 통째로 쪼개졌다. 찰나지간 인의 장막이 무너지며 칠십 보 밖의 중산왕이 모습을 드러냈다.

"으으, 이런 귀신같은 놈이 있단 말인가!"

중산왕은 태아검을 스르릉 뽑아 들었다. 전설의 신검답게 검신을 통해 오색 창연한 광휘가 피어올랐다.

관홍이 중산왕 앞을 막아서며 외쳤다.

"어서 전하를 보호하라!"

호위병들은 그제야 정신을 차리며 다시 중산왕 앞으로 인의 장막을 펼쳤다.

환유성은 안광을 발하며 반검을 내던졌다.

"만상어기검!"

번— 쩍—

세상의 모든 빛을 압도하는 광휘와 함께 불꽃을 발하는 광선으로 화한 반검이 빛살처럼 뻗어 나갔다.

천원단서의 요결을 통해 터득한 어검술이었다. 아직 완벽한 단계는 아니었지만 심신검(心身劍)이 일치되어야만 펼칠 수 있다는 검도 최상승 절예가 전개된 것이다.

잇단 폭음 속에 수십 겹의 인의 장막이 대번에 관통되었다.

"허억!"

중산왕은 인의 장막을 꿰뚫고 날아든 어검술에 정신이 아득해졌다. 그러나 그는 세상에 숨겨진 절세고수였다. 더군다나 그의 손에 쥐어진 보검은 전설적인 신검 태아검이다.

"용천폭(龍天暴)!"

그는 양손으로 태아검을 움켜쥔 채 혼신의 힘을 다해 내려쳤다.

차아앙—!

첨예한 금속성과 함께 반검이 높이 튕겨져 올랐다. 가까스로 어검술을 막아낸 것이다.

"으윽!"

중산왕은 속이 뒤틀리는 내상을 입은 채 뒤로 주르륵 밀려났다. 검을 쥔 손아귀가 터지며 피가 흘렀다. 붉은 피가 고귀한 용포를 적신다.

"놈을 막아라!"

그는 군병들에게 방어를 맡기고는 곤녕전을 향해 몸을 날렸다.

'중산왕이 이렇듯 초절한 무공을 지녔을 줄이야······!'

환유성은 힘겹게 걸음을 옮기며 양손을 휘둘렀다.

그의 양손에서 펼쳐진 만상백변식은 웬만한 절세고수의 검법을 능가했다. 날아들던 수백 자루의 창이 수수깡처럼 분질러지며 사위로 비산되었다.

허공으로 튕겨진 반검이 지상을 향해 떨어진다.

"······."

환유성은 곤녕전을 향해 날아가는 중산왕과의 거리를 가늠했다. 중산왕은 백 보 밖으로 멀어진 상태였다. 한 번의 도약이면 중산왕은 곤녕전 안으로 피신하게 된다.

이제 기회는 한 번뿐이다.

그의 무공이 아무리 뛰어나도 오천 군병 모두를 상대할 수는 없다. 게다가 왕부 주변에는 이미 사만여 군병이 빽빽하게 둘러서 있지 않은가.

환유성은 석판을 으깨며 빠르게 걸음을 옮겼다. 두 발목은 육중한 족쇄에 의해 문드러져 허연 뼈가 드러날 정도였다.

섭물진기로 떨어지는 반검을 끌어들인 환유성은 재차 어검술을 전개했다.

"가랏—!"

번— 쩍—!

칠흑으로 변한 암공 속에서 오직 한줄기 섬광만이 흐른다. 주변의 소음과 대기를 가르는 파공성마저 들리지 않는다. 눈부신 섬광은 순식간에 백 보를 가로질러 막 곤녕전 안으로 뛰어드는 중산왕의 등판을 향해 파고들었다.

"허억!"

등 뒤로부터 전해지는 죽음의 기운에 중산왕은 몸을 빙글 돌리며 태아검을 휘둘렀다.

차앙!

요란한 금속성과 함께 화려한 불꽃이 사위로 비산되었다. 한 자루 검이 승천하듯 솟구친다. 오색 찬연한 광채를 발하는 검은 바로 태아검이었다.

그러나 환유성의 반검은 태아검을 팅겨내고 이미 중산왕의 심장 깊숙이 박혀 버렸다. 중산왕은 가슴에 검을 꽂은 채로 솟구치며 곤녕전의 거대한 편액에 머리를 부딪쳤다.

콰직—!

편액이 박살나며 중산왕의 몸뚱이도 파편과 함께 바닥에 나뒹굴었다.

"크으윽!"

심장이 관통된 그는 울컥울컥 피를 뿜으며 전신을 와들와들 떨었다.

용의 추락!

왕부의 군병들은 모두 얼어붙고 말았다. 그들은 숨 쉬는 것도 잊은 채 피투성이가 된 중산왕만 바라보았다.

중산왕은 그들에게 있어 태양과도 같은 존재이며 생사여탈권을 한 손에 쥔 절대자다. 그는 향후 대륙을 호령할 차기 천자다. 그런 그가 대업을 눈앞에 두고 핏물 속에 누워 있었다.

도저히 믿을 수 없는 충격과 공포였다.

허공으로 튕겨진 태아검은 중산왕 옆으로 떨어지며 석판을 뚫고 손잡이만 남긴 채 깊숙이 박혔다.

철그렁! 철그렁!

환유성은 천천히 걸음을 옮겨 다가가 태아검을 뽑아 들었다. 그가 태아검을 휘두르자 발목에 채워진 금강족쇄가 대번에 떨어져 나갔다. 과연 전설의 신검다운 위력이었다.

두 발이 자유로워진 그는 태아검을 쥔 채 중산왕을 향해 걸어갔다.

중산왕은 가슴에 꽂힌 반검의 손잡이를 움켜쥔 채 마지막 숨을 몰아쉬고 있었다.

"헉헉……!"

환유성은 물끄러미 그를 내려다보며 건조한 음성으로 한마디 내뱉었다.

"왕야, 당신은 큰 실수를 했소. 태양천주가 아니라 차라리 황제를 살해했어야 옳았소."

그는 태아검을 내려쳤다. 중산왕의 목이 댕강 떨어져 나갔다.

승천을 목전에 둔 용, 중산왕의 죽음!

실로 어처구니없는 최후가 아닐 수 없었다. 금상황의 아우로 태어나 세상의 온갖 영화를 누렸지만 단 한 가지 이루지 못한 야망 때문에 그는 통한의 삶을 마감하고 말았다.

그것도 평생의 대업을 목전에 둔 상황이었으니 죽어서도 눈을 감지 못할 참담한 죽음이었다.

환유성은 중산왕의 시신 옆에 태아검을 꽂고는 그의 심장에 꽂힌 반검을 뽑아 들었다. 반검을 검집에 꽂은 그는 천천히 몸을 돌렸다.

오천 군병의 충격과 경악에 젖은 눈빛이 화살처럼 그의 전신에 꽂혔다. 그들의 눈빛이 병기였다면 그의 몸은 이미 산산조각이 났을 것이다.

비로소 제정신을 차린 관홍은 현실을 직시하고는 전신을 와들와들 떨었다.

"크으… 전하… 전하께서 서거하시다니!"

그는 피를 토하듯 외쳤다.

"죽여라— 화살을 쏴 놈을 죽여!"

군병들은 너무도 충격적인 광경에 손을 덜덜 떨면서 활시위에 화살을 걸었다.

순우문이 한 걸음 나서며 급히 양손을 휘둘렀다.

"멈춰라— 멈춰—!"

관홍이 검을 뽑아 들어 순우문의 목에 들이댔다. 그의 눈빛은 광기로 번들거렸다.

"왜 멈추라는 것이냐! 너도 놈과 한 통속이냐?"

"진정하시오, 대장군. 화살을 쏘게 되면 전하의 존체도 상하게 되오. 비록 운명하셨지만 어떻게 전하의 존체를 훼손할 수 있단 말이오?"

순우문의 조언에 관홍은 비틀 한 걸음 물러섰다.

"그, 그렇군. 그 또한 대역죄에 해당되지."

순우문은 무장들을 향해 외쳤다.

"놈은 절대 살아서 왕부를 떠날 수 없다! 어서 군주를 모셔오너라, 어서!"

환유성은 중산왕의 유해 옆에 선 채 이들의 하는 양을 지켜보기만
했다.

그가 중산왕을 죽이기로 마음먹고 왕부로 들어온 이상 살아서 빠져
나가는 것은 불가능한 일이었다. 물론 그도 그것을 알고 있었지만 나
중 일은 생각지 않는 게 그의 성격이다. 삶과 죽음은 그의 관심 밖이었
다.

그는 마음먹은 일을 성사시키는 것만 생각할 뿐이다.

물론 그가 아직 중산왕부를 떠나지 않은 데에는 또 다른 이유가 있
었다. 중산왕에 이어 죽여야 할 다른 한 명이 있었기 때문이다.

그 사람은 바로 화옥군주 주화령이었다.

■ 제66장
일**만** 개의 화살

1

태원(太元)은 오대산 자락에 위치한 산서성의 성도(省都)다. 중원을 지키는 북서방의 요새 도시로 평소 이만의 군병들이 상주하는 큰 성이다. 하지만 지금은 성의 절반이 파괴된 채 약탈과 방화, 도적으로 들끓고 있었다.

견융의 십만 기병이 밀어닥치자 성주는 가솔들만 이끈 채 휘하 군병들을 모두 철수시킨 것이다. 구원병에 대한 확신조차 없는 상황에서 견융의 기세를 감당할 자신이 없었기 때문이다.

태원으로 무혈입성한 견융국 십만 기병은 마음껏 분탕질을 하며 욕심을 채웠다.

값진 보화를 안장 주머니에 가득 채웠고, 여인이라면 어린아이든 유부녀든 개의치 않고 겁탈을 했다. 아내와 딸을 지키려다 죽임을 당한 가족들은 견융족의 말발굽 아래 처참하게 짓밟혀야 했다.

견융 국왕 찰리합은 태원성주의 전각을 거처로 삼았다.

그는 영접을 나온 주화령을 대하는 순간 욕정이 발동해 아직 밤이 깊지 않았건만 둘만의 시간을 가졌다. 찰리합에게는 중원 정복보다 그녀의 몸이 우선이었다.

옷도 채 벗지 않은 상태에서 한바탕 정사를 벌인 두 남녀는 벌겋게 상기된 표정으로 서로를 애무하며 후회를 즐겼다.

"군주, 오직 그대를 위해 십만 기병을 일으켰네."

"알고 있습니다, 왕야. 이제 황도까지 천오백여 리가 남았을 뿐입니다. 철융관만 격파한다면 황도까지는 지척입니다."

주화령은 그의 무릎에 걸터앉은 채 무성한 가슴 털을 어루만지며 색정 어린 눈빛을 발했다.

찰리합은 그녀의 눈빛을 대할 때마다 가슴이 요동치고 피가 끓었다. 잠시 전 모처럼 격정적인 정사를 나누었지만 또다시 욕구가 치밀었다.

그는 그녀의 탄력 넘치는 둔부를 감싸 쥔 채 힘껏 끌어들였다. 하지만 마음과는 달리 교합은 이루어지지 않았다.

"허어, 이제 나도 늙었군."

찰리합이 아쉬운 듯 한탄하자 주화령은 그의 목에 팔을 두르며 볼을 비볐다.

"서두르실 것 없습니다, 왕야. 아침까지는 아직 시간이 많지 않습니까?"

그녀의 따뜻한 속삭임에 찰리합은 어색한 웃음을 지었다.

"허허, 그래. 군주를 위해서라면 밤을 붙들어서라도 아침을 늦추겠네."

"호호. 멋진 말씀이십니다, 왕야."

주화령은 팔을 뻗어 두 개의 술잔을 집어 들었다.

두 남녀는 서로를 감싸 안은 채 잔을 부딪쳐 건배를 했다. 그들이 담황빛 술을 막 목으로 넘길 때였다.

"왕야— 왕야! 속하 목야달이외다!"

전각 밖에서 친위대장의 다급한 음성이 들려왔다.

찰리합은 잔뜩 불쾌한 표정을 지으며 문밖을 향해 호통을 쳤다.

"네 이놈! 아침까지는 어떤 일이 있어도 근접하지 말라 이르지 않았더냐! 네가 정녕 죽고 싶은 게냐!"

"왕야, 어서 군주를 모시고 나와보십시오! 중산왕부에서 청천벽력과 같은 전갈을 가져왔소이다!"

목야달의 음성이 그답지 않게 떨리고 있었다.

주화령은 뭔가 불길한 기분에 젖어 서둘러 옷을 가다듬었다. 찰리합이 침상에서 일어서자 그녀는 그의 앞자락을 여며주고 요대를 채워주었다.

찰리합이 주화령과 함께 전각을 나서자 중산왕부의 무장이 털썩 무릎을 꿇었다.

그는 전갈을 아뢰기에 앞서 고개를 조아리며 통곡을 했다.

"크으, 군주! 으흑흑… 너무도 원통하오이다!"

주화령은 등골이 오싹해졌다. 뇌리 속으로 무서운 생각이 스쳐 지나갔지만 절대 그럴 리 없다는 확신으로 고개를 흔들었다.

그녀는 차분한 어조로 물었다.

"용호무장이 아닌가? 대체 무슨 일이냐?"

용호무장은 주먹을 불끈 쥐며 턱을 부들부들 떨었다.

"전하께서… 전하께서……."

"말해라! 아버님이 어찌 되셨단 말이냐?"

"운명하셨습니다! 크흑흑……!"

용호무장은 비분을 이기지 못하고 섬돌에 머리를 찧었다.

입을 딱 벌린 찰리합은 천천히 고개를 돌려 주화령을 돌아보았다. 목야달 역시 믿을 수 없는 비보에 연신 고개를 저었다.

"뭐, 뭐라고?!"

주화령의 안색이 하얗게 질렸다. 섬돌에서 내려선 그녀는 용호무장의 멱살을 쥐며 일으켜 세웠다.

"네놈이 지금 제정신이냐? 아버님과 헤어진 지 네 시진도 지나지 않았거늘 돌아가시다니? 대체 무슨 소리를 하는 것이냐?"

"전하께서 잠시 전… 실수에 의해 피살되셨습니다."

"뭐야, 피살?"

주화령은 호흡이 턱 막혀왔다. 하늘이 통째로 내려앉는 기분이었다. 두 다리가 후들거려 서 있기조차 힘들었다.

그녀의 부푼 가슴이 쿵쿵 뛰었다.

"저, 정녕… 운명하셨단 말이냐?"

"예, 군주. 반검무적으로 불리는 환유성이란 놈을 알현하시다가 그만……."

"환. 유. 성!"

그 이름을 듣는 순간 주화령의 마성이 폭발했다.

"이야아!"

그녀는 용호무장을 냅다 내던졌다. 연무장으로 내쳐진 용호무장은 두개골이 박살난 채 절명하고 말았다.

화르륵—!

주화령의 전신에서 극렬한 마화가 뿜어졌다. 그녀의 피부가 핏빛으로 타오르고 두 눈에서 광채가 뿜어졌다.

"환유성 이놈—!"

전각 앞 석판이 폭발하며 그녀는 꼿꼿이 이십 장이나 치솟아올랐다. 처절한 괴성과 함께 그녀는 비행술을 전개해 단숨에 성곽을 향해 날아갔다.

찰리합은 그녀의 가공할 무공에 진저리를 쳤다.

"맙소사! 군주가 이렇듯 절세고수였단 말인가?"

그는 그녀가 사라진 곳을 망연히 응시하다 문득 현실을 깨닫고는 전각의 기둥을 주먹으로 쳤다.

"젠장! 대업을 목전에 두고 중산왕이 서거하다니. 이제 어찌해야 한단 말인가? 여기까지 와서 병사들을 돌려야 하다니."

목야달이 뱀눈을 번들거리며 조심스럽게 아뢰었다.

"전하, 너무 상심하지 마옵소서. 주변을 순찰하던 척후병들의 보고로 미루어 중산왕이 운명한 것은 확실합니다. 하지만 이것은 오히려 우리 견융에게 득이 될 수 있는 일이외다."

"득이라니?"

"생각해 보십시오. 중산왕을 도와 금상황를 폐한다 해도 우리에게 돌아올 것은 새황에 대한 지배권뿐입니다. 이 풍요로운 중원은 여전히 전하의 것이 아닙니다."

“…….”

찰리합은 눈을 가늘게 뜨며 잠시 생각에 잠겼다.

목야달의 진언이 틀린 말은 아니다. 그는 중산왕의 동맹군일 뿐 중원의 점령군이 아니었다.

중산왕을 도와 제위(帝位)에 올린다 해도 그는 척박한 새황 땅으로 귀환해야 한다. 물론 대명제국의 후광을 업고 새황 전체를 통솔하는 강력한 군주가 될 수 있지만 과거 대원제국이 이룩한 업적에는 비할 수 없는 것이다.

찰리합은 두개골이 깨진 채 죽어 있는 용호무장을 굽어보았다.

“대명의 황도를 점령하는 데에는 변함이 없단 말이냐?”

“그렇습니다, 왕야. 일단은 중산왕을 대신해 화옥군주를 제위에 올리는 겁니다. 하지만 계집의 몸으로 어찌 천하를 통솔할 수 있겠습니까?”

목야달이 찰리합의 야망을 부채질하자 그는 소매를 떨치며 전각으로 향했다.

“당장 대부족장 회의를 소집하라!”

2

중산왕부를 중심으로 원형으로 포진된 군막은 삼십 리에 달했다. 밤이 깊었건만 오만 군병이 밝혀 든 횃불로 주변은 대낮같이 밝았다. 중산왕부를 응시하고 있는 군병들의 표정은 분노와 절망으로 뒤엉켜 있었다.

중산왕의 죽음!

모두에게 있어 꿈에서도 생각지 못할 비보였다.

중산왕을 지원하기 위해 각처에서 달려온 장군들은 눈앞이 캄캄해졌다. 이미 대명제국에 반기를 든 그들로서는 앞날이 막막하기만 했다. 도주하자니 평생 반역자로서 쫓기는 신세가 될 것이고 남아 있자니 언제 들이닥칠지 모르는 토벌군에 의해 목숨이 위태로운 상황이었다.

그들로서는 평생토록 가장 긴 밤이었다.

이때 하늘 저편에서 붉은 광채가 날아들었다. 긴 꼬리를 이끌며 비행술로 날아드는 여인은 화옥군주 주화령이었다.

"오, 군주시다!"

"화옥군주께서 오셨다!"

군병들의 외침이 밤하늘을 진동시켰다.

주화령은 길게 늘어선 막사 위를 가로지르며 그대로 왕부를 향해 날아갔다. 전신 가득 마화를 뿜어내는 그녀의 모습은 흡사 불덩이가 날아가는 듯했다.

곤녕전의 상황은 천하를 뒤흔들 대사건이 전개된 직후의 모습 그대로였다.

오천 군병은 단 한 명의 살수를 제압하지 못하고 곤녕전 주변을 겹겹이 포위한 채 퇴로만 봉쇄하고 있었다. 삼 보 간격으로 화톳불이 밝혀져 낮보다 더 밝았다. 몇 시진째 계속된 긴장감으로 군병들은 몹시 지친 상태였다.

기침 소리 하나 들리지 않는 적막 속에서 단 한 사람만 권태로운 표정을 지으며 밤하늘을 응시하고 있었다.

곤녕전 섬돌에 걸터앉은 환유성은 다소 무료한 듯 고개를 왔다 갔다 하며 목을 풀었다. 그 옆에는 금상황의 친아우인 중산왕의 시신이 눕혀져 있었다. 제법 시간이 흘러 베어진 목 부위가 시커멓게 말라 있었다.

중산왕의 수급은 눈을 부릅뜬 채로 바닥에 세워져 있었다. 자신의 죽음을 도저히 믿을 수가 없는 듯 통한이 담겨진 모습이었다. 그 옆으로는 태아검이 꽂혀 있었다.

"왔군."

환유성은 전각 지붕을 타고 빠르게 날아드는 붉은 광채 쪽으로 시선을 돌렸다.

주화령이 연무장 중앙으로 내려서자 관홍과 순우문이 급히 다가섰다.

"군주!"

"군주, 너무도 원통합니다!"

주화령은 둘을 쏘아보고는 양손으로 둘의 면상을 움켜쥐었다.

"이런 쓸모없는 놈들! 대체 경호를 어찌 했기에 이런 일이 생긴단 말이냐!"

그녀의 손에서 강기가 뿜어지자 두 사람의 머리통이 그대로 으스러졌다. 지켜보던 군병들은 그녀의 잔혹한 살수에 몸서리를 치며 주춤 뒤로 물러섰다.

주화령은 곤녕전 전각 앞으로 올라섰다.

"아버님!"

그녀는 바닥에 세워진 중산왕의 수급을 보는 순간 벼락을 맞은 듯 부르르 떨었다. 너무도 아름다운 눈망울에서 주르륵 눈물이 쏟아진다.

그녀는 무너지듯 중산왕의 수급 앞에 털썩 무릎을 꿇었다.

"흐흑흑……!"

약간 떨어져 앉아 있는 환유성은 무심한 눈빛으로 영롱한 빛을 발하는 별만 바라보고 있었다. 부친의 죽음 앞에 통곡하는 여인의 애절한 울음소리에도 그는 눈썹 하나 까딱하지 않았다.

"아버님… 어찌 소녀만 놔두고 가실 수 있단 말입니까?"

부친의 수급을 가슴에 안은 그녀는 한 서린 피눈물을 흘렸다.

한참을 통곡한 그녀는 무릎걸음으로 부친의 시신 앞에 이르렀다. 그녀는 떨어져 나간 목 부위에 부친의 수급을 갖다 댔다.

"흑흑… 목이 베어지지만 않았어도 어떻게든 아버님을 살렸을 것입니다."

그녀는 자신의 손끝을 물어 피를 흘려냈다. 그녀가 피 묻은 손끝으로 중산왕의 베어진 목 부위를 문지르자 신기하게도 수급이 몸에 붙었다.

천마혈경에 수록된 사술 중 역천반혼대법(逆天返魂大法)이라는 것이 있다.

죽은 사람을 되살릴 수는 없지만 이 대법을 펼치면 살아 있는 모습 그대로 형체가 보존된다. 생각할 수도 없고 말할 수도 없는 식물인간이지만 살아 있는 사람처럼 음식을 먹을 수도 있다. 하지만 이미 목이 베어진 상태라면 역천반혼대법으로도 시신을 깨어나게 할 수 없는 일이다.

부친의 시신을 부둥켜안고 한바탕 애끓는 곡을 한 주화령은 입술을 질끈 깨물며 상심의 바다에서 겨우 벗어났다.

그녀는 태아검을 뽑아 들고는 검집을 찾아 넣었다.

"무장들은 아버님을 모셔가라!"

그녀의 지시가 떨어지자 여덟 명의 무장이 관을 들고 곤녕전 전각 앞으로 올라섰다. 무장들이 중산왕의 유해를 입관시킨 후 돌 계단을 내려가자 주화령은 몸을 일으켰다.

그녀는 몸을 돌리며 연무장에 가득한 군병들을 향해 외쳤다.

"저 살인마는 내가 처단할 것이다! 너희들은 한 명도 남김없이 곤녕전 밖으로 물러서라! 만일 놈이 달아나려 한다면 가차없이 죽여라!"

"예, 군주!"

대장군과 군사를 일격에 죽여 버린 그녀의 잔혹한 손속을 눈앞에서 본 군병들은 서둘러 곤녕전을 벗어났다. 곤녕전의 육중한 철문마저 굳게 닫혔다.

넓은 곤녕전 안은 일순 무거운 정적 속에 휩싸였다.

주화령은 비로소 환유성을 직시했다. 그녀의 두 눈에서 분노의 불꽃이 활활 피어올랐다. 그녀는 발작적으로 외쳤다.

"일어나, 이 찢어 죽일 놈! 어서 일어나!"

환유성은 옷깃을 찢어 발목의 상처를 동여맸다. 이천 근에 달하는 금강족쇄를 발목에 매단 채 무리하게 이동하느라 발목 부위의 살갗이 모두 문드러진 것이다.

천천히 몸을 일으킨 그는 무표정하게 그녀와 대치해 섰다.

주화령은 주체할 수 없는 격분에 이가 딱딱 마주쳤다. 너무도 격해진 심정에 말도 제대로 나오지 않았다.

"요, 요동의 촌놈, 대체… 대체 무슨 연유로 내 아버님을 해친 것이냐?"

"죽어야 할 이유가 있어."

"네놈이 황제의 어명이라도 받았단 말이냐?"

환유성은 권태로운 눈빛으로 그녀를 직시했다.

"너도 죽어야 돼."

"으으, 이놈!"

주화령은 냅다 일장을 날렸다.

우르르─!

은은한 뇌성과 함께 허공에 무수한 장인(掌印)이 새겨졌다. 천마혈경의 절기인 천마인이었다.

수백 개의 장인은 급격한 호선을 그리며 환유성의 전신으로 쏟아져 내렸다. 장인 하나하나에 담겨진 위력은 거석을 박살 낼 만큼 위력적이었다.

"예전보다 훨씬 강해졌군."

환유성은 오른손을 들어 만상백변식으로 맞섰다.

콰─ 콰쾅─!

연이은 폭음과 함께 폭풍처럼 몰아치던 핏빛의 장인이 모두 소멸되었다. 경풍이 휘몰아치며 전각의 문짝이 날아가고 기왓장들이 파편처럼 흩어졌다.

둘 사이의 석판은 산산이 부서지고 일 장 깊이의 구덩이가 패었다.

"으음……!"

주화령은 답답한 신음을 토하며 뒤로 주르륵 밀려났다. 그녀의 얼굴 근육이 심하게 일그러졌다.

"이, 이럴 수가?! 네놈의 무공이 이리도 급증했단 말이냐?"

"곤녕전 안에 은신해 있는 쥐새끼들마저 불러내라."

환유성이 눈짓으로 곤녕전을 가리키자 주화령은 잡아먹을 듯 그를 쏘아보다 한 걸음 물러섰다.

"암인!"

그녀의 호명이 끝나기 무섭게 한 명의 복면인이 그녀 옆으로 내려섰다.

마치 땅에서 솟은 듯한 절묘한 신법이었다. 그의 등에 메인 병기대에는 십여 자루의 칼이 꽂혀 있었다. 바로 혈야회주인 대살수 백병사도였다.

주화령은 그를 매섭게 질책했다.

"당신의 임무는 아버님을 경호하는 일이었어! 대체 어떻게 이런 일이 있을 수 있단 말이오?"

"군주, 속하 역시 원통한 마음 금할 수가 없소이다. 전하께서는 환유성의 알현을 받아들이지 않았어야 했소이다. 하지만 전하께서는 군주를 위한 선물로 놈을 제압하기 위해 곤녕전으로 불러들이신 거외다."

"나를 위한 선물이라고?"

"군주께서 가장 죽이고 싶어하는 원수가 바로 환유성 아니겠소? 전하께서도 그것을 아시기에 놈이 곤녕전으로 들어오는 것을 수락하신 거외다."

주화령의 눈에서 눈물이 핑 돌았다. 하늘 같은 부친이 자신의 공로에 보답을 하기 위한 배려 때문에 천주의 한을 남겼다 싶자 가슴이 찢어지는 것만 같았다.

"아버님……."

"속하는 왕부의 군병들 앞에 나설 수 없는 몸이라 놈과 맞설 수가 없었소이다. 전하께서 곤녕전 안으로 피신만 하셨어도 어떻게든 구해 드렸을 것이오."

백병사도는 주화령을 향해 공손히 손을 모아 보였다.

"황송할 따름이오, 군주."

주화령은 나름대로 상황을 파악하고는 환유성을 향해 마주 섰다.

"환유성, 왜 네가 목숨을 걸면서까지 아버님을 살해했는지 알고 싶다."

"태양천주의 살해를 사주한 대가다."

주화령은 눈을 커다랗게 떴다.

"네가 어떻게……?"

"물론 너도 연관돼 있겠지. 영호찬을 조종한 건 천마혈경의 사술이었을 테니까."

주화령은 다소 놀랍다는 표정을 지었지만 순순히 시인했다.

"오냐, 모두 내가 꾸민 일이다. 그것을 알았다면 네놈은 아버님이 아니라 날 찾아왔어야 했어!"

환유성은 불편한 걸음걸이로 천천히 다가섰다.

"물론 너도 죽어야 돼."

주화령은 청해호반에서 그와 격돌한 경험이 있어 함부로 대적하기
가 두려웠다.

그날 이후 그녀는 천마혈경에 전념해 일성을 더 깨우쳤지만 잠시 전
일초의 격돌을 통해 그 역시 예전보다 훨씬 강해졌음을 간파한 것이다.
아무리 부친에 대한 복수심이 강렬해도 무모한 대결을 벌일 수는 없는
일이었다.

"암인, 혈야회 살수들을 총동원해 공격하세요!"

백병사도는 침잠한 눈빛을 띠며 응대했다.

"군주, 전하께서는 놈의 어검술에 운명하셨소."

주화령은 머리카락이 쭈뼛 솟는 기분이었다.

"어검술? 저 악랄한 놈이 벌써 그런 경지에 이르렀다고?!"

"속하와 마흔아홉 명의 살수가 협공해도 놈을 당해낼 수 없소. 차라
리 군병들에게 맡기는 편이 나을 것이오."

환유성은 권태로운 표정으로 백병사도를 응시했다.

"당신이 혈야회주인가?"

"그렇다."

"영호찬을 살수로 키운 자가 당신인가?"

"그렇다."

"백석산 협곡에서 천사신검을 죽인 것도 당신이겠군."

"그런 셈이다."

"결국 당신 때문에 영호찬이 막사검을 얻었다고 봐도 무방하겠지?"

"그렇다."

"그럼 죽어야겠군."

환유성의 쾌검이 벼락처럼 펼쳐졌다.

쐐애액—!

그의 절대쾌검이 펼쳐지는 순간 백병사도의 몸이 머리서부터 쪼개졌다. 그러나 그것은 허상이었다. 그는 은신술을 펼쳐 간발의 차이로 환유성의 쾌검을 피해낸 것이다.

츄츄츄—

환유성의 등 뒤에서 연속적으로 칼날이 날아들었다. 어느새 그의 뒤로 내려선 백병사도가 쾌속한 살법을 전개한 것이다. 그는 삽시간에 열 개의 칼을 날리며 환유성의 십대사혈을 노렸다.

환유성은 돌아보지 않고 손만 뒤로 돌려 반검을 휘둘렀다.

차차차창—!

백병사도의 열 가지 살법이 대번에 봉쇄되었다.

"으음… 무서운 놈!"

그는 채찍을 날려 팅겨진 칼을 회수해 등의 병기대에 다시 꽂았다.

그는 환유성의 배후를 점하고 있었지만 공격의 이점을 전혀 가질 수가 없었다. 상승 무도를 연성한 상대라 그의 기습적인 살식이 전혀 위협이 되지 못함을 절감한 것이다.

주화령은 태아검을 뽑아 들며 환유성을 향해 날아들었다.

"원수!"

그녀의 태아검에서 줄기줄기 검기가 폭사되며 뇌성을 일으켰다. 천마혈경의 절기 중 하나로 극강한 위력을 지닌 구겁천마검법(九劫天魔劍法)이었다.

환유성은 감히 경시하지 못하고 만상백변식으로 맞섰다.

차차창—!

순식간에 일초 십팔식의 격돌이 전개되었다.

검기가 충돌할 때마다 뇌성이 터지고 검화가 피어오르며 주변 십 장 이내를 뒤덮었다.

콰콰쾅—!

둘의 격돌을 휘감는 돌풍에 기왓장이 찢겨진 종이처럼 날아가고 연무장 석판들이 산산이 조각나며 폭발해 올랐다.

곤녕전 담장 밖에 운집하고 있는 수만의 군병들은 내전에서 터져 나오는 폭음과 밤하늘 높이 치솟는 붉고 흰 광휘에 눈을 휘둥그레 떴다.

그들로서는 풍운변색의 대격돌이 펼쳐지는 진귀한 광경을 볼 수 없는 것이 아쉬웠지만, 다행스런 일이기도 했다. 격돌의 현장에 있었다면 검기와 강기의 파편에 언제 목이 날아갈지 모르는 일이었다.

태아검을 손에 쥔 주화령의 구겁천마검법은 마도 사상 최강으로 손꼽히는 전설적인 검법이다. 파괴적인 위력과 더불어 변화무쌍한 검초는 천하에 적수가 없을 정도였다.

과거 천마대제는 이 구겁천마검법으로 삼천공을 상대해 부상을 입힌 바 있다.

태양천주에 의해 의천검법이 창안되기까지 백도무림의 최고 검법은 월영검후의 월영검법이었지만 구겁천마검법의 위력은 오히려 월영검법을 능가한다.

"죽어라, 원수!"

주화령은 허공에 뜬 상태로 태아검을 휘두르며 맹공을 가했다. 복수심에 불타오르는 그녀의 검초는 공포와 전율을 일으킬 만큼 패도적이었다. 반면 환유성의 만상백변식은 오히려 답답하게 느껴질 만큼 차분했다.

"만상몽환무(萬象夢幻舞)!"

그의 검법은 춤을 추듯 유연했다.

펼쳐지고 회수되는 초식이 물 흐르듯 경쾌했고, 태아검의 예기를 막아내는 평범한 반검은 전설적인 신검과 맞서고도 전혀 위축됨이 없었다.

주화령의 마공은 이미 극검마왕을 능가한 상태였다.

세밀함에서만 다소 뒤질 뿐 천마혈경의 마공절기는 과연 압도적이었다. 숱한 청년들의 정혈을 흡입하고 각종 영약으로 증진된 그녀의 공력은 이백 년 수위에 달해 환유성의 내공을 훨씬 앞선 상태였다.

환유성의 유일한 장점은 무도에 의한 심안이었다.

하기에 그는 폭풍처럼 쏟아지는 검기와 검강 속에서도 차분하게 그녀의 검법을 상대할 수 있었다. 아무리 걸출한 공력을 지녔어도 그 힘에는 한계가 있다. 공력의 우위는 결코 오래갈 수 없는 법이다.

콰콰쾅—!

잇단 굉음 속에 주화령은 환유성의 반검에서 전해지는 반탄력에 조금씩 팔이 저려왔다. 시간이 흐르면서 그녀의 구겁천마검법이 만상백변식에 밀리기 시작한 것이다.

'으으, 대체 이놈의 한계는 어디란 말인가?

주화령은 이를 악물며 혼신의 공력을 운집해 구겁천마검법을 펴부었다.

멀찍이 서서 이 가공할 격돌을 지켜보는 백병사도는 등골이 오싹해졌다.

'군주의 천마절기도 공포스럽지만 놈의 검법은 신기다! 정녕 이런 검법이 존재할 수 있단 말인가?'

그는 자신의 능력으로는 도저히 끼어들 엄두가 나지 않았다.

'군주가 점점 불리해지는군.'

잠시 격돌을 관망하던 그는 전음을 통해 매복해 있는 혈야회 살수들에게 은밀한 지시를 보냈다.

밀명을 받은 살수들이 은신포를 뒤집어쓴 채 신속하게 움직이기 시작했다. 개개인의 능력으로는 환유성의 일초지적도 될 수 없지만 살수들의 기습은 뜻밖의 결과를 만들어낸다.

천사신검과 같은 절세고수도 살수들의 암습에 쓰러지지 않았던가. 태양천주와 같은 천하제일인 역시 등 뒤의 검에 쓰러질 수밖에 없었던 것은 인간이 갖는 필연적인 약점이다.

"천마파뢰멸!"

태아검을 거둔 주화령은 빙글 회전하며 내가강기를 쏟아냈다. 검법 대결로는 도저히 승산이 없다 판단한 것이다.

밤하늘이 찢어지는 듯한 뇌성이 터지며 붉은 낙뢰가 연속적으로 떨어져 내린다.

콰— 콰쾅—!

쏟아지는 낙뢰에 연무장의 석판들이 잇달아 폭발해 올랐다.

"만상일기섬!"

환유성은 양손으로 검을 움켜쥔 채 그대로 낙뢰 속으로 뛰어들었다.

신검합일이었다.

쐐애액—

그의 신형이 흐릿해지며 한 자루 반검만이 허공을 가로지른다. 폭우처럼 쏟아지는 낙뢰 사이를 헤집고 뻗어 나가는 섬광은 곧장 주화령을 향해 날아들었다.

"허억!"

기겁을 한 주화령은 양손을 교차하며 극한의 마공절기를 발휘했다.

그녀의 전신에서 열화와 같은 불꽃이 화르륵 피어올랐다. 피부는 실핏줄이 드러나 보일 만큼 투명하게 변색되었고 두 눈은 새빨갛게 물들었다. 그토록 아름다운 얼굴마저 악귀처럼 흉측하게 일그러졌다.

"겁황마극염!"

콰류류류—!

일명 악마의 불꽃으로 불리는 오대악마지공 중 하나가 전개된 것이다.

그녀의 전신에서 발사되는 불덩이가 급격하게 확산되었다. 주변에 닿는 모든 것이 소멸되었다. 아름드리 수목이 삽시간에 재가 되어 부서졌고, 진귀한 정원석마저 흐물흐물 녹아버렸다.

신검합일로 날아든 환유성은 악마지공에 휩싸이는 순간 전신이 타버릴 것만 같았다.

과거 청해호반에서 그녀의 악마지공을 경험한 바 있었지만 그 강도가 두 배는 강해진 느낌이었다. 지금이라도 공세를 멈추고 방어를 해야 했지만 그의 성격상 도저히 있을 수 없는 일이었다.

그는 악마지공과 정통으로 맞부딪쳤다.

꽈― 꽈꽝―!

하늘과 땅이 뒤집히는 엄청난 굉음과 함께 악마의 불꽃이 사위를 휩쓸었다. 이십 장 밖의 곤녕전이 통째로 날아갔고, 백 장 밖의 곤녕전 담장이 모래성처럼 허물어졌다.

"아악!"

주화령은 피를 토하며 뒤로 튕겨졌다. 그녀의 혈강지체가 깨지며 찢겨진 가슴을 통해 대살 같은 피가 뿜어졌다.

"욱!"

환유성 역시 무사하지 못하고 답답한 신음을 흘리며 빙글빙글 뒤로 날아갔다. 그의 머리카락과 옷이 심하게 그슬렀다. 하지만 외상보다는 악마의 불꽃에 의한 내상이 보다 심각했다.

"군주!"

백병사도는 신속하게 몸을 날려 추락하는 주화령을 받아 들었다. 극심한 부상을 입은 듯 그녀의 입과 가슴 부위에서 붉은 피가 울컥울컥 뿜어져 나왔다.

몸을 회전시켜 바닥으로 내려서려던 환유성은 감각적으로 살기를 감지할 수 있었다.

'살수?'

그는 몸을 말아 한 번 더 뒤집었다. 그는 반검을 손에 쥔 채 바닥을 내리그었다.

촤아악!

흙으로 얼룩진 은신포가 갈라지며 두 명의 살수가 베어진 채 모습을 드러냈다. 혹독한 수련을 겪은 그들의 입에서는 비명조차 흘러나오지 않았다.

순간, 주변에 은신해 있던 살수들이 일제히 솟구치며 연막탄을 터뜨렸다.

펑— 펑— 펑—

연이은 폭음 속에 자욱한 검은 연막이 뭉클뭉클 사위를 휘감았다. 동시에 연막을 뚫고 수백 개의 암기가 날아들었다. 지난날 천사신검을 궁지에 몰아넣은 수법과 유사했다.

환유성은 가볍게 미간을 찌푸리며 반검을 휘둘렀다.

"무흔쾌섬!"

그의 절세적 쾌검은 짙은 연막을 가르며 정확히 살수들의 위치를 찾아냈다. 일초 십팔식의 쾌검초에 살수 열여덟이 대번에 목숨을 잃었다.

연막 밖으로 뛰어나온 환유성은 주화령을 안고 달아나는 백병사도를 찾아내고는 바닥을 박찼다. 별다른 경공술을 수련하지는 않았지만 한 번 도약으로 칠팔 장은 거뜬히 뛸 수 있는 그였다.

그가 백병사도를 추적하는 사이 살수들의 기습적인 공격은 계속되었다.

츄리리릭—

파헤쳐진 바닥에서 열두 명이 솟구쳤다. 그러나 그들의 살식이 채 전개되기도 전에 환유성의 쾌검이 그들 모두를 베어버렸다. 그는 세 번을 도약하면서 집요하게 따라붙는 살수들을 모두 처치할 수 있었다.

"젠장. 꼭 죽여야 하는데."

환유성은 허물어진 담장 너머로 사라지는 백병사도의 흔적을 따라 달리다 힘껏 솟구쳤다.

달을 등진 채 오 장 높이로 치솟은 그는 백 장 밖으로 멀어지는 백병사도를 찾아낼 수 있었다. 그는 횃불을 밝혀 든 수만의 군병들 사이로 막 사라지려는 참이었다.

환유성이 곤녕전 밖으로 모습을 드러내자 무장들이 발악하듯 외쳤다.

"악적이 나왔다―!"

"죽여라!"

"화살을 쏴라―!"

일만에 달하는 궁병이 일제히 화살을 시위에 걸었다.

환유성은 허공에 뜬 상태에서 자신을 겨누는 일만 개의 화살을 감지했지만 그의 의지는 오로지 주화령과 백병사도를 죽이는 데만 몰두했다.

"만상어기검!"

그의 전신에서 강렬한 광휘가 발산되며 그의 반검이 불꽃을 발하며 뻗어 나왔다. 초상승 절기인 어검술이 펼쳐진 것이다.

반검은 한줄기 섬광이 되어 대번에 백 장을 가로질러 주화령을 안고 도주하는 백병사도의 등판으로 내리 꽂혔다. 얼마나 빠른 속도인지 뻗어 나간 검의 흔적이 허공에 그대로 새겨졌다.

쐐애액―!

백병사도는 본능적으로 위기를 느끼며 고개를 돌렸다. 어검술로 날아든 반검은 이미 눈부신 광휘를 발하며 바싹 다가선 상태였다.

이 순간, 주화령은 사악한 눈빛을 발하며 백병사도의 가슴에 일장을 날렸다.

“당신이 죽어!”

“악!”

그녀의 장력에 밀려난 백병사도의 몸뚱이는 하나의 인간 방패가 되어 반검에 부딪쳤다.

퍼엉!

어검술의 가공할 위력에 백병사도는 형체도 찾아볼 수 없을 만큼 산산조각이 나버렸다. 그를 관통한 어검술은 여전히 불꽃을 발하며 주화령을 향해 내리 꽂혔다.

“아아……!”

극심한 부상을 입은 그녀로서는 어검술을 막아낼 여력이 없었다. 그러나 삶에 대한 초인적인 의지는 정말 대단했다. 그녀는 순간적으로 천마혈강대법을 전개하며 자신의 어깨를 움직여 어검술을 받아냈다.

퍼억!

그녀의 어깨가 박살나며 몸뚱이와 분리된 팔이 날아갔다.

“아아악!”

뒤로 팅겨진 그녀는 수백 군병들을 밀어내고서야 겨우 어검술의 위력에서 벗어날 수 있었다.

가까스로 죽음의 위기에서 벗어난 그녀는 안도의 한숨을 내쉬다 눈을 커다랗게 떴다. 그녀의 눈에 비쳐진 광경은 그녀가 평소 꿈꿔오던 바로 그 장면이었다.

쐐애애액—!

밤하늘을 가로지르는 일만 개의 화살이 허공에서 내려앉는 환유성을 향해 뻗어 나가고 있었다. 하늘을 새까맣게 뒤덮으며 꼬리를 물고 이어지는 화살세례는 공포를 넘어선 장엄한 광경이 아닐 수 없었다.

환유성은 양손을 세워 검을 대신했다.

"만상탄무벽!"

그는 만상백변식을 전개하며 화살을 튕겨내면서 빠르게 하강했다. 폭우처럼 쏟아지는 화살세례는 그의 수검(手劍)이 펼쳐 내는 검막에 의해 사방으로 튕겨져 나갔다.

가히 신기가 아닐 수 없었다.

그러나 꼬리에 꼬리를 물고 쏟아지는 일만 개의 화살을 모두 막아내는 건 무신이라도 감당할 수 없는 일이었다.

퍼퍼퍽—!

검막을 뚫고 파고드는 화살이 그의 몸에 연속적으로 꽂히기 시작했다. 삽시간에 고슴도치가 된 그는 바닥으로 풀썩 떨어졌다. 무수한 화살이 그의 몸 주변으로 쏟아지며 순식간에 화살의 산을 이루었다.

궁병들은 재차 화살을 시위에 걸었다.

이미 수백 발의 화살을 맞고 쓰러진 적이었지만 너무도 엄청난 무공을 지닌 자라 여전히 두려웠던 것이다. 검병, 창병, 기마병들은 멀리 물러선 채 둥그렇게 포진하였다.

궁병들이 재차 일만 발의 화살을 발사하려는 순간이었다.

"멈춰라!"

떨어져 나간 한쪽 팔을 피풍의로 감싼 주화령이 비틀비틀 뛰쳐나갔다.

그녀는 환유성을 향해 뛰어가며 재차 외쳤다.

"멈춰— 쏘지 마라!"

궁병들은 행여 그들의 상전이 다칠세라 얼른 활시위를 풀었다.

주화령은 화살이 빽빽이 꽂힌 바닥을 헤치며 환유성에게로 다가섰다.

그를 내려다보는 그녀의 몸이 와들와들 떨린다. 수백 발의 화살에 꽂힌 채 쓰러져 있는 환유성은 피투성이가 되어 있었다. 전신 어느 곳 하나 성한 데가 없었다.

몇 대의 화살은 머리와 눈, 볼까지 꿰뚫었다. 이러고도 살 수 있다면 기적이었다.

"호호… 호호호… 죽었어… 이 악마 같은 자식이 죽었어……."

주화령의 떨리는 입술을 헤집고 울음 섞인 웃음이 흘러나왔다.

"호호홋… 죽었어… 이제야 죽었어!"

그녀는 무너지듯 털썩 그 앞에 무릎을 꿇었다. 그녀는 손을 뻗어 그의 볼을 어루만졌다. 얼음장처럼 차갑다.

"아버님… 원수를 갚았습니다. 이 악마를 죽였습니다."

그녀의 눈에 피처럼 붉은 눈물을 흘러내렸다.

"하지만 아버님은 돌아오시지 못해… 흑흑……."

그녀의 손끝이 그의 볼을 타고 흐르며 그의 목덜미에 닿았다. 순간 그녀는 불에 덴 듯 소스라치게 놀라고 말았다.

"허억! 이, 이럴 리가?!"

그녀는 떨리는 손으로 다시 그의 목덜미 경동맥을 짚었다.

아주 희미하지만 맥이 느껴진다. 아직 죽지 않았다는 생체적 신호였다. 그녀는 급히 그의 완맥을 쥐었다. 간헐적으로 끊어졌지만 생명지기가 아직 감지되었다.

그녀는 그의 끈질긴 생명력에 전율을 느끼며 태아검을 뽑아 들었다.

"지독한 놈… 오냐, 내 손으로 네 숨통을 끊어주겠다!"

그녀는 원독에 찬 눈빛으로 그를 쏘아보며 천천히 태아검을 내려쳤다. 그녀의 가벼운 일검으로 그의 목이 베어질 순간이었다.

문득, 그녀의 손이 힘없이 늘어졌다. 태아검의 검극은 환유성의 목을 비껴 바닥을 찍었다.

"아니야, 이렇게 쉽게 죽일 수는 없어. 서서히… 세상에서 가장 고통스럽게 죽여야 돼. 내 가슴속의 한을 모두 씻을 때까지 살을 저미고 피를 뽑아내겠다."

그녀는 입술을 꼭 깨물었다.

"살릴 것이다! 어떻게든 이 악마를 살릴 것이야!"

■ 제67장

너의 육신과 영혼마저 접수한다!

1

대륙 십팔만 리로 퍼져 나가는 소문은 바람보다 빨랐다.

견융의 십만 기병을 등에 업고 천하를 뒤엎으려던 중산왕이 죽었다는 소식은 하룻밤 사이에 반경 이천 리 이내를 뒤덮었다.

밤새 천오백여 리를 달려온 파발에 의해 이 낭보를 들은 황도의 양민들은 모두 만세를 부르며 환호했다.

금상황은 중신들을 이끌고 종묘사직을 찾아 선조들에게 감사의 배례를 올렸고, 두려움에 젖어 화친을 부르짖던 중신들은 모두 입을 다물어야 했다.

관망하던 각 성의 태수와 성주들은 대거 황도를 수호하기 위해 서둘러 달려왔다.

본래 그들이 두려워했던 것은 견융국의 십만 기병이 아니었다. 금상황을 능가할 경륜과 위엄을 갖춘 중산왕은 예전부터 천명을 받은 인물로 널리 알려져 있었기에 감히 중산왕에게 항거하지 못했던 것이다.

이제 중산왕이 죽은 이상 황족 간의 내분은 종식된 셈이다.

오랑캐를 몰아내고 대명 황실을 수호하겠다는 뚜렷한 명분이 생긴 이상 무장들과 군병들은 더 이상 주저할 이유가 없었다. 보국대장군 황보숭이 지키는 철웅관을 지원하기 위해 달려오는 군병들이 무려 십만을 넘고 있었다.

2

아미산에 위치한 백도연합에 중산왕의 부고가 전해진 것은 대사건이 터진 지 이틀 후 저녁 무렵이었다.

중산왕부에서 사천성 아미산까지의 거리가 만 리에 달하는 것을 감안한다면 그야말로 경이로운 소식망이었다. 태양천의 비합전서들이 꼬리를 물고 날아오면서 사건의 전모가 알려지게 되었다.

백도연합은 새황무림과의 결전을 목전에 두고 있었지만 중산왕이 죽었다는 소식에 모두들 축배를 들며 환호했다. 중산왕은 황실을 뒤엎기 위해 이민족을 끌어들인 반역자였기에 누구 하나 그의 죽음을 슬퍼하는 사람이 없었다.

그러나 오만 군병이 둘러싼 중산왕부에 단신으로 뛰어들어 중산왕의 목을 벤 인물이 밝혀지면서 군웅들은 충격과 경악을 금할 수 없었다.

중산왕의 목을 벤 영웅은 반검무적 환유성이다!

처음에는 모두들 잘못된 풍문으로만 여겼다. 그들이 아는 환유성은 무림과 중원의 위기에는 전혀 무관심한 이방인이었다.

자신의 검도만을 추구하는 무광(武狂)이며 사람 목숨을 파리 목숨처럼 여기는 대살성일 뿐이었다. 그런 그가 천하를 위해 목숨을 걸고 중산왕을 죽였을 것이라고는 누구도 짐작할 수 없는 일이었다.

하지만 계속된 전서통문에 의해 사건의 전모가 밝혀지면서 그들은 둔기로 머리를 맞은 듯 주저앉고 말았다.

반검무적이 중산왕을 찾아간 이유는 태양천주의 살해를 사주한 일을 확인하기 위해서였다. 중산왕은 확답을 회피했지만 반검무적은 중산왕이 배후의 흉수임을 확신하고 그의 목을 베었다. 반검무적은 태양천주의 죽음과 연관이 있다는 이유로 화옥군주마저 죽이려 하다가 일만 궁병들의 화살에 맞아 쓰러졌다. 반검무적의 생사는 아직 불분명하다.

참으로 경천동지할 내막이었다.

어떻게 이런 일이 있을 수 있단 말인가. 반검무적이 정녕 태양천주의 복수를 위해 단신으로 중산왕부에 뛰어들었단 말인가. 과연 중산왕이 태양천주의 살해를 사주한 배후의 흉수가 확실한가. 반검무적은 어떻게 그 비밀을 알아냈는가.

군웅들은 삼삼오오 모여 앉아 종일토록 그런 문제를 놓고 언성을 높이며 얘기를 주고받았다. 그러나 누구도 그의 종잡을 수 없는 행적에 대해 명확한 답변을 제시하지 못했다.

환유성의 존재는 대륙 구석구석까지 알려져 있지만 정작 그를 대면한 사람은 그리 많지 않다. 세상에 떠도는 풍문은 지나치게 과장되었고 그와 무관한 일들도 함께 뒤섞인 경우도 많았다.

너무도 엄청난 사건을 저지른 환유성의 존재는 새롭게 부각되기 시작했다.

그의 의도가 어떠하든 그는 백도무림인 모두의 복수를 해준 셈이다. 죽음도 불사한 그의 공적은 수백 년이 지나도록 인구에 회자될 정도였다.

3

"흑흑흑……."

절세미인의 눈물이 샘물처럼 탁자를 적신다.

"흑흑, 환랑……!"

벽소군은 탁자에 엎드린 채 오래도록 슬픔에 잠겨 있었다. 천하인 대다수가 환호할 낭보였지만 그녀에게는 세상에 다시없는 비보(悲報)였다.

중원의 반역자 중산왕을 죽인 그의 행적은 너무도 자랑스러웠다. 과연 누구 오만 군병 속을 뚫고 들어가 중산왕을 죽일 수 있단 말인가. 그것은 폭군을 암살하기 위해 가슴에 칼을 품고 진시황을 찾아간 자객

형가(荊軻)에 비길 만한 용기였다.

하지만 그는 돌아오지 못했다. 아니, 결코 돌아올 수 없는 길을 스스로 떠난 것이다.

"흑흑, 너무도 야속하십니다. 당신에게 소녀가 있음을 이리도 몰라주신단 말입니까?"

그녀의 서러운 울음은 피를 토하는 두견새의 울음만큼이나 애절했다.

"……."

진작부터 그녀의 처소에 들어서 있던 강무영은 그녀를 어떻게 위로해야 할지 몰랐다.

그로서는 자신을 대신해 사부의 원수를 갚아준 환유성이 너무도 고맙기만 했다. 환유성과의 만남은 몇 번 되지 않을 만큼 짧았지만 그의 가슴속에 간직된 우정은 만났던 시간과 비교할 수 없을 만큼 깊었다.

환유성이 죽었다는 확실한 소식이 없다는 게 유일한 위로였지만 그의 생존을 기대하기는 극히 희박했다. 복수심에 불타는 주화령이 그를 살려두리라고는 생각할 수도 없는 일이었다.

그는 나직이 탄식하며 벽소군 뒤로 다가섰다.

"군사……."

그는 그녀의 어깨에 가만히 손을 얹었다. 손을 타고 그녀의 들먹이는 애절함이 그대로 전해진다.

"군사, 환 형은 천세에 길이 남을 공적을 세웠소. 그는 천하제일의 영웅이오. 나 역시 소중한 친구를 잃은 슬픔에 가슴이 메어질 것만 같소."

“맹주……”

벽소군은 그의 가슴에 얼굴을 묻으며 더욱 서글프게 울어댔다.

강무영은 그녀의 가녀린 어깨를 안으며 등을 다독였다.

“그래, 실컷 우시오. 지금으로서는 울음보다 더 좋은 약이 없을 것이오. 군사에게는 무심한 남편일 수 있지만 그는 세상을 구한 의협이었소. 내가 했어야 할 일을 친구인 그가 대신해 준 것이오. 누구도 인정하지 않았지만 그가 진정한 의협임이 이제야 밝혀진 것이오.”

그의 두 눈에도 이슬이 맺혔다. 돌이켜 보면 환유성은 그에게 너무도 많은 은혜를 베풀었다.

그의 정혼녀인 단목비연을 구해주었고, 자신을 구할 약을 제련할 의독성수를 찾아냈으며, 이제는 사부의 복수마저 해주었다. 물론 그도 단 한 번 환유성을 구해준 적이 있지만 받은 은혜에 비한다면 보답이라고도 할 수 없는 미미한 일이었다.

“힘을 내요, 군사. 아직 반검무적이 죽었다는 소식은 없었소. 수백 발의 화살이 그를 꿰뚫었다지만 그는 죽지 않았을 것이오. 군사가 누구보다 더 잘 알고 있지 않소? 그는 숱한 죽을 고비를 넘겨온 사람이오. 그보다 더한 위기 속에서도 살아 있었소. 지금도 마찬가지일 것이오. 그는 돌아올 것이오. 반드시 살아 돌아올 것이오.”

벽소군은 그의 넓은 품속에서 조금씩 안정을 되찾아갔다. 그녀는 문득 자신이 큰 결례를 하고 있음을 깨닫고는 그의 품에서 벗어나 한 걸음 물러섰다.

“송구하옵니다, 맹주.”

강무영은 어색한 분위기를 지우려 탁자를 사이에 두고 마주 섰다.

“앉으시오.”

벽소군은 잠시 그를 응시하다 눈을 커다랗게 떴다.

“아……!”

그의 신위가 예전 같지 않았다.

전신에 뿌옇게 서린 신비한 서기(瑞氣)는 과거에는 볼 수 없던 현상이었다. 보는 이로 하여금 절로 숙연한 마음을 갖게 만드는 광휘는 천하에서 오직 태양천주만이 지녔던 신위였다.

“맹주, 놀라운 성취를 보셨군요?”

강무영은 담담한 미소를 머금었다.

“모두가 군사 덕분이오. 성존의 평생 심득이 담긴 천원단서의 요결은 과연 무림의 보물이었소. 만류귀종… 무학의 근원을 밝히는 성존의 심득 덕분에 그동안 진전을 보지 못했던 사부님의 절학들을 새롭게 터득하게 되었소.”

벽소군은 상심 속에서도 적이 가슴이 놓였다.

“경하드립니다, 맹주. 태양천주의 절기를 대성하셨다면 이는 곧 태양천주의 부활입니다.”

“내 어찌 사부님의 발끝이라도 좇아갈 수 있겠소? 하지만 환 형이 천하를 위해 죽음을 불사하고 중산왕의 목을 베었듯, 나 역시 목숨을 걸고 새황의 무리들을 격퇴시킬 것이오.”

강무영의 어조는 맑고도 힘찼다.

이때 문가에서 두 가닥 음성이 흘러 들어왔다.

“무량수불. 과연 맹주시군.”

“아미타불. 중원의 홍복이로다.”

쌍성인 태청성검과 무아 성승이 들어서자 두 남녀는 급히 일어서며 예를 취했다.

"어서 오십시오, 쌍성 노선배님."

"이리로 앉으십시오."

쌍성이 좌정하자 두 남녀도 자리를 정하고 앉았다.

태청성검은 벽소군이 건네주는 찻잔을 받으며 면구스러운 표정을 지었다.

"군사를 볼 면목이 없네. 그토록 걸출한 영웅을 내 미처 알아보지 못했다니… 이 늙은이가 너무 심한 말을 했네. 역시 군사의 안목이 뛰어났어."

그는 일전에 태양천주의 영전을 찾고도 배례를 올리지 않은 환유성 때문에 벽소군을 심하게 몰아붙인 일을 사과하는 것이다. 벽소군은 공손히 고개를 숙였다.

"송구하옵니다, 노선배님. 소녀의 낭군이지만 소녀 역시 그분에 대해 아직 모르는 면이 많습니다."

"아미타불. 내 잠시 그를 보았지만 요절할 상이 아닐세. 군사는 희망을 갖고 슬픔을 거두게나."

무아 성승이 부드럽게 그녀를 위로하자 그녀는 손을 모아 사례를 표했다.

"고맙습니다, 성승 노선배님."

태청성검은 마시던 찻잔을 내리며 강무영에게 물었다.

"맹주, 결전의 날짜가 다가왔는데 이제 황룡평원으로 가야 하지 않겠나?"

"그리해야겠지요."

강무영은 힐끔 벽소군의 안색을 살피며 말을 이었다.

"하지만 군사의 상심이 워낙 커서 어찌해야 할지 아직 결정을 내리지 못했습니다."

벽소군이 차분한 어조로 말을 받았다.

"소녀가 당장 중산왕부로 달려간다 해도 별다른 해결책이 없습니다. 당장은 무림의 안위가 중요하니, 예정대로 움직이겠습니다. 다행히 중산왕의 급사(急死)로 군웅들의 사기가 한껏 높아졌습니다. 모두들 천주께서 타계하신 슬픔에서 벗어난 것 같아 안심이 됩니다. 새황무림의 침공을 격퇴한다면 견융 국왕도 위기를 느껴 퇴각하게 될 겁니다. 그리된다면 중산왕부로 쳐들어가 소녀의 낭군을 구출할 수도 있을 것입니다."

쌍성은 그녀의 깊은 혜안과 굳은 심지에 찬사를 보냈다.

"호오, 과연."

"군사의 심지가 이렇듯 굳건하니 마음을 놓겠네. 그럼 출발하도록 하세나."

쌍성이 앞서 몸을 일으키자 강무영과 벽소군도 따라 일어섰다. 두 남녀는 전각 밖까지 나가 쌍성을 배웅했다.

"군사, 그럼 떠날 차비를 하고 기다리겠소."

강무영도 탕마수좌와 함께 돌 계단을 내려서며 결전장으로 각파의 수장들에게 출동 명령을 하달했다.

혼자 남은 벽소군은 북동쪽 하늘을 응시하며 두 손을 모았다. 생사를 확인할 수 없는 남편을 생각하자 다시금 두 눈에서 눈물이 배어 나왔다.

‘환랑… 제발 사셔야 합니다. 살아만 계신다면 어떻게든 소녀가 당신을 구해 드리겠어요.’

4

중산왕부 주변은 십오만 동맹군이 펼쳐 놓은 군막으로 인해 인의 바다를 이루었다. 반경 오십 리를 점유한 군막에서 밝혀진 불빛으로 밤이 없는 거대한 불야성이 만들어졌다.

중산왕을 따르던 오만 군병은 가슴에 상장을 달아 애도를 표했지만 표정은 몹시 착잡했다.

화옥군주의 기질이 남달리 강했지만 과연 중산왕을 대신할 만큼의 위엄과 권위를 보여줄지는 아직 미지수였다. 게다가 제국을 수호하려는 황군들의 수효가 날로 급증하고 있다는 풍문은 모두에게 커다란 부담이 되었다.

주화령이 거처하는 화옥전 주변은 삼천 근위병에 의해 철통같은 방어망을 형성하고 있었다.

대사건이 있는 후 사흘이 지나서야 주화령은 극심한 부상에서 다소 회복될 수 있었다.

천마혈공을 수련해 혈강지체를 이룬 그녀였지만 팔 한 짝이 떨어져 나가는 중상과 기경팔맥이 뒤엉키는 내상을 치유하기란 쉽지 않았다.

겨우 기력을 회복한 그녀는 미음으로 간단히 요기를 하고는 침상에서 내려섰다. 그녀는 경대 앞에 앉았다. 서역에서 들어온 커다란 거울 속에 그녀의 전신이 담긴다.

빗지 않은 긴 머리카락이 허리까지 늘어지고, 과다한 출혈로 인해 안색이 해쓱하다. 윤기 흐르는 붉은 입술에 허연 서리가 앉았고 얼굴 곳곳에 검상의 흔적이 남아 있다. 그러나 희대의 색녀가 되어버린 그녀의 농염한 색기는 여전했다.

그녀는 팔이 떨어져 나간 어깨 부위를 손으로 감쌌다. 다시는 회복할 수 없는 불구자가 되었다는 생각에 가슴이 저려왔다.

과거에는 완벽한 용모와 몸매에 스스로 감탄을 하였지만 이제는 그럴 수 없을 것이다. 수욕을 할 때마다 그녀는 자신의 베어진 팔을 생각하며 눈물을 흘려야 할 것이다.

"환유성……!"

이를 악문 입술을 비집고 그의 이름이 신음하듯 흘러나왔다.

그 이름을 되뇔 때마다 그녀는 피가 끓는다. 몸서리쳐질 전율에 온몸이 떨린다. 그는 그녀의 운명 자체를 바꾼 인물이다. 그녀에게 유혹되지 않은 유일한 자이며 그녀의 모든 것을 앗아간 원수다.

"환유성! 네놈은 내가 살아 있는 동안 살아야 하고 내가 죽을 때 함께 죽어야 돼. 네놈과의 끈질긴 악연은 죽어서도 이어질 것이다. 네놈이 날 괴롭히고 고통스럽게 만든 만큼 너 또한 고통받고 괴로워해야 할 것이다!"

그녀는 원수가 너무도 보고 싶었다. 그녀가 막 몸을 일으킬 때였다.

"군주, 안에 있는가?"

견융 국왕 찰리합의 음성이 문밖에서 들려왔다.

주화령은 피 끓는 복수심을 가라앉히며 얼른 문으로 나섰다.

"오셨습니까, 왕야."

찰리합은 주화령의 해쓱한 안색을 보며 몹시 안타까운 표정을 지었다.

"오, 이럴 수가! 군주의 상심이 너무 컸군."

주화령으로서는 아직 그의 존재가 절실히 필요했다. 황군과 건곤일척의 승부를 겨루기 위해서는 견융의 십만 기병이 절대적으로 필요했다. 그녀는 색기를 발하며 생긋 미소를 지었다.

"소녀에게는 이제 왕야뿐입니다."

"허허, 군주답지 않게 많이 심약해졌군."

찰리합은 그녀의 어깨에 팔을 두르며 함께 처소로 들어섰다.

"군주는 아무런 걱정도 하지 말라. 본좌는 중산왕과의 약조를 지킬 것이야. 반드시 간악한 대명 황실을 격파하고 중산왕을 대명의 황제 자리에 올릴 것이야. 물론 실질적인 제위는 군주가 이어받겠지만."

"망극할 따름입니다, 왕야."

"본좌는 군주를 여제로 삼아 보호할 생각이네. 본좌의 십만 기병들이 황도를 수호한다면 감히 어느 놈이 군주의 영에 따르지 않겠는가?"

찰리합은 음흉한 웃음을 흘리며 의자에 앉았다.

주화령은 대번에 그의 속셈을 간파했지만 전혀 우려할 일이 아니었다.

그녀가 중원의 여제가 된다면 찰리합은 언제든지 그녀의 손으로 처단할 자신이 있었다. 그녀는 대법을 통해 이미 그의 영혼의 절반을 쥐고 있기 때문이다.

주화령은 그의 무릎 위에 걸터앉으며 짐짓 애교를 떨었다.

"소녀가 어찌 왕야의 윗자리에 앉을 수 있겠사옵니까? 중원의 황제는 왕야께서 되셔야 합니다."

찰리합은 내심 바라고 있던 말을 들었지만 짐짓 너스레를 떨었다.

"허헛, 무슨 말을. 그리된다면 중산왕과의 약조를 어기는 신의없는 인간이 되는 것 아닌가. 본좌는 새황을 통치하는 것만으로 충분해. 그곳은 내 고향이니까."

"아닙니다. 왕야께서는 중원과 새황을 모두 통치한 칸의 부활이십니다. 왕야께서는 원(元)의 명맥을 잇는 칸으로서 대륙의 지배자가 되시는 겁니다."

찰리합은 칸(汗)이라는 말에 가슴속에서 울컥 야망이 치밀어 올랐다.

징기스칸은 북방 기마 민족의 전설이다. 대륙을 넘어서 머나먼 서역까지 정복한 위대한 황제다. 그 뒤를 이어 쿠빌라이칸이 등극하며 대원제국을 세웠다.

현재는 대명이 들어서며 다시 한족(漢族)이 중원의 주인이 되었지만 북방 기마 민족은 여전히 호시탐탐 중원을 노리고 있었다.

'그래, 내가 천명을 받은 칸이 될 것이다! 이런 기회는 다시 올 수 없다!'

그의 주먹이 절로 불끈 쥐어졌다.

주화령이 촉촉이 젖은 눈빛으로 그를 직시하며 턱수염을 어루만지자 찰리합은 본능적인 욕구에 피가 끓었다. 하지만 부친상을 당한 그녀를 상대로 교합을 요구할 수는 없는 일이었다.

그는 그녀의 부드러운 여체를 안는 것으로 욕구를 달래야 했다.

"허허, 군주는 너무 너그럽군. 그 문제는 황도를 점령한 후 논의해도 늦지 않을 것이야."

그는 그녀의 뺨에 볼을 비비며 향긋한 체향을 한껏 들이켰다.

이때 대전 밖에서 다급한 음성이 들려왔다.

"왕야, 속하 목야달이외다!"

찰리합은 아쉬운 표정으로 주화령을 떼어놓았다.

"무슨 일이냐?"

"대명의 황군이 철융관을 나와 중산 땅으로 진격하고 있다는 첩보를 입수했습니다."

"뭐야?"

찰리합은 탁자를 치며 몸을 일으켰다.

"가소로운 놈들! 중산왕의 부고를 듣고 정신이 나갔구나. 아니, 오히려 잘된 일이지."

그는 주화령의 머리카락을 쓸어주며 호기를 부렸다.

"군주는 왕부에 머물면서 부상을 치유하는 데에만 전념하게. 내 열흘 안에 황도를 점령한 후 군주를 부를 것이네."

주화령은 몸을 낮추어 그에게 배례를 올렸다.

"소녀는 왕야만 믿겠사옵니다."

"허허헛, 그래."

찰리합은 당당한 걸음걸이로 그녀의 처소를 나섰다.

천천히 몸을 일으킨 주화령은 사태의 추이를 심각하게 숙고했다.

'견융의 십만 기병은 백만 대병을 상대할 만큼 용맹무쌍하다. 황군을 이끄는 황보숭 역시 백전의 노장이라 그것을 잘 알고 있어. 평지에서는 절대 견융국의 기마병을 감당치 못할 텐데 철융관을 나섰다고?'

그녀는 다소 불길한 생각이 들었지만 찰리합을 믿기로 했다.

'이런 전투에는 능한 사람이니 기다릴 수밖에.'

그녀는 겉옷을 걸치고는 복도로 나섰다.

화옥전에서 백 보쯤 떨어진 후원에 별채가 하나 있다.

별채 주변은 만개한 목련으로 인해 훈훈한 꽃향기가 안개처럼 펼쳐져 있다.

별채에는 주화령의 오랜 심복들이 호위를 서고 있었다. 환유성에 의해 백병사도와 혈야회 살수들이 몰살됐지만 이들은 혈야회의 자객술을 수련한 그녀만의 친위병들이었다.

별채의 침실은 아담했다. 월창마다 휘장이 드리워져 있고, 구석구석 아기자기한 장식품이 놓여져 있었다.

침실로 들어선 주화령이 손을 젓자 지켜서 있던 시녀들과 어의가 급히 방을 나갔다.

"……."

주화령은 침상 옆으로 다가서며 묘한 설렘에 젖었다. 마치 평생을 소원하던 보옥을 손에 넣은 기분이었다.

침상에 눕혀져 있는 사람은 살아 있는 인간이라기보다 시체에 가까웠다. 전신을 흰 천으로 친친 동여맸는데 한쪽 눈과 입 부위, 두 손만 드러난 상태였다.

죽은 듯 누워 있는 그는 바로 환유성이었다.

온몸에 수백 발의 화살이 꽂히고도 기적적으로 목숨을 건진 것이다.

그러나 목숨은 건졌다 해도 그는 폐인과 다름없는 몸이었다. 전신 경맥이 뒤엉켜 한 모금의 진기도 운기할 수 없고, 폐를 심하게 다쳐 숨도 크게 쉴 수가 없다.

뇌까지 손상돼 과연 의식을 회복할 수 있을지 자신할 수 없다는 것이 어의의 진단이었다.

침상가에 걸터앉은 주화령은 붕대로 감싸진 그의 뺨을 어루만졌다.

"환유성, 이제 넌 내 것이다. 너의 영혼과 육체 모두 내 뜻대로 할 수 있어."

아직 혼수상태에서 깨어나지 못한 환유성은 실낱같은 숨만 내쉴 뿐이었다. 그의 목숨은 명주실처럼 가늘어 가벼운 충격만으로도 끊어질 수 있을 정도였다.

그녀는 조심스럽게 얼굴을 가져가며 나직이 속삭였다.

"원수… 네가 살아 있어 너무 행복해. 죽는 날까지 너의 고통을 즐길 거야."

그녀의 붉은 입술이 그의 메마른 입술을 덮었다.

저주의 입맞춤.

그의 굳게 닫힌 입술에 입을 맞춘 그녀는 참을 수 없는 충동을 느끼며 그를 와락 끌어안았다. 그녀는 열정적으로 그의 입술에 자신의 볼을 비볐다.

"아아… 넌 날 거부할 수 없어."

한참 동안 그의 메마른 입술을 탐닉한 그녀는 문득 정신을 차리며 몸을 일으켜 세웠다. 그녀는 마치 혐오스런 물체에 입술을 댄 듯 소매로 입술을 닦으며 잔뜩 불쾌한 표정을 지었다.

"더러운 원수새끼!"

그녀는 그의 몸 위에 연신 침을 뱉었다. 그녀의 두 눈은 광기로 번들거렸다.

"그래! 그 방법을 써야겠군."

그녀는 별채의 약실(藥室)을 뒤져 작은 상자를 끄집어냈다.

탁자 위에 올려진 상자의 뚜껑이 열리자 극심한 비린내가 풍겨 나왔다. 역겨운 독기를 풍겨내는 액체 속에서 지네와 같은 두 마리 독충이 꿈틀대고 있었다.

"이 독고(毒蠱)가 너와 날 연결시켜 줄 것이다."

그녀는 대롱으로 독고 한 마리를 집어 들고는 환유성의 코 밑으로 가져갔다.

사람의 숨결을 느낀 독고는 스멀스멀 환유성의 콧구멍을 통해 기어 들어 갔다. 환유성은 극심한 내외상으로 혼수상태에 빠져 있었지만 독고의 침입에 본능적으로 부르르 전율을 일으켰다.

사악한 미소를 짓던 주화령은 다른 한 마리의 독고를 대롱으로 집어 들었다.

대롱에 매달려 꿈틀거리는 독고를 보는 그녀의 표정이 심하게 일그러졌다. 자신의 몸속에 이 끔찍한 독충을 넣는다 생각하니 역겨움이 앞섰다.

"해야 돼. 원수의 육신과 영혼마저 소유하려면 놈과 나는 한 몸이 되어야 해."

그녀는 다소 떨리는 손으로 대롱을 코로 가져갔다.

독고는 이내 그녀의 콧구멍을 통해 스며들어 갔다. 그녀는 역겨운 비린내에 구토까지 했다. 독고는 이미 심장까지 파고들어 갔는지 가슴 부위가 벌렁벌렁 요동쳤다.

탁자를 짚고 선 그녀는 가쁜 숨을 몰아쉬었다. 환유성을 직시하는 그녀의 눈빛은 피에 굶주린 악귀처럼 번들거렸다.

"환유성, 네놈에게 세상에서 가장 지독한 고통을 맛보여 주겠다!"

■ 제68장
황룡평원의 대격돌

황룡평원은 사천성 최서단에 위치한 평지에서 오백 장이나 높은 고원이다. 서쪽으로 두 개의 산만 넘으면 청해성에 들어설 만큼 중원에서는 변방에 해당된다.

서역으로 통하는 주요 관도는 감숙성 난주에서 옥문관으로 이어지는 비단길이며 황룡평원을 통과하는 길은 험하고 좁아 상인들은 거의 다니지 않는다.

세상에 널리 알려지지 않은 황룡평원이 오늘만큼은 무림천하의 운명이 걸린 결전장으로 결정되었다.

둥… 둥……!

힘찬 북소리와 함께 평원의 동쪽으로 중원무림의 오천 군웅이 운집해 섰다. 태양천 제자들과 구파일방의 고수들, 그리고 각파의 종주들과 의협심에 참가한 중원의 최정예들이다.

징… 징……!

요란한 징 소리와 함께 평원의 서쪽으로 새황무림의 칠천 전사가 모습을 드러냈다. 대다수 말을 탄 기마병들이었다. 새황 최강이라는 포달랍사의 법승들과 청해의 적풍사, 그리고 신강의 천산무궁 고수들이다.

본래 중원 정벌에 나선 새황무림의 고수들은 일만에 달했지만 감숙성 여러 지역을 점령하면서 삼천의 전사를 남겨놓았다.

새황무림의 지존인 대법왕은 중원군웅들의 머리 수를 감안해 지나친 수적 우위를 피하고자 칠천 전사만 이끌고 결전에 나선 것이다.

군웅의 대표자들은 백도연합의 맹주인 강무영, 우내사성 중 둘, 벽소군, 그리고 새로이 합류한 낙천신검(樂天神劍) 유불한(劉拂閑)이었다.

낙천신검은 중원오검 중 하나로 손꼽히는 절세신검이다.

그는 유문(儒門)이 배출한 최강의 고수로 산수를 벗삼아 시서(詩書)를 즐길 뿐 여간해서는 무림사에 나서지 않는다. 우내사성과 버금갈 천유신검의 가세는 군웅들에게 있어 천군만마와 같은 존재가 아닐 수 없었다.

반면 새황무림은 포달랍사의 법왕인 수미대법왕과 수석 장로 뇌랍, 뇌적풍사의 종주인 적풍무존과 총호법인 철환무적 가패륵, 천산무궁의 궁주인 금강혈존(金剛血尊) 등이 대표자로 나섰다.

양대 세력은 이백 장 거리를 사이에 두고 대치해 섰다.

사방으로 휘장이 둘러진 거대한 교자를 든 포달랍사의 법승들이 앞서 달려나왔다.

수석 장로 뇌랍과 포달랍사의 장로들인 서천오불이 부공술을 펼치며 미끄러지듯 따랐고, 적풍무존과 철환무적 가패륵, 금강혈존 오랍찰극이 뒤를 이었다.

수미대법왕을 태운 교자가 내려지자 중원의 다섯 대표자는 공손히 예를 취했다.

"대법왕을 뵙소."

"보승법래… 실로 오랜만일세, 쌍성."

교자에 둘러진 휘장이 일제히 걷혀지며 수미대법왕이 모습을 드러냈다.

단정히 가부좌를 틀고 앉아 있는 수미대법왕은 놀랍도록 비대한 체격의 소유자였다. 흡사 포대화상의 재현인 듯 금빛의 가사 밖으로 드러난 살은 겹을 이루어 늘어져 있었다. 눈두덩까지 길게 늘어져 눈빛을 볼 수 없었고, 볼의 살은 층층이 늘어져 가슴에 닿을 정도였다.

그가 바로 새황무림의 지배자 수미대법왕이었다.

오십 년 동안 포달랍사의 방장으로 법력을 수련해 새황에서 살아 있는 생불로 추앙되는 인물이다.

무공만 논하자면 새황성존이 앞설 수 있겠지만, 수미대법왕은 포달랍사라는 최강의 방파를 이끄는 수장이기에 명성과 권위에 있어서는 다소 앞선다.

비록 중원과 새황으로 분리된 무림이지만 배분으로 논하면 그는 당대 으뜸이기에 중원의 대원로인 쌍성조차 그에게 예를 올릴 수밖에 없다.

벽소군이 손을 모은 채 입을 열었다.

"타계하신 태양천주를 위해 깊은 조의를 표해주신 대법왕께 진심으로 감사의 말씀을 올립니다. 소녀는 쌍뇌천기자의 제자인 벽소군이라 하옵니다. 사부님의 후광을 입어 외람되이 중원 백도연합의 군사가 되었습니다. 천주께서 갑자기 서거하시는 바람에 강무영 소천주께서 백도연합의 맹주로 추대되셨습니다. 비록 춘추가 어리고 경륜이 짧지만 중원의 맹주이시니 예우로써 대해주십시오."

강무영이 한 걸음 나서며 다시 포권을 취했다.

"소생 강무영이라 하오이다."

수미대법왕은 가볍게 고개를 끄덕였다.

"보승법래… 태양천주의 죽음은 실로 안타까운 일이었네. 비록 대면해 본 적이 없지만 중원무림 사상 가장 뛰어난 인재라 들었네. 그런 인물과 비무를 할 수 없다는 것은 노납에게 있어 불운이기도 하네."

그의 두 눈은 겹겹이 늘어진 눈두덩에 가려져 있어 어디를 보고 있는지 알 수가 없었다. 자신은 남을 볼 수 있지만 상대는 자신의 심중을 헤아릴 수 없으니 그는 심기 면에서 상대보다 다소 유리한 입장이다.

"사실 태양천주의 부음을 듣고 조금은 망설였네. 국상(國喪) 중에 남의 나라를 넘보는 것이 도리가 아니듯 태양천주의 죽음으로 중원무림이 실의에 빠져 있는 상태에서 정벌에 나서는 것은 부끄러운 일이지. 더군다나 마땅한 상대자가 없는 중원에 입성한다 해도 노납에게는 명예롭지 않은 일이니 말일세."

말은 정중했지만 상당한 오만이 깃든 어조였다.

"하지만 화옥군주와의 약조도 있고 이미 적풍사와 천산무궁까지 출동한 이상 발길을 돌릴 수가 없었네."

강무영이 차분한 어조로 말을 받았다.

"중산왕은 중원의 반역자이며 그 딸인 화옥군주 역시 천마혈경을 수련한 마녀입니다. 대법왕께서는 어찌 그런 계집과의 약조를 지키시려하는 것입니까?"

"중원인의 입장에서 본다면 반역자이겠지만 새황인의 견지에서 본다면 반가운 협력자일세. 게다가 노납은 화옥군주에게 귀한 선물을 받은 이상 약조를 어길 수는 없네."

말쑥한 문사복 차림의 낙천신검 유불한이 한마디 했다.

"하하. 물론입니다, 대법왕. 기왕 먼 길을 오셨으니 중원의 절학을 감상하셔야겠지요. 태양천주의 절세지공을 볼 수 없음에 불초도 안타깝게 생각하오만, 중원에서는 다양한 절기가 있습니다. 이번 기회에 중원과 새황의 절기를 비교해 보는 것도 흥미있는 일이 될 것이외다."

수석 장로 뇌랍이 안색을 굳히며 그를 질책했다.

"그대는 누구인데 감히 대법왕께 무례를 범하는가?"

"불초는 낙천신검으로 불리는 중원의 말학이오."

뇌랍은 다소 아니꼽다는 듯 비아냥거렸다.

"호오, 낙천신검이라면 중원오검으로 꼽히는 절세검객이로군. 노납이 듣기에 시서에도 밝고 학식이 뛰어나다 들었는데, 역시 풍문은 믿을 것이 못 되는군. 그대의 세 치 헛바닥이 자칫 화를 부를 수가 있네."

낙천신검은 정광을 발하며 당당한 어조로 응수했다.

"뇌 장로, 대법왕께서는 예의와 법도를 논하면서 그것을 모두 무시하셨소. 진정 도리를 지키려 했다면 태양천주의 부음을 듣는 순간 발길을 돌렸어야 했소. 하지만 태양천주가 없다 하여 중원이 굴복하는 일은 없을 것이오. 지금이라도 늦지 않았으니 대법왕을 모시고 서장으로 귀환하시어 성불에만 전념토록 하는 것이 백 번 옳은 일이오.”

그의 칼날 같은 논조에 달리 반박할 말을 못 찾은 뇌랍은 얼굴을 벌겋게 물들이며 호통을 쳤다.

“네 이놈!”

그가 곧바로 싸움을 벌이려 하자 수미대법왕이 타고 있는 교자의 휘장이 일제히 내려갔다.

“물러서라, 뇌랍!”

나직한 외침이었지만 경이적인 공력이 깃든 음성에 지반이 흔들렸다.

뇌랍은 황송한 표정을 지으며 얼른 허리를 굽혔다.

“제자의 불경함을 용서합시오, 대법왕.”

수미대법왕의 법음(法音) 같은 음성이 중원의 다섯 대표자에게 흘러들었다.

“노랍을 보고도 굴복하지 않겠다면 대결이 있을 뿐이다. 노랍은 많은 피를 보고 싶지 않으니 세 번의 대결을 펼쳐 승부를 정하겠네. 대결에서 새황이 두 번 패한다면 지체없이 중원에서 물러설 것이네.”

교자를 멘 법승들이 새황 진영을 향해 돌아가자 적풍사주와 천산무궁주도 각자의 진영으로 물러섰다.

태청성검이 정색하며 낙천신검을 나무랐다.

“자네와 같은 석학(碩學)이 어찌 경거망동을 하여 사태를 어렵게 만드는 겐가?”

낙천신검은 공손하게 손을 모았다.

“용서하십시오, 성검 선배. 하지만 저들이 대거 중원으로 들어섰다는 건 이미 중원무림을 집어삼킬 야욕을 품고 있기 때문입니다. 타계한 태양천주를 위해 조의를 표한 건 대법왕이 스스로의 자비로움을 과시하기 위해서이지 결코 진심이 아닙니다. 중원을 무시하여 저렇듯 오만방자하게 지껄이는데 어찌 참을 수 있겠습니까?"

강무영과 벽소군도 낙천신검을 두둔했다.

"신검 선배님께서 아주 호기롭게 상대하셨습니다. 소생은 가슴이 후련합니다."

"고정하세요, 성검 노선배님. 대법왕은 오히려 크게 부끄러움을 느꼈을 겁니다."

태청성검은 수염을 내리 쓸며 새황무림 진영으로 시선을 돌렸다.

"노부가 우려한 건 공연히 저들을 격분시켜 양측이 모두 격돌하는 대참사가 벌어질 수도 있기 때문이었네. 새황과의 대결은 최소한의 피해로 막아야 하네. 우리에게는 암흑마국이라는 또 다른 적이 있지 않은가?"

무아 성승이 묵주를 돌리며 고개를 끄덕였다.

"아미타불. 성검답지 않게 많이 참았군. 다행히 대법왕이 전면전을 요구하지 않았으니 이는 중원의 홍복일세. 이제 순서를 정하는 일만 남았군."

낙천신검이 가슴을 펴며 한 걸음 나섰다.

"제가 먼저 싸우겠습니다."

벽소군이 새황의 진영을 살피며 입을 열었다.

"세 번의 대결이 순서대로 전개되지는 않을 겁니다."

강무영의 의아한 표정으로 물었다.

"설마 대법왕이 실언을 하겠소?"

"적풍무존과 금강혈존은 아주 호전적인 자들입니다. 대법왕의 위치를 감안해 영을 따르고 있지만 호락호락 물러설 자들이 아니죠. 저들의 목적은 단순한 비무가 아니라 중원무림의 정벌입니다. 저들은 승리를 확신하고 있기에 이번 대결에서 중원의 영유권을 확보하기 위해 동시에 나설 겁니다."

과연 벽소군의 예측은 틀리지 않았다.

포달랍사 쪽에서는 수석 장로 뇌랍이 나섰고, 적풍사 쪽에서는 적풍무존이, 천산무궁 쪽에서는 금강혈존이 곧바로 대결을 위해 앞으로 나섰다.

상대는 새황 최강의 고수들이다. 이들과 맞설 수 있는 고수는 강무영을 제외하면 쌍성과 낙천신검뿐이다.

세 사람이 결전을 위해 나서자 강무영은 손을 모으며 정중히 허리를 굽혔다.

"소생이 먼저 나서지 못함을 용서해 주십시오."

태청성검이 호탕한 웃음을 터뜨렸다.

"허허헛! 맹주는 대법왕을 멋지게 쓰러뜨리게나. 노부는 맹주만 믿겠네."

중원을 대표할 삼대고수가 평원의 중앙을 향해 일제히 몸을 날렸다.

둥— 둥— 둥—

징— 징— 징—

양 진영은 북과 징을 힘차게 두드리며 한껏 사기를 북돋았다. 중원 백도연합의 정예들이 함성을 지르며 세 명의 대표자를 응원하자, 새황의 칠천 전사도 고함을 지르며 새황고수들의 전의를 북돋았다.

강무영은 벽소군과 나란히 서며 불끈 주먹을 쥐었다.

"사부님만 생존해 계셨어도 원로 분들을 대신해 내가 나섰을 것이
오."

"맹주, 의연히 대처하셔야 합니다. 사실 이번 대결은 전체적인 승부
에는 그다지 영향을 주지 못합니다."

"그건 또 무슨 말씀이오?"

벽소군의 맑은 눈망울에 우려의 빛이 물씬 배어 나왔다.

"요행히 쌍성과 낙천신검 세 분이 모두 승리한다 해도 한판의 대결
일 뿐입니다. 다음의 대결에서는 대법왕이 나서 맹주와 승부를 겨루게
될 겁니다. 그것이 중원과 새황의 운명을 건 진정한 대결입니다."

"……."

강무영은 전신을 짓누르는 중압감에 가슴이 답답해졌다.

그는 무공을 수련한 이후 무수한 대결을 벌여왔다. 그 모든 대결은
정의를 바로 세우기 위한 의로운 싸움이었다. 하기에 그는 두렵지 않
았다.

극검마왕 같은 개세고수와 대결을 벌이면서도 그는 당당히 맞설 수
있었다. 만일 패한다면 그 자신의 죽음으로 끝날 수 있는 일이기 때문
이다.

하지만 이번의 대결만큼은 두려움이 앞섰다. 자신의 어깨에 중원무
림의 운명이 걸려 있다 생각되자 마치 산악을 걸머멘 듯 심한 압박감
에 젖어들었다.

그는 눈을 감으며 지그시 입술을 깨물었다.

'사부님, 힘을 주소서. 제자가 죽음으로 중원을 지킬 수 있다면 그리 하겠습니다. 제자가 남은 삶의 모든 힘을 이 한순간 쏟아낼 수 있도록 힘을 주십시오.'

벽소군은 나직이 한숨을 쉬며 가만히 그의 손을 쥐었다. 불끈 쥔 그의 주먹이 그녀의 손아귀 안에서 떨리고 있었다.

"맹주, 부담을 떨쳐야 합니다. 대결 외에 다른 어떤 문제도 생각하지 마십시오. 깨우친 심득을 극한까지 발휘해야만 대법왕과 겨룰 수 있습니다. 지금 맹주의 가슴속에는 단 하나의 글자만 새겨져야 합니다. 그것은 승(勝)이 아닌 무(武)입니다."

샘물처럼 맑은 그녀의 조언에 강무영은 흥분을 차분히 가라앉히며 안정을 되찾게 되었다.

그는 스르르 눈을 뜨며 그녀를 응시했다. 이제는 그녀를 대하는 데에도 어색함이 없었다. 과거에는 서로 마음속으로 흠모했던 사이였지만 이제는 친구의 아내이기에 보다 친밀할 수 있었다.

"군사가 환 형의 아내가 된 건 정말 잘된 일이오. 그는 반드시 살아 있을 테니 꼭 구하도록 하시오. 만일… 내가 패한다 해도 중원은 그가 구할 것이오."

벽소군은 정색하며 고개를 저었다.

"그런 말씀 마세요, 맹주. 소녀의 부군은 이미 그분이 할 일을 다했습니다. 이 대결은 맹주의 몫입니다. 중원을 구할 사람은 반검무적이 아니라 맹주입니다."

"알겠소. 반드시 구할 것이오."

강무영은 주먹 쥔 손을 펴 그녀의 손을 힘껏 쥐었다. 그녀의 따뜻한 손길이 전해지며 가슴이 편안해졌다. 한껏 높아진 정신력으로 압박감을 떨쳐 내자 세상을 보는 시야가 한결 넓어졌다.

그는 비로소 대평원 중앙에서 전개되는 세 곳의 대결을 직시할 수 있었다.

중원과 새황을 대표하는 여섯 절세고수의 격돌은 실로 엄청났다. 그들의 일거수일투족에 풍운이 변색되고, 일검일지에 천지가 진동했다.

"태극무혜(太極武慧)!"

태청성검은 무당의 절학인 태극혜검을 전개하며 적풍무존과 대결하고 있었다. 적풍무존은 오대명검 중 하나인 촉루검을 휘두르며 이에 대응했다.

차차― 창―!

검과 검이 마주칠 때마다 뇌성이 터지고 시퍼런 번갯불이 대지를 강타한다.

무아 성승과 뇌랍의 대결은 내가강기에 의한 격돌이었다. 중원과 서장 최강의 불문절학을 연성한 그들은 호신강기로 몸을 감싼 채 혼신의 힘을 다해 강기를 펼치고 있었다.

"대수인(大手印)!"

뇌랍이 밀종의 절학을 전개하며 허공에서 내리 꽂히자 무아 성승은 몸을 빙글 회전시키며 반야바라밀다신공으로 맞섰다.

콰― 콰쾅―!

어마어마한 굉음이 터지자 두 사람은 각기 피를 토하며 뒤로 튕겨져 나갔다.

낙천신검과 금강혈존의 격돌은 세 곳의 대결 중 가장 현란했다. 낙

낙천신검의 검법은 무수한 변화를 담은 환검이었다. 그의 일검이 전개될 때마다 수십 개의 검화가 피어올랐다.

금강혈존의 병기는 금강여의봉(金剛如意棒)이었다.

위이잉—

바람개비처럼 회전하는 그의 금강여의봉은 강력한 폭풍을 발휘하며 낙천신검의 환검을 압도해 갔다.

그는 금강지체에 버금가는 외문무공인 금종조를 연성해 부상의 위협 따위는 무시했다. 그의 공격 일변도의 공세 속에 낙천신검은 다소 버거운 대결을 펼쳐야 했다.

중원과 새황의 만 이천 무인은 손에 땀을 쥔 채 평생 한 번 있을까 말까 한 대결에 몰두해 있었다.

그들의 눈에 비친 여섯 절세고수의 모습은 무신과 다를 바 없었다. 여섯 고수의 움직임은 바람과 같았고, 섬광과 뇌성을 일으키는 그들의 절학은 극치의 무학이 보여주는 예술처럼 화려했다.

워낙 빠른 움직임 속에 펼쳐지는 대결이라 웬만한 고수로서는 세 곳의 대결을 번갈아 보는 것만도 힘겨운 일이었다.

마침내 한 곳의 승패가 결정되었다.

콰콰— 쾅—!

엄청난 굉음 속에서 지표가 폭발해 오르며 낙천신검이 실 끊어진 연처럼 뒤로 튕겨졌다. 금강여의봉에 강타당한 그는 길게 피를 토하며 바닥에 나뒹굴었다.

"크으윽!"

금강혈존은 가슴을 움켜쥐며 한쪽 무릎을 털썩 꿇었다. 낙천신검의 검기가 그의 금종조 외문기공을 깨뜨린 것이다.

"와아아아!"

새황의 전사들은 일제히 환호성을 질렀다.

천산무궁의 제자들은 연신 징을 울리며 궁주의 승리를 축하했다. 반면 중원의 백도연합은 침통하게 고개를 떨구어야 했다.

금강혈존은 천산무궁의 제자들이 가져온 교자에 몸을 눕혔다.

대결에서는 이겼지만 부상이 너무 심했다. 더군다나 평생토록 수련해 온 금종조 외문기공마저 깨진 상황이라 결코 만족스럽지 못한 승리였다.

벽소군은 급히 몸을 날려 낙천신검 옆으로 내려섰다.

가슴뼈가 으깨진 그의 상세는 치명적이었다. 요행히 살아난다 해도 다시는 무공을 구사할 수 없을 정도였다. 태양천 제자들이 교자를 갖고 달려와 낙천신검을 실었다.

벽소군은 그의 입에 천기신단을 두 알 넣어주며 그의 안위를 기원했다.

"중원무림은 선배님의 의기와 충정을 영원히 잊지 않을 것입니다."

잠시 후, 두 곳의 격돌 중 또 한 곳에서 승패가 엇갈렸다.

콰아앙—!

"으아악!"

포달랍사의 수석 장로인 뇌랍이 피를 토하며 튕겨져 나갔다. 그의 오른손이 통째로 으스러진 것이다. 혼신의 힘을 다한 대수인이 반야신공을 견디지 못한 것이다.

"아미타불……."

무아 성승은 나직이 불호를 외며 털썩 주저앉았다. 그는 소림비전의 대환단을 입에 넣고는 스르르 눈을 감았다.

"와아아!"

"성승께서 승리하셨다!"

중원의 군웅들은 북을 치며 환호했다. 그들은 감격의 눈물을 흘리며 서로를 부둥켜안고 승리의 기쁨을 나누었다. 달려나온 소림의 제자들이 무아 성승을 교자에 싣고 물러섰다.

이제 세 곳의 격돌 중 하나만 남았을 뿐이다.

차차창―!

태청성검과 적풍무존은 각기 검광에 휩싸인 채 순간적으로 이동하며 검을 교차하고 있었다.

적풍무존의 촉루검은 전설적인 명검답게 일검 일검마다 하늘을 에일 듯한 예기를 뿜어냈다. 반면 태청성검의 적멸보검(寂滅寶劍)은 무당의 창건조사 장삼풍이 남긴 무림의 보물로 그 예기 또한 범상치 않았다.

"적풍혈륜강기!"

적풍무존은 검강을 펼쳐 냄과 동시에 성명절학인 혈륜강기를 발출했다. 이번의 격돌로 승부를 가르겠다는 의지가 역력했다.

태청성검 역시 태극혜검의 최후 절초인 태극황뇌전을 전개함과 동시에 태청강기를 펼치며 이에 맞섰다.

검강과 내가강기가 뒤섞이며 반경 삼십 장 이내를 뒤덮었다. 붉고 푸른 광휘가 폭죽처럼 피어오르는 순간 굉음이 터지며 황룡평원을 뒤흔들었다.

콰— 콰쾅—!

사위를 휩쓰는 폭풍 속에 두 사람이 빙글빙글 회전하며 뒤로 날아갔다. 두 사람은 각기 치명적인 부상을 입은 듯 몸을 가누지 못했다.

"무존!"

총호법 가패륵은 급히 몸을 날려 적풍무존을 부축하여 내려섰다.

"크으윽, 도사 놈 하나를 못 이기다니……."

온통 피투성이가 된 적풍무존은 울컥 피를 쏟아냈다. 그의 화려한 장포는 갈기갈기 찢겨졌고 드러난 상반신은 검기에 의해 무수한 검흔이 새겨져 있었다.

태청성검 또한 무사하지 못했다.

강무영과 벽소군의 부축을 받고 겨우 내려선 그의 앞자락은 선혈로 인해 홍건하게 젖어 있었다. 호신강기를 뚫고 파고든 혈륜강기에 의해 옆구리가 관통돼 갈비뼈마저 드러났다.

이번에는 중원과 새황 양측 모두 침묵을 지켰다. 누구의 승리도 장담할 수 없는 양패구상이었기 때문이다.

양대 무림을 대표할 여섯 고수의 대결 결과는 일승일패일무로 볼 수 있었다. 실로 팽팽한 호각지세다. 간발의 차이로 승리를 차지한 자도 하나같이 극심한 부상을 입었으니 패한 자도 부끄럽지 않은 결투였다.

일 수유의 정적이 흐르는 가운에 휘장이 열리며 수미대법왕의 비대한 몸이 부공비행술로 미끄러져 날아왔다. 사백 근도 넘을 육중한 체구라고는 도저히 믿을 수 없을 만큼 유연한 신법이었다.

강무영은 벽소군에게 가볍게 목례해 보이고는 대전장으로 향했다. 연기처럼 꺼진 그의 신형이 수미대법왕 앞에 서서히 모습을 드러냈다.

　수미대법왕은 그의 신법에 나직이 탄성을 발했다.

　"호오, 놀라운 분광섬형(分光閃形)이로군. 신위 또한 무극지체에 이르렀도다. 맹주와 같은 어린 나이에 이렇듯 초절한 경지에 이른 자는 미처 대하지 못했다."

　"소생은 과거 사부님께서 이루신 경지의 절반에도 미치지 못합니다."

　강무영은 막사검을 뽑아 들었다. 태양천주의 의혈(義血)로 얼룩졌지만 천하오대신검의 하나답게 저절로 검기가 뿜어졌다.

　수미대법왕은 막사검을 응시하며 가볍게 고개를 끄덕였다.

　"대단한 신검이군. 신병(神兵)은 주인을 제대로 만났을 때 비로소 빛을 발하는 법인데 올바른 주인을 만났어."

　"이 검은 막사검이라 합니다. 천하제일의 의협이신 사부님을 관통한 검이기도 하지요. 막사검에는 사부님의 피가 배어 있습니다. 해서 소생은 이 검을 막사벽혈검(莫邪碧血劍)으로 명명했습니다."

　"흐음, 태양천주의 의혈이 스며든 검이라니 겸허한 마음으로 맹주의 검을 받겠다. 앞서 펼친 삼 인의 대결은 무승부이니 이번의 대결로 운명을 결정짓게 될 것이다."

　수미대법왕은 양발을 넓게 펼치고는 양손을 쳐들어 커다랗게 원을 그렸다.

　"무림의 연배를 감안해 선공의 기회를 주겠다. 결코 맹주를 무시해서가 아니니 자존심 상해할 일은 아니야."

　강무영은 검을 쥔 채로 포권지례를 취했다.

　"감사하오, 대법왕. 한 수 지도를 받겠소."

순간적으로 사라진 강무영은 어느새 수미대법왕의 머리 위로 떨어져 내리며 막사벽혈검을 휘둘렀다.

"의천비마락!"

츄츄츄—!

수백 개의 검기가 폭우처럼 내리 꽂힌다. 단 일 검으로 이십 장 이내를 제압하는 그의 검초는 신기에 가까운 절기였다.

수미대법왕은 양손을 뒤집어 하늘을 떠받치는 자세로 밀어 올렸다.

"수미대법력!"

마치 지상이 통째로 부상하듯 어마어마한 자색의 강막이 뿜어져 올랐다.

퍼퍼펑—!

강무영이 펼쳐 낸 검기는 모두 강막에 튕겨 사위로 비산되었다.

"파극뇌!"

강무영은 왼손을 쳐들어 태양절학을 전개했다.

그의 장심에서 원형의 발광체가 형성되었다. 눈부신 발광체는 용이 토해낸 여의주처럼 수미대법왕을 향해 내리 꽂혔다. 발광체는 급격히 팽창되며 반경 삼 장 크기의 불덩이로 화했다. 태양천주가 창안한 절세지공이었다.

수미대법왕의 주름진 얼굴 근육이 가볍게 씰룩거렸다.

"좋은 수법이군."

그는 여전히 두 발을 고정한 채 연속적으로 장력을 날렸다. 그의 투실투실한 손이 세 배나 확대되었다. 밀종의 절학인 대수인이다. 혜성이 추락하듯 떨어지는 발광체의 표면에 연이어 깊은 장인이 새겨진다.

콰— 쾅—!

어마어마한 굉음과 함께 발광체가 산산이 분쇄되었다. 강기의 파편은 무려 백 장 밖으로 퍼져 나가 평원 위로 수백 개의 구덩이를 형성했다.

허공에서 아홉 바퀴를 회전하며 바닥에 내려선 강무영은 들끓는 기혈을 가라앉히며 지그시 이를 물었다.

단 두 번의 격돌이었지만 그는 수미대법왕의 무한 공력에 압도되고 말았다. 천원단서의 요결을 통해 터득한 절세지공도 상대의 지고한 공력 앞에서는 빛을 잃고 말았다.

'진정 가공할 공력이다. 인간 한계를 넘어선 공력이야.'

그는 막사검을 비껴 쥔 채 가볍게 숨을 몰아쉬었다. 상대의 무한 공력을 깨뜨릴 방법을 찾아야 했다. 그렇지 않고서는 그의 어떤 공력도 상대의 강막 앞에서 무력화될 것이다.

지켜보던 벽소군의 가슴은 긴장과 초조함으로 새까맣게 타 들어갔다.

'아! 너무 힘겨운 대결이야. 대법왕은 이미 인간 한계라는 오 갑자 공력을 연성했어. 수미대불력까지 연성해 도검불침지체인 그를 무슨 방법으로 격파한단 말인가?'

이 순간, 강무영은 막사벽혈검을 뻗은 채 수미대법왕을 향해 날아들었다. 절정검도인 어기심검이었다. 그의 신형은 검에 흡수된 채 한 자루 검만이 수미대법왕을 향해 뻗어 나갔다.

쐐애애액—!

대번에 이십 장을 가로지른 막사벽혈검은 폭우 속을 뚫고 떨어지는 뇌전처럼 수미대법왕을 향해 내리 꽂혔다. 산악도 관통할 어마어마한 공세였다.

"수미천강(須彌天罡)!"

수미대법왕은 가슴 앞으로 양손을 합치시켰다.

자색의 강막이 진하게 피어오르며 일 장 두께의 원형 강막이 형성되었다. 강기로 형성된 거대한 원형 방패였다. 섬광으로 화한 막사벽혈검은 그대로 강막을 향해 부딪쳤다.

파파팟―!

불꽃으로 화한 막사벽혈검은 자색의 강막 속에서 요동치면서도 계속 뻗어 나갔다. 마침내 강막을 관통한 막사벽혈검은 수미대법왕의 가슴으로 파고들었다.

콰아앙!

지축을 진동시키는 폭음과 함께 찢겨진 강막이 대지를 휩쓸며 사위로 뻗어 나갔다.

쿵! 쿵! 쿵!

수미대법왕은 세 걸음을 물러서며 겨우 신형을 바로잡았다. 검극에 의해 그의 금빛 가사가 꿰뚫렸다. 만일 그가 도검불침지체을 연성하지 못했다면 심장마저 관통되었을 것이다.

허공으로 높이 튕겨진 막사벽혈검은 심하게 요동치며 바닥으로 곤두박질쳤다. 비로소 모습을 드러낸 강무영이 검을 쥔 채 바닥으로 내려섰다.

그의 안색은 안쓰러울 만치 창백하게 변해 있었다. 혼신의 힘을 다한 공격으로 다소의 성과를 얻었지만 그 대가는 너무 컸다.

벽소군의 얼굴에 어두운 그늘이 드리워졌다.

'아! 맹주의 신위가 사라졌어. 심한 내상을 입은 게 분명해.'

수미대법왕은 구멍 뚫린 금빛 가사를 매만지며 겹겹이 주름진 얼굴을 심하게 꿈틀거렸다.

"으음… 믿을 수가 없군. 노납의 수미대불력을 격파하다니."

포달랍사의 법승들은 경악을 금치 못했다. 그들이 무신처럼 떠받드는 대법왕이 상대의 공세에 뒤로 밀렸다는 것은 도저히 믿을 수 없는 충격이었다.

수미대법왕은 양손을 휘저으며 커다랗게 원을 그렸다.

"노납은 맹주의 어린 나이를 감안해 삼 초를 양보했다. 이제 맹주가 노납의 절기를 받아볼 차례다."

그의 몸 주변으로 짙은 자색 기운이 피어올랐다. 간간이 번갯불이 피어오르는 가운데 은은한 뇌성마저 일었다. 그의 성명절학인 수미대천불마공이 전개되는 순간이었다.

강무영은 양손으로 막사벽혈검을 움켜쥔 채 그를 직시했다.

대법왕의 무한 공력을 감당하기에 그의 무공 조예는 아직 부족함이 많았다. 과거보다 몇 배는 성장한 그였지만 공력의 격차를 극복하기에는 아직 무리였다.

그러나 그는 백도연합의 맹주답게 최후까지 의연함을 잃지 않았다. 절대 패할 수 없는 승부였지만 그러한 의지를 실현하는 것은 그의 능력 밖의 일이었다.

벽소군의 처연한 음성이 그의 고막을 통해 흘러들었다.

"맹주, 유감스럽지만 패배를 시인하십시오. 훗날을 기약하셔야 합니다. 맹주는 사셔야 합니다.”

강무영은 그녀의 전음에 전혀 응답하지 않았다.

그는 이미 승패나 생사를 초월한 무아지경에 빠져 있었다. 그것은 자신과의 싸움이었다. 극한의 대치 속에서 새로운 심득을 추구하고 있는 것이다.

마침내 대법왕의 수미대천불마공이 폭발하였다.

“차아앗!”

그가 쌍장을 힘껏 내뻗는 순간 세상의 모든 소음이 잠들었다.

주변의 빛을 흡수한 자색 섬광만이 폭사되었다. 대기를 가르는 파공성도 들리지 않는다. 보이는 것은 온통 붉게 물든 자색의 강기뿐이다.

일순 강무영은 정신이 아득해졌다.

어둡게 변한 암흑 천지에 그 혼자만이 떠 있는 듯한 착각에 사로잡혔다. 초록의 잔디와 푸른 하늘도 사라져 버린 세상은 자색 빛으로 가득하다. 그 속에서 신룡이 토한 불꽃 같은 섬광 기둥이 자신을 향해 뻗어온다.

“의천파극검!”

강무영은 이를 악문 채 검을 곧추세웠다.

검극에서 푸른 검기가 십 장 높이로 치솟아올랐다. 그는 폭발적인 기운을 발하며 뻗어오는 섬광 기둥을 향해 힘차게 막사벽혈검을 내리그었다.

콰콰쾅—!

어마어마한 강기와 검기의 충돌로 인해 황룡평원 전체가 진동했다. 충돌의 압력을 견디지 못한 지표면이 지진을 만난 듯 쩍쩍 갈라졌다.

강무영의 정면 대결은 죽음을 각오한 승부수였다.

그의 막사벽혈검이 대법왕의 수미대천불마공을 벨 수 있다면 그의 승리다. 그의 수법은 최강의 방어인 동시에 반격으로 최후의 순간 터득한 새로운 심득이었던 것이다.

모두들 숨을 멈추며 두 손으로 귀를 막았다.

평원에 운집한 만 이천의 고수는 각자 진기를 운기해 몸을 보호했다. 대격돌에 의한 강기의 파편이 언제 자신에게 날아들지 모르는 순간이었다.

한데 실로 예기치 못한 변수가 등장했다.

번— 쩍—!

허공 저편에서 날아든 섬광이 초극에 이른 두 고수의 강기 속으로 파고든 것이다. 그것은 이백 장 거리를 가로지르며 날아든 어검술이었다.

대결의 양상은 급변했다.

자색의 섬광과 푸른빛의 검기가 충돌하는 순간, 또 하나의 가공할 힘이 끼어들며 시공마저 뒤틀렸다. 세 개의 빛이 뒤엉키며 하늘과 땅을 뒤집었다.

꽈— 꽈꽝—!

일만 개의 우레가 동시에 울려 퍼졌다.

격돌의 현장을 중심으로 동심원을 그리며 퍼지는 파문처럼 파괴적인 섬광이 급속도로 확산되었다. 마치 빛을 발하는 거품이 확산되는 듯한 광경이었다. 지표면이 파헤쳐지며 흙먼지와 바윗덩이가 폭풍처럼 휘몰아쳤다.

콰아아아아!

세상의 종말이런가. 번갯불로 화해 내리 꽂히는 강기의 파편에 의해 지표면이 연이어 폭발해 올랐다.

백 장 밖의 고수들이 쏟아지는 바윗덩이에 맞아 수백 명이나 압사하고 말았다. 요행히 압사를 면한 사람도 흙더미에 깔려 살기 위한 몸부림으로 지렁이처럼 꿈틀거려야 했다.

실로 통천가공할 대격돌이었다.

회오리바람에 치솟은 자욱한 흙먼지가 가라앉는 데에는 일각이나 소요되었다.

중원의 군웅들과 새황의 전사들은 놀란 가슴을 가라앉히며 얼굴 가득한 흙먼지를 소매로 문질렀다. 비로소 시야가 확보되며 격돌의 현장이 드러났다.

평원 한가운데 거대한 분화구와 같은 구덩이가 형성되었다.

수미대법왕과 강무영은 각기 십 장씩을 뒤로 물러난 상태였다. 수미대법왕의 금빛 가사는 갈가리 찢겨져 흉물스런 살덩이를 고스란히 드러내 놓고 있었다.

도검불침의 법신이건만 무수한 검기에 의한 혈흔이 주름진 살덩이 곳곳에 새겨졌다. 충격의 여파 때문인지 그의 안면 살덩이가 쉴 새 없이 푸들거린다.

강무영은 하반신이 흙더미 속에 묻힌 채 혼절해 있었다. 두 손은 막 사벽혈검을 꼭 쥐고 있었지만 손아귀가 터져 붉은 피가 손목을 타고 흐른다.

모두들 어찌 된 영문인지 알 수가 없었다.

강무영과 수미대법왕이 격돌하기 직전에 날아든 섬광의 정체는 무엇이란 말인가. 대체 어느 누가 그토록 가공할 위력을 발휘할 수 있단 말인가.

이때 섬세한 검은 인영이 강무영 옆으로 유령처럼 내려섰다.

오로지 흑과 백 두 가지 색깔만으로 분별되는 여인이었다. 손목까지 내려오는 장의에 검은 피풍의, 머리카락은 희디흰 백발이며 피부 또한 백옥처럼 희었다. 얼음으로 조각해 놓은 듯 차디찬 한기를 뿜어냈지만 그녀의 용모는 필설로 형용할 수 없는 완벽함 그 자체였다.

하늘조차 기울일 경천(傾天)의 미모를 지닌 여인의 등장에 모두들 충격과 경악에 사로잡혔다.

"허억! 월영서시?"

"오, 월영서시다!"

"백발마녀가 출현했다!"

그러했다. 대격돌의 양상을 순식간에 뒤바꾸어 놓은 장본인은 바로 월영궁의 주인이자 과거 중원지화로 불리었던 월영서시 한소소였던 것이다.

■ 제69장

천하대역전(天下大逆轉)

1

두두두—!

경쾌한 말발굽 소리와 함께 월영궁 제자들이 황룡평원의 한쪽으로 대오를 이루며 질주해 왔다.

오백여 제자는 중원의 군웅들과 새황의 전사들이 대치한 맞은편으로 진열을 정비해 섰다. 월영궁의 주력 병기인 파쇄궁노(破碎弓弩)를 받쳐 든 이백여 제자가 중앙에 도열하고 삼백여 제자는 기마궁노병들을 보호하듯 좌우와 전면에 배치했다.

월영궁의 총령인 금류향이 손을 높이 쳐들었다.

"궁노를 준비하라!"

이백여 기마궁노병은 새황의 전사들을 향해 일제히 파쇄궁노를 겨누었다.

난데없는 월영궁의 등장에 새황의 전사들은 바싹 긴장하며 제각기 병장기를 꺼내 쥐었다. 장내의 분위기는 잔뜩 부푼 공처럼 한껏 고조되었다.

적풍사 삼천 기마전사는 하얗게 질린 채 주춤주춤 뒤로 물러섰다. 그들은 월영궁의 파쇄궁노를 보자 고양이를 만난 쥐처럼 겁을 집어먹고 말았다.

과거 적풍사의 전사들이 월영궁 여제자들을 희롱하다 파쇄궁노에 의해 몰살된 적이 있었다. 백 명도 넘는 기마전사들이 열 명밖에 안 되는 궁노병에 의해 모두 쓰러진 것이다.

월영궁의 파쇄궁노는 세 발의 강궁을 연속적으로 발사할 수 있게 제작된 병기라 기마전사들이 아무리 빠르게 달려들어도 공격 사정권 안에 이르기도 전에 모두 죽고 만다.

월영궁의 개입은 중원의 백도연합에서 본다면 반가운 원군이었지만 이를 환영하는 사람은 별로 없었다. 월영서시를 위시해 한결같이 냉랭한 기운을 발하는 월영궁 제자들에 대한 인식은 가히 좋지 않았다.

월영궁은 중원무림에서도 이단(異端)이었기 때문이다.

벽소군은 상황이 급박한 전면전으로 치닫자 급히 몸을 날려 월영서시 옆으로 내려섰다.

"궁주님, 전면전은 안 됩니다."

월영서시는 섭물진기를 펼쳐 강무영을 흙더미 속에서 끄집어 올리며 냉랭하게 대꾸했다.

"넌 내게 지시할 위치가 아니다."

그녀가 가볍게 소매를 휘젓자 벽소군은 가슴으로 안겨드는 강무영을 받아 들며 주춤 뒤로 물러섰다. 그녀는 싸늘한 눈빛으로 벽소군을 직시했다.

"흥. 너의 알량한 진법으로 나를 가둘 수 있다고 생각했느냐?"

벽소군은 감히 그녀를 마주 대할 수 없어 눈길을 내리깔았다.

"송구하옵니다. 궁주님께서 육반천라금쇄진까지 파훼하실 줄은 예상치 못했습니다."

"내가 진세를 깨고 나오지 못했다면 강무영은 이미 죽었을 것이다. 상세가 심할 테니 응급조치를 취해야 할 것이다."

월영서시는 꼿꼿이 선 채 미끄러지며 분화구와 같은 구덩이 위를 날아갔다. 그녀가 허공을 디딘 채 멈춰 서자 수미대법왕도 부공비행술로 날아왔다.

벽소군은 월영서시가 어떤 사단을 벌일지 몰라 걱정스러웠지만 일단은 강무영의 상세를 치유하는 게 급선무였다. 그를 진맥한 그녀는 안도의 한숨을 내쉬었다.

"다행이야. 엄청난 격돌의 충격으로 기혈이 막혔을 뿐 기경팔맥은 다치지 않았어. 모두 의독성수의 금강성단 덕분이야."

그녀는 강무영에게 천기신단을 복용시켜 주고는 점혈법을 구사해 진기가 막히지 않게 조치했다.

탕마수좌를 비롯하여 태양천의 일곱 전주가 벽소군 주변으로 내려섰다.

"군사, 맹주의 상세는 어떠시오?"

"어서 모셔가세요. 응급 처치는 했으니 한동안 요양하면 회복될 수 있을 겁니다."

　벽소군은 탕마수좌와 전주들에게 강무영을 넘기고는 월영서시 쪽으로 몸을 돌렸다. 그녀는 영민한 두뇌를 회전시키며 사태의 흐름을 파악했다.

　'천주의 부고를 들었음에 분명해. 그렇지 않았다면 월영서시가 이렇듯 무림사에 뛰어들지는 않았을 거야. 덕분에 무영 공자가 무사할 수 있었으니 천만다행이다. 하지만 이것이 복이 될지 화가 될지는 아직 판단할 수가 없어.'

　월영서시와 수미대법왕은 삼 장 거리를 둔 채 허공에 둥실 떠 있었다. 허공에서 일시적으로 몸을 멈춰 세우는 것만도 어려운 신법이지만 그들은 마치 땅을 딛고 서 있는 것처럼 전혀 불편함이 없어 보였다.

　월영서시는 무림 최고의 배분이랄 수 있는 대법왕을 대하고도 포권조차 취하지 않았다.

　"새황의 지존께서 한갓 중원의 후배를 상대로 대결을 벌이다니 부끄럽지도 않나요?"

　수미대법왕은 그녀의 질책이나 무례함 따위는 아예 무시했다. 그의 눈을 덮고 있는 늘어진 눈두덩이 좌우로 밀리며 비로소 그의 눈이 드러났다.

　옆으로 길게 찢어진 눈매는 자상한 미륵불처럼 보이는 그의 모습을 일시에 악불(惡佛)의 형상으로 바꾸어놓았다.

　"보승법래… 그대가 중원지화라 불리는 월영서시 한소소 궁주인가?"

　"정확히 알고 있군요."

　"월영서시라는 별호는 오랜 세월 들어왔네. 한 번 만나보기를 소원

했는데 오늘에야 비로소 그대를 대면하게 되었군. 정녕 아름답군. 그 대야말로 살아 있는 보살일세."

대법왕의 눈빛에 강렬한 색정의 기운이 감돌았다. 그의 속내를 간파 한 월영서시는 서릿발 같은 한기를 발했다.

"소문에 의하면 대법왕은 이미 육신을 해탈하고 법신의 경지에 올랐 다 하던데, 내가 보기에는 오욕칠정조차 벗어나지 못한 것 같군요?"

"보승법래… 해탈의 경지에 이르면 계율에 얽매일 필요가 없네. 대 자대비한 부처님께서도 평생 속세를 떠돌며 중생들을 상대로 설법을 펼쳤지 않았는가?"

그의 징그러운 눈빛에 그녀의 결벽증이 도졌다.

"더러운 땡초, 감히 내게 음심을 품다니! 그러고도 당신이 포달랍사 의 생불인 대법왕이란 말인가!"

그녀의 매서운 질책에 포달랍사의 모든 법승들은 분노하고 말았다. 그들에게 있어 수미대법왕은 그림자조차 밟지 못할 만큼 존엄한 존재 가 아닌가.

서천오불이 득달같이 몸을 솟구치며 날아왔다.

"네 이년!"

"어린 계집이 감히 대법왕께 무슨 무례냐!"

"지옥에나 떨어질 사악한 계집이로다!"

대법왕은 돌아보지도 않고 가볍게 소매를 뿌렸다. 허공에 자색의 강 막이 형성되며 서천오불이 일제히 튕겨졌다.

서천오불은 급히 구덩이 아래로 내려서며 배례를 올렸다.

"용서하십시오, 대법왕."

서천오불은 감히 수미대법왕의 조치에 반발할 수가 없어 조심스럽게 뒤로 물러섰다.

수미대법왕은 백 년을 수행해 온 법승답게 월영서시의 욕설에도 전혀 흔들림이 없었다.

"그대가 노납과 함께 포달랍사로 가준다면 중원 정벌은 보류할 것이네. 노납은 중원무림보다 그대를 더 얻고 싶네. 노납은 그대를 포달랍사의 보살로 삼을 것이야."

"호호, 과연 그럴 자격이 있을까?"

"그대의 자부심이 천하제일이라 들었네. 아마 노납만이 그대의 자부심을 꺾을 수 있을 것이네."

"흥, 어디 서장의 잡술을 견식해 볼까?"

그녀가 왼손을 쳐들자 백옥 같은 흰 손이 드러났다. 그녀는 손목에 팔찌처럼 채운 월환검을 오른손으로 감싸 쥐었다.

차앙!

맑은 음향과 함께 종잇장처럼 얄팍한 검신을 한 연검(軟劍)이 모습을 드러냈다.

하늘하늘한 연검에 진기가 주입되자 넉 자 길이의 검이 광채를 발했다. 삼천공 중 일 인인 월영검후의 신병으로 명성만으로 논한다면 전설적인 오대신검을 능가하는 월환검이었다.

"아니 되옵니다."

벽소군이 날아들며 월영서시 옆으로 내려섰다.

그녀는 답공술을 전개해 겨우 허공을 딛고 섰지만 그런 상태에서 말을 한다는 것은 엄청난 공력을 소진시키는 일이기에 몹시 불편해 보였다.

“궁주님, 이것은 정당한 대결일 수 없습니다.”

“네가 나설 자리가 아니다.”

월영서시가 냉랭하게 일축하자 벽소군이 간절한 표정으로 말을 이었다.

“잠시만 소녀의 말을 들어주십시오. 이곳은 중원과 새황무림의 운명을 건 결전장입니다. 궁주님께서 중원무림의 대표자로 대법왕과 겨룬다면 모를까 개인적인 자격으로 대결을 벌이는 것은 인정할 수 없습니다.”

“난 중원을 위해 싸우는 것이 아니다. 다만 내가 터전으로 삼을 곳에서 싸움판을 벌이는 것을 용납할 수 없을 뿐이다.”

“터전이라고요?”

“그래. 곤륜산 은영곡은 폐쇄됐다. 난 향후 중원에 월영궁을 세울 것이다. 이곳 황룡평원이 바로 그 자리다.”

월영서시는 월환검을 다시 환으로 변화시켜 팔찌처럼 손목에 찼다.

수미대법왕이 삼 장 앞으로 미끄러져 다가섰다.

“월영서시, 그대를 위한 궁은 포달랍사 안에 세워주겠소. 세상에서 가장 화려하고 아름다운 궁전으로 말이오.”

“난 구린내나는 서장에서는 살고 싶지 않아.”

월영서시는 차갑게 잘라 말하고는 중원의 군웅들과 새황의 전사들을 향해 외쳤다.

“모두들 이곳 황룡평원에서 물러가라! 거부한다면 월영궁에 대한 도전으로 알고 누구든 용서치 않을 것이다!”

양측 만 이천의 정예들은 그녀의 도발적인 언사에 심하게 술렁거렸다.

천하를 오시하는 그녀의 오만한 언사에 심한 반발감이 치밀어 올랐다. 하지만 그녀의 독랄한 손속을 익히 알기에 앞서 나설 자는 아무도 없었다.

벽소군은 잠시 생각을 굴리다 수미대법왕을 향해 공손히 예를 올렸다.

"대법왕께 한말씀 올리겠습니다. 월영궁주님은 중원의 성웅(聖雄)이신 삼천공의 후예이십니다. 중원무림에서는 감히 월영서시의 영을 거역할 수가 없어 물러가겠습니다. 그리고 외람되오나 이번 대결의 결과는 예상치 못한 변수로 인해 승복할 수가 없습니다. 강 맹주께서 회복되는 대로 차후 날짜를 정해 다시 대결을 갖는 것이 옳을 듯합니다."

이미 천하제일의 여인에게 매료된 수미대법왕은 중원 정벌 따위는 관심 밖이었다.

"노납은 월영서시만 얻은 후 돌아갈 것이다. 태양천주가 타계한 이상 월영서시가 중원무림의 진정한 지존이니 월영서시를 취한다면 중원무림을 굴복시키는 것과 다를 바 없다."

월영서시의 눈매가 가늘어지며 북풍한설 같은 살기가 폭사되었다.

"호홋, 날 굴복시키겠다고? 천하에서 누가 감히 날 굴복시킬 수 있단 말이냐?"

또 한 번 일촉즉발의 위기감이 팽배하자 벽소군이 놀라운 기지를 발휘했다.

"궁주님, 대법왕께서는 궁주님의 예상치 못한 어검술에 상당한 내상을 입었습니다. 이는 정당한 대결이 될 수 없습니다. 설사 궁주님이 대법왕을 격패시킨다 해도 결코 명예롭지 못한 일이며 궁주님의 높은 명성에 누가 될 뿐입니다."

월영서시는 그녀의 논리 정연한 언변에 벌컥 화를 냈다.

"소군, 넌 대체 누구 편을 드는 것이냐?"

벽소군은 얼른 고개를 돌리며 이번에는 대법왕을 향해 말했다.

"대법왕, 월영서시께서는 절대 중원의 지존으로서 대결하시는 것이 아닙니다. 만일 대결을 벌인다면 두 분의 개인적인 비무일 뿐입니다. 그런 사사로운 비무는 두 분께서 별도의 날짜를 택해 갖는 것이 어떻겠습니까? 이렇듯 수많은 군웅들이 모인 자리에서 벌일 시합은 아닐 듯싶습니다. 또한 양측의 대표자들이 극심한 부상을 입어 속히 치유하는 것이 도리라 사료되옵니다."

"……."

대법왕은 축 늘어진 눈두덩을 움직여 두 눈을 가렸다. 두 눈이 가려지자 그의 모습이 본래의 미륵불 같은 온화한 모습으로 변화되었다.

"군사의 지혜와 화술은 정말 대단하군. 과연 쌍뇌천기자의 제자답다. 내 군사의 제안을 받아들여 이번 출정은 이쯤에서 마치도록 하겠다."

벽소군은 눈물이 나올 만큼 감격했다.

"자비에 감사드립니다, 대법왕."

수미대법왕은 월영서시를 향해 합장을 취해 보였다.

"그대를 포달랍사의 보살로 삼겠다는 노납의 생각은 변함이 없네. 노납은 포달랍사에 그대를 위한 궁전을 세운 후 친히 그대를 찾아와 모셔가겠네."

그는 부공비행술을 펼쳐 새황의 진영으로 날아갔다. 그가 교자 안으로 스며들자 휘장이 내려졌다.

징— 징— 징—!

요란한 징소리와 함께 포달랍사의 법승들이 목탁을 치고 범패(梵唄)를 높이 외치며 발길을 돌렸다.

새황무림의 주력인 포달랍사가 퇴장하자 적풍사와 천산무궁의 전사들은 떨떠름한 표정이 되어 서로를 보았다. 그들과 상의 한 번 없는 일방적 퇴각이라 은근히 부아가 치밀었다.

교자에 앉아 운공을 취하던 적풍무존이 머리카락 한 올 없는 대머리를 벅벅 긁으며 외쳤다.

"우리도 돌아간다!"

적풍사마저 퇴장하자 교자에 누워 있던 금강혈존도 한숨을 쉬며 손을 저었다.

"어서 가자."

마침내 새황무림의 칠천 전사는 세 갈래로 나뉘어 각자의 본거지를 향해 멀어져 갔다.

"와아아!"

중원의 군웅들은 활기찬 환호성을 터뜨리며 서로를 얼싸안았다. 목숨을 건 혈전을 예상했다가 새황무림이 예기치 않게 철수하자 마치 승리를 쟁취한 듯 기뻐했다.

비록 피로써 얻어낸 승리는 아니었지만 백도연합의 정예들은 이 자리에 참여한 것에 뿌듯한 자부심을 느꼈다.

월영서시와 벽소군은 분화구 같은 구덩이의 가장자리로 내려섰다. 벽소군은 월영서시 앞에 부복 배례하며 감사의 뜻을 표했다.

"궁주님 덕분에 중원을 지킬 수 있게 되어 감격할 따름입니다."

월영서시는 긴 소매 사이로 팔짱을 낀 채 옆으로 돌아섰다.

"본의 아니게 무림사에 끼어들게 되었구나. 태양천주의 후계자를 죽게 내버려 둘 수가 없었어. 단지 그뿐이다. 결코 중원을 위해서가 아니다."

"알고 있습니다. 하지만 새황무림은 물러갔지만 아직도 암흑마국이 중원을 위협하고 있습니다. 궁주님께서 백도연합을 이끌어주십시오."

월영서시의 눈빛이 가늘어졌다.

"흥! 내가 그런 일을 할 것 같으냐? 암흑마국이 본 궁을 건드리지만 않는다면 천하무림이 어찌 되든 내 알 바가 아니다."

"궁주님, 왜 이리 중원을 미워하십니까? 궁주님께서는 위대한 삼천공의 후예가 아니십니까?"

"그만!"

월영서시는 몸을 홱 돌리며 그녀의 말을 끊었다. 그녀의 전신에 허연 서리가 내려앉았다.

"태양천주가 타계했어도 중원은 아직 태양천의 세상이다. 천후인 위지운설이 순순히 태양천의 현판을 내릴 것 같으냐? 넌 그 계집을 몰라. 아니, 천하인 누구도 그 사악한 계집의 속내를 알지 못한다. 그런 계집을 천후로 받드는 중원의 멍청이들은 모두 죽어야 한다. 암흑마국의 손에 죽든 새황무림의 손에 죽든 난 지켜만 볼 것이다."

그녀의 차디찬 분노에 벽소군은 부르르 진저리를 쳤다.

"궁주님……?"

"내가 괜한 얘기를 했구나. 못 들은 것으로 해라."

월영서시는 다시 몸을 돌리며 팔짱을 꼈다.

"어서 가라. 내가 마음이 바뀌면 저기 한심한 무리들을 모두 죽일 수도 있다."

벽소군은 무거운 심정으로 몸을 일으켰다.

그녀는 월영서시의 존재가 너무도 두려워졌다. 어쩌면 백도를 위협하는 진정한 적은 암흑마국인 아닌 월영궁일 수도 있었다. 태양이 사라진 밤하늘에 빛나는 달빛은 위협스러울 만큼 밝았다.

그녀가 군웅들을 향해 걸어가자 월영서시가 문득 그녀를 불러 세웠다.

"잠깐 멈춰라."

벽소군이 몸을 돌리며 의아한 표정을 지었다.

"달리 하교할 말씀이라도……."

"소문에 들으니 환유성이 죽었다면서?"

"아, 아닙니다. 아직 확인되지 않았습니다. 아니, 그분은 절대 죽지 않았습니다."

"어리석은 것. 단신으로 오만 군병이 둘러싼 중산왕부로 들어갔는데 살아 있겠느냐? 일만 개의 화살에 적중됐다면 신이라도 살아날 수 없다."

월영서시는 꼿꼿이 미끄러지며 그녀에게 다가섰다. 그녀의 서릿발 같은 안색이 다소 누그러졌다.

"넌 내게 큰 빚을 졌어. 내 제자가 되어다오."

"송구하옵니다. 소녀는 낭군을 구해야만 합니다."

"이미 죽었다 하지 않았느냐?"

"그분이 정녕 돌아가셨다면… 소녀 또한 스스로 목숨을 끊어 그분을 따르겠습니다."

벽소군이 결연한 모습으로 말하자 월영서시는 물끄러미 그녀를 응시했다. 잠시 그녀를 바라보던 월영서시는 그녀답지 않게 무거운 탄식을 지었다.

"천하에서 오직 너만이 삼천공의 절예를 계승할 수 있거늘… 아마도 난 너와 연분이 없나 보구나."

그녀는 벽소군의 어깨에 백옥같이 흰 손을 얹었다.

"환유성을 따라 목숨을 끊겠다면 그것은 네 의지다. 하지만 그전에 꼭 해야 할 일이 있다."

"말씀하십시오."

월영서시는 나직하지만 분명한 어조로 자신의 속내를 털어놓았다.

"난 태양천을 멸하고 간악한 위지운설을 죽일 것이다. 하지만 강무영과 비연은 다치게 하고 싶지 않구나. 네 재주껏 둘을 피신시켜라. 무림을 떠나 심산유곡에서 은연자중하게 만들어라. 그게 네가 할 일이다."

"궁주님?"

벽소군은 너무도 엄청난 충격에 석상처럼 굳어졌다. 전신의 피가 거꾸로 돌며 심장이 터질 것만 같았다.

월영서시의 모습이 연기처럼 흐려졌다.

"너만 알고 있어야 한다. 네가 나와 맞서지 않기를 바라는 마음에서 미리 일러주는 거다."

어느새 모습을 감춘 그녀는 백 장 밖 월영궁 제자들 앞으로 내려서고 있었다.

벽소군은 사시나무 떨듯 전신을 와들와들 떨었다. 너무도 무섭고 두려운 마음에 눈앞이 캄캄해져 왔다.

"안 돼. 절대 그럴 수는 없어… 오, 하늘이시여!"

2

중산왕부를 둘러싼 일만의 군병들은 삼 교대로 번을 서며 중산왕부를 철옹성처럼 지키고 있었다.

오만의 군병 중 사만은 견융 국왕의 지휘를 받아 동맹군에 배속돼 철융관을 향해 진격 중이었다. 다행히도 전세는 동맹군에 유리한 상황이었다.

중산왕의 피살이 세상에 알려진 후 황보숭 대장군은 칠만의 황군을 이끌고 중산왕부를 치기 위해 철융관을 나섰다가 견융의 십만 기마대의 공격을 받고 퇴각하였다.

다섯 번을 싸워 모두 패하면서 전의를 상실한 황군은 기껏 나선 철융관으로 후퇴하는 중이라는 것이 현재의 상황이었다.

왕부를 지키는 군병들에게는 크나큰 낭보가 아닐 수 없었다. 중산왕의 예기치 못한 피살로 낙담을 하던 그들은 다시금 희망을 갖게 되었다.

거사가 성공한다면 그들에게는 엄청난 복록이 주어질 것이다. 황도에 머물며 황제를 호위하는 친위대가 되어 천하를 호령할 수 있는 위치에 올라설 수 있을 것이다.

　노을에 젖은 화옥전의 별채는 물감을 뿌려놓은 듯 붉게 물들어 있었다. 만춘(晚春)을 넘어서면서 짙은 향기를 뿜어내던 목련꽃은 거의 떨어지고 있었지만 그 향기는 여전했다.
　"자, 조금 더 먹어."
　주화령은 환유성의 어깨를 감싸 부축해 안으며 죽을 먹여주고 있었다.
　침상에 앉아 있는 환유성은 저승길의 문턱에서 겨우 되돌아온 상태였다. 염을 한 시신처럼 전신을 친친 동여맨 붕대도 거의 풀어졌다. 비교적 상처가 깊은 가슴과 복부에만 천을 둘렀을 뿐이다.
　그의 가장 큰 부상은 한쪽 눈의 실명이었다.
　눈두덩을 뚫고 깊이 박힌 화살로 인해 평생을 애꾸로 살아야 한다. 팔다리의 근육도 크게 상해 회복하는 데에는 수개월의 요양이 필요하다. 기경팔맥과 단전까지 다쳐 무공을 회복할 수 있을지도 미지수다.
　그가 귀한 화리죽을 절반쯤 비우고 고개를 젓자 주화령은 손수건으로 그의 입가를 닦아주었다. 외견상 다정한 연인이나 부부처럼 보인다.
　하지만 그들의 관계는 도저히 융합할 수 없는 물과 불이었다.
　주화령은 그를 부축해 조심스럽게 침상에 눕혀주었다. 그가 거의 눕는 순간 그녀는 부축하던 손을 놓았다. 그의 근육이 급격히 늘어지며 극심한 고통을 가져다 주었다.

그의 표정이 약간 일그러지자 주화령은 재미있다는 듯 깔깔거렸다.

"호호호, 난 네놈의 찌푸리는 모습이 가장 즐거워."

그녀는 침상가에 걸터앉으며 그의 볼을 어루만졌다.

"내가 여제가 되면 널 충견(忠犬)으로 삼을 거야. 네 목에 황금 쇠사슬을 걸고 산책할 때마다 널 끌고 다닐 거야. 넌 내가 던져 주는 음식만 먹어야 돼."

그녀는 그를 끌어안으며 그의 귀를 빨았다. 애무하듯 그녀의 혀가 그의 볼을 타고 입가로 움직인다. 그녀의 타액이 그의 얼굴에 진득하게 흐른다.

환유성은 특유의 권태로운 표정을 지으며 한마디 던졌다.

"꺼져라, 암캐."

주화령의 눈까풀이 파르르 떨린다. 그녀는 아직 아물지 않은 그의 가슴 부위를 힘껏 쥐어박았다.

"독종새끼!"

그녀는 그의 얼굴에 침을 퉤 뱉었다.

"호호, 네놈의 그런 독설을 기다렸어. 그런 말을 들을 때마나 난 희열을 느껴. 너에 대한 복수심이 치밀어 오르거든."

"……."

"환유성, 너 그렇게 영웅이 되고 싶었냐? 네 더러운 목숨을 던지면서까지 내 아버님을 살해하고 싶었냔 말이다."

"난 그런 거 몰라. 내 꿈을 깬 자를 죽였을 뿐이다. 네년도 곧 죽는다."

환유성이 스르르 눈을 감자 주화령은 미친 듯 웃음을 터뜨렸다.

"오호홋! 내가 죽는다고?"

그녀는 몸을 일으켜 실내를 걸으면서 한참 동안 웃음을 터뜨렸다. 한이 사무친 처절한 웃음소리였다.

그녀는 찻잔에 뜨거운 차를 따르며 키득거렸다.

"넌 이미 닭 모가지 하나 비틀 힘이 없는 몸이 되었어. 무공은커녕 수발들 사람이 없으면 물 한 모금 마실 수 없는 폐인이지. 물론 난 널 예전처럼 건강하게 회복시킬 것이다. 연후 백대독형을 가해 너의 고통을 즐길 거야. 그런 후 다시 치료해 주겠다. 훗날 내가 죽게 되면 네놈도 함께 죽여 합장(合葬)을 할 것이다. 죽어서도 널 괴롭혀야 하니까."

차를 음미하며 한껏 상상의 날개를 펴던 그녀는 사악한 웃음을 지으며 찻잔을 내려놓았다.

"네가 왜 날 죽일 수 없는지 말해 줄까?"

"……."

"넌 이미 묘독(猫毒)에 중독됐다. 남만에서만 자생하는 독고(毒蠱)라는 독충이 네 몸속에 심어져 있지. 독고는 세상에 가장 희귀한 독충으로 사람의 몸에 스며들면 심장으로 파고든다. 어떤 약이나 해독제로도 제거할 수 없지. 더욱 놀라운 사실은 한 쌍의 독고는 영적으로 통해 있어 수만 리 밖에 떨어져 있어도 서로의 생존 여부를 알 수 있다는 거야. 암컷이 죽어버리면 수컷도 발작해 숙주의 심장을 뚫고 죽어버린다."

주화령은 찻잔을 받쳐 들고 침상으로 다가섰다.

"네 몸에는 수컷의 독고가 심어져 있다. 물론 나도 스스로 독고를 복용했지. 내 몸속에는 암컷의 독고가 있어."

“내가 죽으면 너도 죽겠군.”

환유성이 지그시 눈을 뜨자 주화령은 요염한 눈빛을 발하며 악의 어린 미소를 지었다.

“호호, 그렇지는 않아. 수컷의 독고가 죽어도 암컷은 죽지 않는다. 다만 느낌으로 알 뿐이지. 다시 말하면 내가 죽으면 너는 따라 죽을 수밖에 없지만 네가 죽어도 난 죽지 않아.”

그녀는 뜨거운 차를 환유성의 얼굴에 확 쏟아 부었다. 뜨거운 열기에 그의 안면이 붉게 달아올랐다.

“원수, 그래서 넌 결코 날 죽일 수 없다는 것이다.”

참으로 독랄한 수법이 아닐 수 없었다.

그녀는 최악의 순간까지 대비해 철저하게 자신에 대한 방어책을 강구해 두었다. 만에 하나 있을 수 있는 환유성의 살의를 사전에 봉쇄하려는 의도였다.

환유성은 한쪽 눈을 돌려 그녀를 올려다보았다. 그의 입가에 보일 듯 말 듯 가는 미소가 피어올랐다.

“그래도 넌 죽어.”

“……!”

주화령의 표정이 험악하게 구겨졌다. 그녀의 손에 쥐어진 찻잔이 파삭 가루가 되어 부서졌다.

“오, 오냐! 독종새끼. 네게 한 번의 기회를 주지. 과연 네놈이 죽을 걸 뻔히 알면서 날 죽일 수 있나 보겠다!”

그녀는 날카로운 사금파리를 그에 몸에 확 뿌리고는 방을 나갔다.

사금파리는 하나하나 암기가 되어 환유성의 살 속 깊이 파고들었다.

인간인 이상 그도 고통에 무감각할 수는 없었다. 그러나 그의 권태로운 표정은 조금도 변함이 없었다.

그는 스르르 한쪽 눈을 감았다.

참담한 부상을 당하고 주화령의 손에 포로가 되었지만 그는 자신의 행동을 털끝만치도 후회하지 않았다. 그의 의도대로 중산왕을 처단한 것은 만족스런 결과였다. 혈야회주인 백병사도까지 죽일 수 있었던 것은 의외의 소득이다. 주화령만 함께 죽일 수 있었다면 그는 아무런 아쉬움도 없었을 것이다.

무림인들은 모두가 태양천주를 위한 복수라고 생각할 일이지만 그의 의도는 전혀 아니었다. 그는 만나본 적도 없는 태양천주를 위해 복수를 할 만큼 의협심이 강한 인물도 아니다.

중산왕의 척살은 검신의 길을 추구하던 그의 행보에 혼란을 준 자들에 대한 보복일 뿐이었다. 오로지 그 자신에 대한 분노를 달래기 위함이었지 결코 무림 정의와는 무관했다. 하지만 그도 자신이 왜 그렇게 분노했는지는 이해할 수가 없었다.

살 속 깊이 파고든 사금파리가 가벼운 움직임에도 사정없이 고통을 가져다 준다.

환유성의 외눈에서 시퍼런 살기가 피어올랐다.

'주화령, 네년은 반드시 내 손에 죽는다!'

3

"와아아—!"

철융관을 돌격하는 동맹군들의 사기는 한껏 고조되어 있었다. 그들은 노쇠한 황보숭이 이끄는 황군을 맞이해 연승을 거듭하며 황도 진격에 박차를 가하고 있었다.

관문을 나선 황군은 다섯 번을 싸워 모두 패하면서 철융관으로 퇴각한 후에는 아예 나올 생각을 하지 못했다. 칠만의 황군 중 이만이 격파되며 다치고 병든 군병들만 남아 관문을 사수하는 중이었다.

마침내 공성(攻城) 작전을 수립한 십사만 동맹군은 운제(雲梯:성벽을 오를 때 쓰는 사다리)와 충차(衝車:성문을 깰 때 쓰는 대형 병기)를 갖추어 총공격에 나섰다.

철융관으로 이르는 협곡은 십사만 동맹군으로 바글거렸다.

철융관은 협곡 사이의 가파른 지형 위에 세워져 있기에 일명 철의 관문으로 불린다.

철융관이 무너진다면 대명의 황도까지는 드넓은 평야가 펼쳐져 있어 단숨에 북경성을 포위할 수 있다. 하기에 건융국와 찰리합은 다소의 희생을 치르더라도 철융관을 돌파하는 데 전력을 기울이는 중이었다.

철융관의 돌파는 또 하나의 커다란 의미가 있다.

십수 년 전 그가 대명을 침공했을 때 신속한 진격을 위해 철융관을 우회해 황도를 포위한 적이 있었다.

한데 배후에 위치한 철융관의 군병들은 커다란 골칫거리가 아닐 수 없었다. 보급로가 차단당하는가 하면 쉴 새 없는 야습으로 황도 함락에 상당한 타격을 받은 것이다.

그런 와중에 의병들을 대동한 태양천의 개입으로 통한의 퇴각을 할 수밖에 없었다. 하기에 그는 과거 철융관을 함락하지 못한 치욕을 씻고자 철융관 함락을 최우선으로 삼은 것이다.

"쳐라― 황군은 이미 전의를 상실했다―!"

나무를 쌓아 올린 높은 누대에 오른 찰리합은 손수 군고(軍鼓)를 두드리며 공성에 나선 병사들을 격려했다.

철융관 공격의 가장 큰 어려움은 좁은 협로 때문에 다수의 군병들이 동시에 공격을 나설 수 없다는 데 있었다. 황군을 압도하는 병력을 보유하고 있었지만 공성전에 직접적으로 나설 수 있는 병력은 수백에 불과했다. 나머지 병사들은 대기조에 배치돼 투입 시기를 기다려야 했다.

찰리합은 자국의 기마군단을 보호할 속셈으로 중산왕부의 군병들을 대부분 공성전 돌격조에 배치했다. 기마궁병들에게는 먼 거리에서 화살을 쏘아주며 지원하는 임무만 맡겼다.

중산왕부의 모든 군병들이 죽어도 그에게는 손실이 없다. 오히려 황도를 점령한 후 전리물을 분배하는 데 있어 자국의 기마군단에게 득이 될 뿐이다.

피피핑―!

철융관 위에서 수천 발의 화살이 내리 꽂히면 동맹군 측에서는 수만 발의 화살로 응수했다.

동맹군은 성벽에 운제를 걸어놓고 죽음의 돌격을 감행했다. 황군들은 화살과 돌 더미, 끓인 기름을 부으며 기어오르는 동맹군들을 떨어뜨렸다.

동맹군 일부는 거대한 충차를 이용해 성문을 강타했다. 아홉 개 철판을 덧댄 철문이 충차에 부딪칠 때마다 굉음을 일으켰다.

펑! 펑!

동맹군 측에서 뿜어내는 거대한 발석기의 바윗덩이가 군병들의 머리 위로 오갔다. 반면 철융관의 장점은 화약을 태워 쏘아대는 철포를 수십 문이나 갖추고 있어 동맹군의 피해는 상당했다.

노회한 대장군 황보숭은 성루에서 군고를 두드리며 병사들을 독려했다.

"목숨을 걸고 싸워라— 철융관은 곧 국가와 황실의 운명이다!"

새벽부터 시작된 전투는 저녁이 되어서도 그칠 줄을 몰랐다.

찰리합은 돌격조를 사 교조로 평성해 세 시진 단위로 무자비한 돌격을 감행시켰다. 병력과 화살은 충분했다. 중산왕부의 모든 병력을 소진시킨다 해도 철융관을 함락할 수 있다면 아까울 것이 없었다.

밤이 되면서 수만 발의 불화살이 철융관 안으로 꼬리를 물며 날아들었다. 워낙 압도적인 병력의 차이라 황군들의 강력한 저항도 조금씩 수그러들었다.

찰리합은 호화로운 군막 안으로 들어서며 수하들의 도움을 받아 갑주를 풀었다.

"본좌는 잠시 쉬겠다. 목 장군이 지휘를 맡아라."

친위대장 목야달이 구유주를 받쳐 올리며 아뢰었다.

"편히 쉬십시오, 왕야. 내일 아침 해가 뜰 때까지 철융관을 함락시켜 놓겠습니다."

"황보숭을 너무 우습게 보지 마라. 비록 늙고 병들었지만 여전히 대명 최고의 장군이다."

목야달은 자신있게 응대했다.

"왕야, 이미 다섯 번을 싸워 모두 승리하지 않았습니까? 그 늙은이는 중산왕이 죽으면 본 군이 퇴각할 것이라는 그릇된 판단으로 무모한 도전을 벌일 만큼 아둔한 자입니다."

"하기는."

찰리합 역시 황보숭을 상대한 다섯 번의 전투를 모두 승리한 사실에 한껏 고무돼 있었다. 그는 구유주를 마시며 하루의 피로를 씻었다.

"어쨌든 방심은 금물이다. 중산왕이 죽자 관망하던 각 성의 무장들과 군병들이 황군을 지원하기 위해 몰려오고 있다는 첩보가 있으니 후방을 각별히 경계하라. 배후가 끊기면 자칫 고립될 수 있다."

"염려 마십시오. 오만 기마병이 진세를 갖춘 채 배후를 철저하게 경계하고 있으니 접근하는 놈들은 모두 말발굽 아래 짓밟히고 말 것입니다."

"알았다. 목 장군만 믿겠다."

찰리합은 휘장이 드리워진 침실로 들어갔다.

공성전은 밤이 깊어도 그칠 줄을 몰랐다.

공전전에 대비해 특별 훈련을 받은 돌격병들은 운제도 타지 않고 밧줄에 갈고리를 걸어 성곽 공략에 나섰다. 철융관의 성벽은 기어오르는 동맹군들로 인해 새까맣게 뒤덮였다.

충차의 위력은 대단해 육중한 성문도 거의 깨져 가고 있었다. 이제 철융관 함락은 시간문제였다.

4

　동맹군의 후방은 치열한 전투를 벌이는 전방과 달리 한가하기만 했다. 곳곳에서 화톳불이 어둠을 밝혔지만 주변 대다수의 군막에서는 등불이 꺼져 있었다.

　대다수 견융 기마병들은 망루의 보초만 믿고 깊은 잠에 빠져 있었다.

　백여 곳의 망루에서 주변을 감시하는 보초는 수백 명이나 되었지만 그들 대다수는 꾸벅꾸벅 졸고 있었다. 대명의 황군을 상대로 다섯 번을 싸워 모두 이겼으니 우쭐한 교만에 차 있는 것도 당연한 일이었다.

　간혹 순시하는 군장들이 보초들을 호명해 일깨우기도 했지만 군장들이나 보초들 모두 형식에 불과했다. 내일 아침이면 철옹성인 철융관을 함락할 것이라는 소식에 그들 모두는 벌써부터 나른한 승리감에 도취해 있었다.

　이 모든 것이 황보숭 장군에 의한 교병계(驕兵計)임을 그들은 꿈에도 생각지 못한 것이다.

　척후병을 통해 동맹군의 후방 진지의 방어 상태를 파악한 대명의 구원군들은 이미 철융관 외곽 이십 리 밖에 포진해 있었다. 강북 다섯 개 성에서 달려온 황군의 수효는 무려 십만에 달했다.

그들은 과거 초패왕을 격파한 한신 대장군의 십면매복진을 펼쳐 놓은 상태였다.

피피피핑—!

공격의 신호는 삼만 발에 달하는 불화살이었다.

밤하늘을 환하게 밝히는 불화살이 천신의 저주처럼 동맹군의 후방 군막 위로 떨어져 내렸다. 어마어마한 불화살세례에 군막이 타오르며 후방의 진영은 아수라장이 되었다.

산더미 같은 군량이 불타오르며 군마들은 미쳐 날뛰고, 자다가 봉변을 당해 깨어난 동맹군들은 갑옷도 채 갖추지 못한 상태로 황군들을 맞이해야 했다.

"와아아아!"

"오랑캐를 물리쳐라!"

"반역자들을 몰살시켜라!"

십만의 구원병이 열 곳에서 동시에 물밀듯이 진격해 왔다.

먼저 삼만의 기병이 들이닥치며 군막에서 튀어나오는 동맹군 병사들을 사정없이 베어버렸다. 뒤이어 창병들과 검병들이 뛰어들며 치열한 백병전을 펼쳤다.

전투라기보다는 학살에 가까웠다.

견융국 기병들은 채 말에 오르기도 전에 도륙되었고, 중산왕부의 군병들은 병기를 내던지며 항복을 외쳤다.

한편, 철융관 함락을 눈앞에 두고 있던 목야달은 후방에서 솟구치는 화염과 포성에 기겁을 하며 돌아보았다. 높은 누대에서 내려다보이는 후방 진지는 이미 불바다로 화해 있었다.

“허억! 야습이다!”

후방의 전령이 급히 달려와 아뢰었다.

“큰일났습니다, 장군!”

누대에서 뛰어내린 목야달이 놀란 모습으로 물었다.

“대체 어찌 된 것이냐?”

“대명의 병사들이 야습을 펼쳐 왔습니다! 얼마나 수효가 많은지 천지가 진동합니다. 아군의 상당수가 전사했습니다. 상황이 급박하니 왕야를 어서 피신시켜야 합니다!”

“이, 이런 쳐 죽일 놈들! 후방 경계를 철저히 하라 그렇게 일렀거늘!”

목야달은 주먹을 불끈 쥐며 분개했다. 하지만 멀리서 들려오는 함성 소리에 마음이 급해졌다.

그는 서둘러 찰리합의 군막으로 뛰어들었다.

“왕야— 왕야— 어서 피신하셔야 합니다!”

곤히 잠들어 있던 찰리합은 눈을 게슴츠레 뜨며 몸을 일으켰다.

“웬 소란이냐?”

목야달은 새파랗게 질린 채 아뢰었다.

“후방이 기습을 당했습니다! 자칫 퇴로가 끊길 수도 있습니다!”

“뭐야?”

침상에서 내려선 찰리합은 냅다 목야달을 후려쳤다.

“이놈! 경계를 늦추지 말라고 그렇게 일렀거늘!”

“소장의 죄는 피신하신 후 물어도 늦지 않습니다. 지금은 왕야의 안위가 우선입니다.”

"오, 오냐, 어서 채비를 갖추어라!"

찰리합이 위병을 불러들여 갑주를 걸치려 하자 목야달이 다급히 외쳤다.

"그럴 시간이 없습니다! 어서 말에 오르십시오!"

목야달은 친위대를 편성해 찰리합의 경호를 맡기고는 퇴각을 알리는 북을 울리게 했다.

둥— 두둥— 두둥—

급박한 북소리에 성벽을 공격하던 동맹군들은 황당한 표정으로 뒤를 돌아보았다. 철융관 함락을 목전에 두고 웬 퇴각 명령인가 싶었다.

견융의 군장들이 말을 타고 달려오며 사방을 향해 외쳤다.

"퇴각하라— 퇴각하라—!"

"어서 퇴각해! 후방이 무너졌다!"

공성전에 나선 병사들은 비로소 사태의 위급함을 인식하고는 일제히 성벽을 등진 채 퇴각 행렬에 동참했다.

이 순간 철융관의 수십 개 철포가 연이어 불을 뿜으며 화탄을 쏘아댔다.

"반격이다— 추격하라!"

성문이 활짝 열리며 황보숭 대장군을 선두로 황군들이 쏟아져 나오기 시작했다. 그들은 협곡을 따라 달아나는 동맹군들을 향해 화살을 쏘아대면서 추살에 나섰다.

앞뒤로 공격을 받게 된 동맹군들은 우왕좌왕하며 어떻게 대처해야 할지를 몰라 했다. 그들을 지휘할 국왕과 목야달 장군조차 보이지 않아 동맹군들의 혼란은 더욱 극심해졌다.

　그 와중에 중산왕부의 군병마저 갑옷을 바꿔 입고 황군으로 투항해 견융의 기마병들을 도륙하는 데 앞장서자 전세는 도저히 돌이킬 수 없는 상황으로 치달아갔다.

　그야말로 상상도 못할 대역전이었다.

■ 제70장
환유성은 어디로…

1

뜨거운 김이 오르는 물수건이 사내의 알몸을 타고 흐른다.

"자세히 보니 아주 매력적인 얼굴이야. 왜 이런 모습을 감추고 살았어?"

주화령은 수건을 빨아 환유성을 닦아주며 감탄에 젖고 있었다. 그녀는 한쪽 눈을 검은 안대로 가린 그의 얼굴을 빤히 들여다보며 나직한 신음을 토했다.

"한쪽 눈이 실명된 건 정말 가슴 아픈 일이야. 사물을 정확히 보는 시력을 잃었으니 얼마나 상심이 클까?"

환유성의 회복력은 놀라워 화살에 관통된 외상은 거의 아물어가고 있었다. 주화령은 그의 상처를 동여맨 붕대를 풀어주며 물수건으로 깨끗이 닦아주는 중이었다.

환유성은 한쪽 눈을 반개한 채 멍하니 천장만 응시하고 있었다. 본래 무심한 눈이었지만 애꾸가 된 후 그의 눈빛은 심연처럼 깊어져 내심을 측정하기가 정말 힘들어졌다.

예전과 달라진 것이 있다면 눈빛이 더욱 날카로워 보인다는 점이었다. 아마도 한쪽 눈에 안력이 집중된 탓이리라.

주화령은 그의 가슴과 배를 닦아주고는 사타구니 사이의 은밀한 부위로 손을 옮겨갔다.

그녀의 입가에 묘한 색기가 감돈다.

"호호, 한때는 네놈을 거세해 내시로 만들까 하는 생각도 했었다. 하지만 역시 목에 사슬을 걸고 끌고 다니는 수캐가 더 나을 것 같아 그냥 두었지."

천장을 응시하던 환유성의 눈길이 천천히 벽으로 이동했다. 벽에는 검집에 꽂힌 그의 반검이 걸려 있었다. 힘껏 손을 뻗으면 닿을 만한 위치였다.

주화령은 그의 몸 구석구석까지 닦아준 후 옷을 입혀주었다.

"검을 쥐고 싶어?"

"그래."

"정말 날 죽일 거야?"

"그래."

"날 죽이면 독고가 발작해 너도 죽게 될 텐데?"

주화령은 그를 부축해 앉히며 옥으로 장식된 요대를 채워주었다.

잘 빗겨진 단정한 머리와 화려한 비단옷을 걸쳐서인지 그의 모습은 귀공자를 방불케 했다. 권태로운 표정과 한쪽 눈을 가린 검은 안대가 다소 거슬렸지만 전신의 풍채는 의연하면서도 당당했다.

주화령은 그의 목을 얼싸안으며 볼을 비볐다.

"너처럼 훌륭한 전리품을 얻게 되다니, 정말 행복해."

"역겹다. 꺼져."

환유성은 그녀를 밀쳐 내려 했지만 그의 힘은 너무도 미약했다.

주화령은 깔깔 웃어대며 벽에 걸린 반검을 집어 들었다. 그녀는 환유성 무릎 위에 반검을 내려놓았다.

"독종새끼, 어디 자신있으면 날 죽여봐. 독고에 의해 네 심장이 뚫리는 통렬한 고통을 겪으며 죽게 될 테니까."

"……."

환유성은 반검의 손잡이를 쥐었다.

예전에는 그의 몸 일부처럼 여겨지던 반검이다. 하기에 전혀 무게를 느끼지 못했지만 지금은 반검이 천 근 쇳덩이처럼 무겁기만 했다. 검을 뽑는 데에도 손등에 푸른 힘줄이 돋아나고 중풍 환자처럼 손을 와들와들 떨어야 했다.

주화령은 그런 그의 모습을 내려다보며 간특한 웃음을 흘렸다.

"호호호. 그야말로 닭 모가지 하나 비틀 힘이 없는 백면서생이 되었구나. 이렇듯 유약해진 널 보고 누가 천하무쌍의 반검무적이라 하겠느냐?"

환유성은 이를 악물며 길지 않은 반검을 뽑아 들었다. 날도 제대로 서지 않은 평범한 장검이다. 하지만 그의 반검은 천하십대검을 능가할 명성을 지녔다.

그의 반검에 목이 베어진 자들은 하나같이 무림계를 진동시킨 절세고수들이었다.

천잔방의 일곱 수뇌 중 하나인 단비사도, 악인궁의 오대악인 중 악중잔과 악중살, 암흑마국의 금검총령, 일명 필살추혼으로 불리는 혈야회주 백병사도, 백마성의 오대마왕 중 백수마왕, 흑도대종사 격인 극검마왕, 그리고 승천하지 못한 용 중산왕 등등.

이 모든 자들을 불과 이 년 안에 해치웠다는 것 자체가 믿을 수 없는 일이었다.

근 이십 년간을 천하제일인으로 군림한 의천무제 태양천주조차 이루지 못한 업적이었다. 그런 업적은 반검이 있어 가능했으니 반검의 명성이 태양천주의 의천검이나 월영서시의 월환검을 압도한다 해도 과언은 아니었다.

환유성은 한 손만으로는 힘겨운 듯 양손으로 반검을 곧추세웠다. 순간, 싸늘한 섬광이 폭사되었다.

쐐애액—!

놀랍도록 빠른 쾌검이 전개되며 주화령의 목젖 천돌혈을 향해 뻗어나갔다. 젓가락을 쥐는 것조차 힘겨워하던 그였지만 반검이 쥐어지자 그의 몸 일부가 되어버린 것이다.

쾌검의 장점은 공력이 전혀 없어도 펼칠 수 있다는 데 있다. 물론 워낙 쇠약해진 몸이라 그의 쾌검은 과거의 절반에도 미치지 못한다. 하지만 워낙 기습적인 공격이라 웬만한 절세고수라도 피할 수 없을 만큼 매서웠다.

주화령의 눈이 충격으로 부풀어 올랐다. 그녀로서는 반폐인이 되다시피 한 그가 여전히 쾌검을 전개할 수 있으리라고는 꿈에도 생각지 못한 것이다.

팟—

환유성의 반검 끝이 주화령의 목덜미로 파고들었다. 그녀의 상처 부위에서 흘러나오는 한 방울의 피가 검신을 타고 또르륵 흐른다.

그는 심연처럼 깊은 눈빛으로 그녀를 직시했다.

그의 반검은 그녀의 두 손가락에 의해 잡혀져 있었다. 그녀는 간발의 차이로 손가락을 가위처럼 벌려 반검을 받아낸 것이다. 만일 그녀의 반응이 찰나만 늦었어도 그녀의 목은 베어졌을 것이다.

그녀는 눈에 시퍼런 독기를 뿜어내며 이를 빠드득 갈았다.

"독종새끼, 정말… 정말 날 죽이려 했어!"

그녀는 그의 손에서 반검을 뺏어 들고는 검집에 꽂았다. 검을 내팽개친 그녀는 벽에 걸린 채찍을 풀어냈다. 교룡의 힘줄을 꼬아 만든 교룡편이었다.

"진짜 죽을 뻔했잖아!"

그녀는 발작적으로 외치며 채찍을 휘둘렀다.

촤악— 촤악—

교룡편이 한번 스쳐 갈 때마다 옷이 찢기고 살점이 뜯겨졌다. 그녀의 사정없는 채찍질에 환유성은 순식간에 피투성이가 되었다. 겨우 아문 피부가 터지며 붉은 피가 홍건하게 배어 나왔다.

그는 채찍에 휘감겨 바닥으로 나뒹굴면서도 신음 소리 한 번 흘리지 않았다. 교룡편이 그의 몸에 떨어질 때마다 반사적으로 몸이 튀어 올랐지만 그의 굳게 닫힌 입술은 결코 벌어지지 않았다.

"이 미친놈! 어쩌자고 날 죽이려 했어! 내가 죽으면 넌 더욱 고통스럽게 죽는다고 그렇게 일러주었거늘!"

주화령은 피를 토하듯 외치며 피투성이로 변한 그를 더욱 모질게 매질했다.

부친인 중산왕의 죽음은 그녀에게 너무도 엄청난 충격을 안겨다 주었다. 이후 그녀의 마성은 더욱 깊어졌고 광기마저 지니게 되었다. 어떨 때는 그녀 자신이 무슨 짓을 했는지도 모를 만큼 군병들을 상대로 충동적인 살인을 저지르기도 했다.

천마혈경의 마력이 그녀를 급속히 희대의 마녀로 변화시키고 있었던 것이다.

이때 문밖에서 호표무장(虎豹武將)의 다급한 음성이 들려왔다.

"군주─ 군주─ 큰일났소이다!"

그의 음성에 불현듯 제정신을 차린 주화령은 참담하게 매질당한 환유성을 내려다보며 비명을 질렀다.

"아악!"

채찍을 내던진 그녀는 자신의 옷이 더럽혀지는 것도 개의치 않고 그를 와락 부축해 안았다.

"오, 안 돼! 안 돼… 제발 죽으면 안 돼, 유성!"

그녀는 피로 물든 그의 얼굴에 볼을 비비며 후회에 찬 눈물을 흘렸다.

"흑흑, 안 돼. 제발 죽지 마, 유성."

호표무장은 얼마나 화급을 다투는 일인지 그녀의 허락도 받지 않고 별채로 들었다.

"어서 피하셔야 합니다, 군주!"

“피하다니? 대체 무슨 소리를 하는 게냐?”

“동맹군이… 격파되었소이다.”

호표무장은 원통한 듯 고개를 떨구며 두 주먹을 불끈 쥐었다.

“뭐라? 동맹군이 격파당해?”

주화령은 환유성을 침상에 눕히고는 그와 마주 섰다.

“소상히 말해 봐라. 어서!”

“크으, 모든 것이 늙은 여우 황보숭의 책략이었소이다. 다섯 번을 싸워 패한 것은 견융 국왕과 동맹군들의 경계심을 늦추기 위한 교병계였소이다. 동맹군은 철융관을 함락시키기 위해 공성전을 펼치던 중…….”

호표무장의 보고를 듣는 주화령의 표정이 시시각각으로 변했다.

“십만 황군의 아습과 황보숭의 반격으로 동맹군은 철저하게 격파되었소이다. 견융 국왕은 도주했지만 생사가 불분명하외다. 게다가 황보숭은 만리장성을 넘을 때까지 잔당들을 모두 소탕하겠다며 전군을 이끌고 추격하고 있소이다. 어서 왕부를 떠나셔야 하오이다, 군주!”

주화령은 억장이 무너지듯 길게 탄식을 지으며 의자에 털썩 주저앉았다.

“흑… 아버님! 아버님만 생존해 계셨어도 절대 이런 일은 없었을 것을……. 그 무지한 찰리합이 또 한 번 대업을 망쳐 놓았군요.”

그녀는 아득한 절망감에 빠져 어깨를 축 늘어뜨렸다.

어제 저녁나절까지만 해도 수일 안에 황도로 주화령을 모시겠다는 찰리합의 친서를 받았기에 그녀의 상실감은 더욱 컸다.

이제 천하에 그녀가 설자리는 없었다.

반역자의 딸인 그녀에 대한 추적은 평생토록 계속될 것이다. 아마 죽는다 해도 무덤을 파헤쳐 시신을 베는 부관참시(副棺斬屍)라는 극형을 당하게 될 것이다.

"군주, 이럴 시간이 없소이다. 동맹군이 격파되었다는 소문에 왕부의 군병들마저 모두 달아나 오백 친위병들만 남은 상태외다. 어서 피하십시오."

"피하라고? 어디로… 어디로 말이냐?"

"일단은 중원을 떠나야 하오. 멀리 북방으로 피신하신 후 훗날을 도모하십시오."

호표무장은 수레를 준비하겠다며 별채를 나섰다.

주화령은 이마를 짚으며 깊은 시름에 잠겼다.

그녀의 아버지 대신 황실을 뒤엎고 제위에 오르겠다는 모든 꿈은 일장춘몽이었다. 결국 그녀의 아버지처럼 그녀에게도 천명은 오지 않았다.

그녀 역시 승천하지 못한 용이 된 것이다.

'아니야. 이대로 무너질 수는 없어. 반드시… 반드시 재기할 것이다!'

그녀는 입술을 꼭 깨물며 서둘러 떠날 채비를 갖추었다.

그녀는 의식을 잃은 환유성을 관에 담았다. 질식하지 않도록 관 뚜껑 일부는 뚫어놓았다. 환유성이 담긴 관은 중산왕의 시신을 담은 관과 함께 수레에 실렸다.

"가자!"

말에 오른 주화령은 오백 남짓한 친위병만 이끈 채 중산왕부를 떠났다. 자욱한 흙먼지가 북방을 향해 이어진다.

한데, 이들의 뒤를 따라 달려가는 한 마리 말이 있었다.

주인과 헤어진 이후 제대로 여물도 먹지 못해 비쩍 마른 회색 빛 말이었다. 본래는 잡털 하나 없는 희디흰 준마였지만 씻겨주는 사람이 없어 퇴물처럼 변한 것이다. 하지만 주화령의 일행을 추적하는 말발굽은 보기에도 경쾌했다.

그 말은 바로 대완국의 혈통을 지닌 명마 소추였다.

2

화르륵……!

거대한 중산왕부가 활활 타오르고 있었다.

주화령이 왕부가 더럽혀지는 것을 볼 수 없다 하여 불태우도록 명한 것이다. 왕부 전체를 불태우는 화염은 하늘까지 치솟아 백 리 밖에서도 볼 수 있을 정도였다.

그토록 화려한 중산왕부는 한나절이 안 돼 모두 불타 버려 을씨년스런 잿더미로 화했다.

두두두——!

한 떼의 인마가 폐허로 화한 중산왕부에 당도한 것은 잿더미 속에서 자욱한 연기가 피어오르는 저녁 무렵이었다.

"어서 찾아봐요— 어서!"

단목비연은 태양천 무사들을 재촉해 왕부를 수색토록 명했다. 하지만 잿더미로 화한 왕부의 내부는 불덩이처럼 뜨거워 무사들로서는 도저히 뚫고 들어갈 수가 없었다.

소복 차림의 단목비연은 환유성을 찾아낼 수 없자 발을 동동 구르며 안타까워했다.

"흑… 가가, 환 가가, 대체 어디 있는 거예요?"

그녀를 수행해 온 호천전주(護天殿主)가 조심스럽게 위로했다.

"소공녀, 주화령이 환 대협을 참수했다는 보고는 없었소. 그 자리에서 죽이지 않았다면 쉽게 죽이지는 않았을 것이오. 아마도 함께 어디로 피신했을 것이오."

"찾아야 돼요. 호천전주, 태양천의 전 제자들을 동원해서라도 반드시 찾아야 합니다. 환 가가는 아버님의 복수를 위해 중산왕의 목을 벤 영웅이잖아요?"

"알고 있소, 소공녀. 태양천의 모든 제자들은 환 대협의 용기와 의협심에 감복하고 있소. 그는 분명 중원의 대영웅이오. 하지만 지금은 부상을 입고 귀환하시는 소천주를 경호하러 가야 하오. 소공녀께서 갑자기 방향을 바꾸는 바람에 속하는 천후께 큰 꾸지람을 듣게 되었소."

그러했다. 그녀가 태양천을 나설 수 있었던 것은 황룡평원의 결전에서 부상당한 소천주의 귀환을 앞서 맞이하겠다고 고집을 부려서였다. 천후는 그녀를 만류할 수 없어 십대전주 중 최강인 호천전주를 같이 딸려 보낸 것이다.

소공녀는 눈물을 글썽이며 주변을 살폈다.

"난 안 가요. 환 가가를 찾을 거예요. 호천전주나 가세요."

"대체 무슨 말씀을 하시는 거요, 소공녀. 장차 태양천주에 오르실 소천주는 소공녀의 정혼자가 아니시오? 환 대협을 찾아 구출할 방법은 함께 머리를 맞대고 논의해야 할 문제요."

"안 돼, 지금 환 가가를 찾아내지 못하면 영원히 구하지 못한단 말이에요!"

단목비연이 강짜를 부리자 호천전주는 아주 난감한 표정이 되었다. 그녀만 놔둔 채 강무영을 맞이하러 간다는 것은 있을 수 없는 일이다. 그렇다고 소공녀인 그녀를 강제로 끌고 갈 수도 없는 노릇이었다.

이때, 하늘 저편에서 한줄기 인영이 바람처럼 날아들었다. 섬세한 인영의 움직임은 빛살처럼 빨랐다.

단목비연을 가로막은 호천전주는 급히 무사들에게 명했다.

"어서 진세를 갖추고 소공녀를 보호하라!"

삼백여 무사는 세 겹의 진세를 갖추며 단목비연을 겹겹이 에워쌌다.

놀라운 비행술로 날아든 인물은 막 동천으로 솟아오른 달빛을 무색케 하리만치 빼어난 절색의 여인이었다. 하늘하늘한 취의를 걸쳐 입은 그녀는 유연한 동작으로 태양천 무사들의 진세 앞에 내려섰다.

"소군 언니!"

단목비연은 환한 표정을 지으며 무사들을 밀치고 진세 밖으로 나섰다.

태양천주가 전수해 준 현허비천술로 만 리 길을 날아온 벽소군은 뜻하지 않은 만남에 단목비연을 와락 끌어안았다.

"연매!"

"오, 언니. 어쩌면 좋아. 주화령 그 계집이 가가를 죽이면 어떻게 하지?"

"아니야. 원한이 극에 달하면 원수라도 쉽게 못 죽여. 주화령이 바로 그런 상태지. 환랑의 고초가 심하겠지만… 아직 살아 계실 거야."

벽소군은 포옹을 풀고는 잿더미로 화한 중산왕부 앞에 섰다. 다가서기도 전에 후끈한 열기가 전해졌다.

"견융국의 십만 기병이 격파됐다는 소식을 듣고 바로 떠났군. 하루만 일찍 당도했어도 악녀의 도주를 막을 수 있었을 텐데."

"참, 사형은 어때? 괜찮지?"

"응, 월영서시께서 적시에 나서준 덕분에 위기는 넘길 수 있었어. 내상을 치유하며 오는 길이라 천에 당도하는 데에는 제법 시일이 걸릴 거야."

벽소군의 말에 단목비연은 호천전주에게 돌아서며 콧등에 주름을 잡았다.

"들었죠, 호천전주? 천천히 가도 늦지 않으니 환 가가를 찾는 데 협조해요. 떠난 지 얼마 되지 않은 게 분명해요. 이제라도 추격하면 충분히 따라잡을 수 있어요."

호천전주는 정색을 하며 그녀의 앞을 가로막았다.

"절대 그럴 수는 없소. 천후의 윤허가 있기 전에는 행로를 바꿀 수 없소. 소공녀는 속하와 함께 소천주를 맞이하러 가야 하오."

벽소군은 호천전주에게 포권의 예를 취하며 말을 받았다.

"안심하세요, 호천전주. 연매는 전주와 함께 떠날 겁니다."

"언니?"

단목비연이 그녀의 어깨를 툭 치자 그녀는 고개를 저었다.

"이건 연매가 나설 일이 아니야. 어서 소천주에게 가봐."

"그럼 언니 혼자 환 가가를 찾아 나설 거야?"

"연매가 꼭 해줘야 할 일이 있어. 천후께 말씀드려 천하의 모든 문파에 무림첩을 돌려 반검무적의 소재를 파악토록 해줘. 그리고 이제 전란이 끝났으니 황제께서 친히 태양천주를 위한 국상을 치를 거야. 그때 황제를 알현하게 되면 주화령에 대한 추적을 중단해 달라고 말씀드려. 황군의 추적이 심해질수록 그 악녀는 깊이 숨어버릴 게 분명해."

단목비연은 다소 난감한 표정을 지었다.

"폐하께서 내 청을 들어주실까? 주화령은 반란을 꾀한 반역자의 딸인데?"

벽소군은 확신에 찬 어조로 말했다.

"전란이 이렇듯 손쉽게 해소된 건 중산왕이 죽었기 때문이야. 환랑은 단신으로 중산왕부에 뛰어들어 중산왕을 죽인 구국의 영웅이야. 그를 살리는 길이라면 황제도 연매의 청을 들어주실 거야."

"알았어. 언니가 시키는 대로 할게."

단목비연은 그녀의 손을 쥐며 눈물로써 당부했다.

"언니, 꼭 환 가가와 함께 돌아와야 돼. 약속해."

"그래, 약속할게. 반드시 환랑을 찾아낼 거야."

단목비연이 태양천 제자들과 떠나가자 잿더미가 된 왕부 앞에는 벽소군 혼자만이 남았다.

그녀는 홀로 남게 되자 쓰러진 사자석상에 털썩 주저앉으며 소리없는 눈물을 뿌렸다. 자신의 목숨보다 소중한 연인을 생각하자 가슴이 찢어질 것만 같았다.

"환랑, 너무도 야속하십니다. 왜 그렇게 모험적인 삶을 사십니까? 당신 혼자만의 삶이 아니거늘 어찌 이리도 무심하십니까? 천하로 인해 소녀가 죽게 된다면 천하인 모두를 베겠다는 당신이 아니셨나요? 소녀를 그토록 아끼신다면… 소녀를 생각해서라도 한 번쯤 당신의 안위를 생각하셨어야죠."

그녀의 서러운 눈물은 턱을 타고 흐르며 앞섶까지 축축하게 적셨다.

한참을 오열하던 그녀는 소매로 눈물을 씻으며 겨우 마음을 가라앉혔다.

상심과 슬픔에만 젖어 있을 겨를이 없었다. 어떤 단서라도 찾아내야 한다. 주화령이 언제 심기가 변해 환유성을 참살할지도 모르는 긴박한 상황이다.

"생각해야 돼. 방법을 생각해야 돼."

그녀는 양손으로 자신의 머리를 짓누르며 생각할 수 있는 모든 방법을 떠올렸다.

역모의 주동자인 주화령은 절대 중원에 머물 수 없다. 그녀가 모든 야망을 버리고 심산유곡에 홀로 묻혀 산다면 모를까 재기의 기회를 노린다면 혼자 지낼 수는 없다. 그렇다면 황군의 추적을 피해 살 수 있는 곳은 만리장성 너머의 북방뿐이다.

장성 너머의 북방은 너무도 광대하다. 막연히 북방으로 찾아 나서는 것은 황하의 모래 속에서 좁쌀을 찾는 격이다. 게다가 그녀가 북방에 정착할 것이라는 보장도 없다. 더 멀리 신강이나 운남, 또는 서장으로 숨을 수도 있는 일이었다.

벽소군은 생각할수록 환유성과의 거리가 멀어지는 것 같아 온몸이 저려왔다. 다시는 못 만날 것 같은 불안감에 심장마저 쿵쿵 뛰었다.

그녀는 터질 것 같은 가슴을 억누르며 상아빛 치아를 붉은 입술에 박았다.

"단서를 찾아야 돼. 최소한 어느 방향으로 향했는지는 알아내야 돼."

문득 그녀는 떠오르는 생각에 눈앞이 환해졌다.

"그래, 소추! 소추가 있었어!"

허공으로 떠오른 그녀는 주변을 날아다니며 힘차게 외쳤다.

"소추ー 소추, 어디에 있어ー!"

그녀는 왕부를 중심으로 반경 십 리 이내를 떠돌며 소추를 찾아 헤맸다. 환유성이 하던 식으로 휘파람을 불어보기도 했다. 하지만 소추의 모습은 어디에도 보이지 않았다.

잠시 낙담한 그녀는 다시 생각을 모았다.

"소추는 아주 영리해. 주인에 대한 충성심도 대단하고. 게다가 뛰어난 후각까지 지녀 환랑이 있는 곳이라면 지옥까지라도 찾아갈 정도야."

영특한 그녀는 눈빛을 반짝이며 고운 손을 꼭 쥐었다.

"그래, 소추는 환랑을 쫓아간 게 틀림없어."

생각이 여기에 미치자 그녀는 암흑 속에서 한줄기 횃불을 본 듯 부푼 희망을 갖게 되었다.

"소추는 환랑의 소재를 확인한 후 돌아올 거야. 누군가에게 도움을 요청하러 오겠지. 하지만 어떻게 소추를 찾지?"

그녀는 팔짱을 낀 채 서서히 식어가는 왕부의 잿더미 앞을 거닐었다. 오래지 않아 그녀는 그 해답을 찾아낼 수 있었다.

"그래, 그곳일 거야. 일전에 환랑이 연매를 구하기 위해 백마궁 마왕들과 싸우다 죽을 뻔했지. 그때 강 공자가 환랑을 구하면서 소추의 등에 매주었다고 했어. 소추는 환랑을 등에 업고 그곳으로 달려갔어. 한혈보마의 원산지는 대완국이고, 그녀 또한 소추와 같은 동향이라 했어."

그녀는 섬서성 장안을 향해 몸을 날렸다. 그녀는 확신에 찬 어조로 나직이 뇌까렸다.

"장안제일기녀 옥잠화!"

3

대륙을 뒤흔든 폭풍은 지나갔다.

보국대장군 황보숭의 뛰어난 지략으로 견융의 십만 기병은 거의 전

멸했다. 장성을 너머 살아 돌아간 자가 수천에 불과할 정도였으니 견융의 패배는 참담하기 이를 데 없었다.

견융 국왕 찰리합을 추살하지 못한 것이 통한이었지만 모든 병력을 잃은 그는 이미 이빨 빠진 호랑이에 불과했다.

견융으로 무사히 귀환한다 해도 그가 재기할 입지는 사라진 것과 진배없는 일이었다. 견융의 전사들을 몰살시킨 찰리합은 부족장들의 회의에서 제거될 것이 확실하다.

대역죄인 중산왕의 딸 주화령이 골칫거리였지만 왕부를 불태우고 사라진 그녀의 행적은 오리무중이었다.

중신들은 십만의 추격대를 편성해 주화령의 추살을 강력히 건의했지만 금상황은 단목비연의 청을 받아들여 추적을 금하는 영을 내렸다.

대신 구국의 영웅 반검무적 환유성을 구출해 오는 자에게 황금 일만 냥과 만호후에 봉한다는 엄청난 포상을 내걸었다.

또한 환유성은 원치 않게도 요동무후(遼東武候)라는 관작에 봉해졌다. 평민인 그가 일약 후작의 직위에 올랐으니 이는 대명의 역사에도 드문 기록이었다.

후작의 작위는 각 성(省)의 군권을 담당하는 장군에 버금간다.

국난뿐 아니라 무림의 결전도 어느 정도 해소되었다.

태양천주의 타계 후 중원으로 들어선 월영서시가 황룡평원에 월영궁을 세우게 되면서 새황무림의 위협은 사라졌다. 갑작스레 모습을 감춘 암흑마국의 존재가 여전히 불씨로 남아 있었지만 새황무림을 물리친 이후 백도무림은 모처럼 활기에 차 있었다.

태양천은 십절예화 위지운설이 천주를 대신해 천을 관장하게 되었다. 소천주인 강무영이 태양천주에 오르는 것을 한사코 고사했기 때문이다.

위지운설은 추대식을 거행하면서 태양천주를 살해한 영호찬을 오체분시의 극형에 처했다. 영호찬의 시체는 들판에 버려져 짐승들의 밥이 되었다.

그는 최후까지 자신의 결백을 주장했지만 아무도 그의 결백에 동조하지 않았던 것이다.

위지운설은 중산왕을 살해한 환유성의 공적에 대해서는 그다지 높게 평가하지 않았다. 중산왕이 태양천주의 암살을 사주했다는 명백한 증거가 없다는 이유에서였다.

그녀가 태양천을 관장하면서 태양천의 광명은 다소 빛을 바랬다. 그것은 그녀의 역량에 한계가 있기 때문이기도 했지만 외부적 요인이 더 컸다. 사천성에 세워지기 시작한 월영궁의 달빛이 더 강렬했기 때문이다.

4

장안의 밤은 초여름으로 접어들면서 점점 무더워지고 있었다.

날이 더워지면 여인들의 옷은 가벼워지기 마련이다. 특히 취객들을 맞이하는 기녀들의 옷차림은 더욱 그러했다. 은밀한 부위만 가린 단의

가 훤히 드러나 보일 망사 차림의 기녀들은 취객들을 유혹하는 데 그만이었다.

장안제일의 기루 원앙각은 전란이 종식된 후부터 과거의 영화를 되찾아가고 있었다. 그동안 멀리했던 술자리를 가지려는 고관대작들과 부호들의 빈번한 방문으로 연일 초만원을 이루고 있었다.

한 가지 아쉬운 일은 장안제일의 기녀가 머무는 벽향원이 여전히 문을 닫고 있다는 점이었다.

간간이 벽향원의 담장 너머로 그녀의 신에 이른 탄금(彈琴)이 연주되고 꾀꼬리 같은 노랫소리가 들려오기는 하지만 손님 접대는 일체 하지 않는다.

그 이유를 아는 사람은 원앙각주 홍예화와 벽향원의 주인 옥잠화 둘뿐이었다.

쏴아아……!

여름밤의 열기를 식혀주는 장대비가 쏟아지고 있었다. 쏟아지는 빗방울을 이기지 못하고 빗물에 섞여 떨어지는 꽃잎들이 스러짐을 아쉬워하며 소리없는 아우성을 지른다.

활짝 열린 월창(月窓)을 통해 정원을 내다보고 있는 여인은 한 폭의 선녀도처럼 아름답다.

신비로운 푸른 벽안과 황금빛이 반지르르 흐르는 금발은 중원에서도 드문 이국의 미녀다. 정원의 잔디를 흥건하게 적시는 비를 응시하는 여인의 눈빛은 쓸쓸한 감상에 젖어 있었다.

주사를 바른 듯 붉은 입술이 열리며 천상의 옥음이 흘러나온다.

쏟아지는 저 비는 안개인가 달빛인가.

진회에서 묵는 밤 술집관 이웃.

망국의 원한을 모르느냐, 계집아.

강 건너서 들려오는 후정화(後庭花) 노랫소리.

당대의 명시인 두목(杜牧)의 칠언절구가 절세가인의 입에서 흘러나오자 애절한 노래처럼 들린다.

그녀는 바로 장안제일의 기녀 옥잠화였다.

그녀는 환유성의 충고대로 태양천주를 애도하기 위한 소복은 벗었지만, 그가 중산왕을 죽인 후 생사불명이 되었다는 소식에 차마 손님을 상대로 웃음과 노래를 팔지는 못했다. 가슴의 아픔을 음률에 담아 실어 보내고, 노래에 담아 흘려보내는 것으로 상심을 씻어야 했다.

그녀가 쏟아지는 비를 응시하다 실의에 젖어 막 몸을 돌릴 때였다.

이히히힝—!

한 필의 말이 벽향원의 높은 담장을 뛰어넘어 안으로 들어섰다. 얼마나 전력을 다해 뛰어왔는지 전신 가득 피 같은 땀이 흘러내리고 있었다.

"오, 소추!"

옥잠화는 왈칵 눈물을 쏟으며 방문을 밀치고 정원으로 나섰다. 쏟아지는 비에 옷이 흠뻑 젖었지만 그런 것을 생각할 계제가 아니었다.

그녀는 다가서는 소추를 와락 끌어안으며 볼을 비볐다.

"네가 왔구나. 너만 기다렸단다, 소추."

소추는 기력이 탈진한 듯 흰 거품을 물며 털썩 무릎을 꺾었다.

"소추?"

옥잠화가 놀라 외치자 내실에서 두 개의 인영이 튀어나왔다.

"건드리지 말아요, 옥 언니!"

소추 옆으로 내려선 두 남녀는 벽소군과 강무영이었다. 벽소군은 소추의 상태를 살피고는 혈맥을 찾아 추궁과혈을 해주었다.

"다행히 부상은 아니군요. 워낙 먼 길을 쉬지 않고 달려와 탈진했을 뿐이에요."

"그런 몸으로 비를 맞으면 좋지 않을 텐데……."

강무영이 우려하자 옥잠화가 여홍과 소청을 불렀다. 그녀는 두 시비에게 천막을 가져오도록 지시했다. 두 시비가 천막을 세울 재료를 가져오자 강무영은 쓰러진 소추 주변에 말뚝을 박고 천막을 세워 비를 막아주었다.

소추가 찾아올 것을 대비해서인지 건초와 여물도 준비돼 있었다.

강무영은 몸을 낮춰 앉아 소추의 어깨를 다독여 주었다.

"벽 소저의 예상대로 소추가 찾아와 주었으니 이제 환 형을 구할 수 있게 되었소."

"옥 언니 덕분이에요. 소추가 안심하고 찾아올 수 있는 곳은 벽향원 밖에 없죠."

벽소군은 옥잠화의 손을 쥐며 사례를 표했다.

"소추가 회복되는 대로 떠나겠어요. 중산왕부를 떠난 지 달포가 지나서 돌아왔으니 아주 먼 곳에서 온 게 틀림없어요."

"소군, 꼭 환 공자를 구해주세요."

옥잠화가 눈물을 글썽이자 벽소군은 힘있게 고개를 끄덕였다.

"염려 마세요, 언니. 환랑은 반드시 살아 계실 겁니다. 그분이 돌아가셨다면 소추도 돌아오지 않았을 거예요."

곧 이어 내실의 문이 활짝 열리며 의독성수가 튀어나왔다. 그는 얼큰히 취한 모습으로 비틀비틀 다가섰다.

"뭐야, 소추가 왔다고? 어디 보자."

그는 소추의 목덜미 맥을 짚어보고는 주머니를 뒤져 약병을 하나 꺼냈다.

"이 약을 먹고 한잠 푹 자면 회복될 수 있어."

벽소군이 눈썹을 치켜 올리며 핀잔을 주었다.

"약이 확실한지 다시 한 번 살펴보세요. 허구한 날 술에 절어 지냈으니 독약인지 약인지 분간할 수 있겠어요?"

"히힛, 내가 누구냐? 천하제일의 의독성수가 아니냐?"

네 사람은 여홍과 소청에게 소추를 돌보게 하고는 내실로 들어섰다.

벽소군은 먼 길에 대비해 행장을 꾸렸다.

"성수 선배님이 동행해 주신다니 감사할 따름입니다. 하지만 이제부터는 금주입니다. 약조를 못 지키겠다면 그만두세요."

"소군아, 유성 아우는 사악한 악인궁 괴수들로부터 두 번씩이나 노부를 구해준 은인이다. 내 평생 그토록 부담스런 빚은 처음이지. 약조는 확실히 지키겠다."

강무영은 옥잠화를 향해 포권지례를 취해 보였다.

"너무 오랫동안 벽향원에 머물면서 옥 소저에게 큰 신세를 졌소."

"그런 말씀 마십시오, 소천주. 소녀는 죄인의 몸이라 부끄럽기만 합니다."

"아니오. 사부님께서 타계하신 일에 옥 소저는 전혀 무관하오. 이번에 환 형을 구할 수 있다면 모두 옥 소저의 공이오."

"말씀만으로도 고맙습니다, 소천주."

옥잠화는 그의 따뜻한 배려에 감격해 깊숙이 허리를 굽혔다.

5

두두두두─!

기력을 회복한 소추는 의독성수를 태운 채 놀라운 속도로 달려가고 있었다. 의독성수는 나는 듯이 달려가는 소추의 주력에 연신 탄성을 발했다.

"허어, 대완산 한혈보마 중에서도 최상급이로다. 내 반드시 암말을 하나 구해 네 씨를 받아야겠구나."

약간 뒤처져 강무영과 벽소군이 비행술을 펼치며 따르고 있었다. 웬만한 준마로는 소추를 따라잡을 수 없기에 말을 타고 갈 수가 없었기 때문이다. 의독성수는 그들 둘에 비해 워낙 경공술이 못 미처 소추를 타고 가야만 했다.

벽소군은 다소 우려의 눈빛으로 강무영을 바라보았다.

"천후께서 이번 행보를 탐탁지 않게 생각하시는데, 괜찮겠어요?"

"환 형을 구하는 건 의리와 우정 때문만이 아니오. 난 환 형을 절대적으로 믿소. 환 형이 중산왕부를 찾아간 건 중산왕이 사부님의 살해를 사주했음을 확신했기 때문이오. 환 형은 나를 대신해 사부님의 복수를 해주었소. 그런 그를 구하는 건 태양천의 제자로서 당연히 나서야 할 도리요.”

강무영은 소추가 점점 멀어지자 속력을 높였다.

“자, 서두릅시다.”

벽소군은 앞서 날아가는 강무영을 응시하며 잠시 고민에 빠졌다.

‘우리가 중원을 떠난 것을 알면 월영서시는 분명 태양천을 압박해 올 거야. 무림의 해와 달이 부딪치면 대혼란에 빠질 텐데 정말 큰일이군. 암흑마국의 잠재력은 새황무림 전체를 합친 것보다 강해. 해와 달이 협력해도 감당하기 어려울 상황인데 분란이 일어난다면 중원은 자칫 멸절의 위기를 당할 수 있어.’

천하에서 월영서시의 속내를 알고 있는 사람은 그녀뿐이다.

‘환랑을 무사히 구해올 때까지 제발 아무 일이 없기를 바랄 수밖에.’

그녀는 길게 한숨을 쉬며 강무영의 뒤를 따랐다.

두두두두—!

소추는 한번 속도가 붙으면 탈진이 될 때까지 달렸다. 전신에 피 같은 땀을 흘린 후 쓰러져서는 한동안 일어나지 못했다. 세 사람은 그때야 비로소 휴식을 취하고 건량으로 끼니를 때울 수 있었다.

기력을 회복하면 약간의 여물과 물로 배를 채우자마자 소추는 다시 달려갔다. 주인을 향한 충성심은 실로 눈물겨울 정도였다.

벽소군은 변방의 다양한 언어에도 능통했지만 불행히도 말과는 대화를 나눌 수 없다. 하기에 소추가 어디를 향해 달려가는지 도통 알 수가 없었다. 그저 묵묵히 소추의 뒤를 따를 뿐이었다.

벽소군은 한층 가까이 다가서는 서역의 하늘을 올려다보며 간절히 기원했다.

'환랑, 우리가 가고 있어요. 제발 살아 계셔야 합니다.'

■ 제71장

고금에 없는 괴사

1

천산(天山)은 대륙의 지붕으로 일컫는 웅장한 산이다.

신강 땅에 위치한 칠천 리 산세는 하나하나 수려하기 짝이 없다. 높은 능선에는 한여름에도 만년설이 덮여 있고, 계곡마다 피어오르는 자욱한 안개는 가히 하늘의 산이라 불릴 만큼 신비롭기까지 하다.

천산은 중원의 서단인 옥문관에서 팔천 리는 떨어진 곳으로 새황에서도 변방에 속하며 회족과 위구르족의 터전이다. 봄부터 가을까지는 진초록의 풀들이 능선과 완만한 구릉을 따라 수북이 자라기에 수많은 방목장이 천산 주변에 널려 있다.

얼마 전 중원에서 넘어온 대부호가 천산 동쪽의 수십 개 방목장을 모두 사들여 사유지로 삼았다.

대부호를 따라온 한족의 무사들은 토착민을 고용해 길게 방책을 쌓고 망루를 세워 사유지의 침입을 엄격히 제한했다. 힘으로 빼앗은 것이 아닌, 막대한 재보와 금은을 뿌려 땅을 차지했으니 위구르족으로서는 뜻하지 않은 횡재를 한 셈이라 굳이 그들과 충돌을 벌일 이유가 없었다. 게다가 그들은 위구르족의 풍습까지 순순히 따라주었기에 토착민들은 풍요를 가져다 주는 반가운 이방인으로 그들을 대했다.

천지(天池)는 지상에서 육백 장 높이에 있는 고원에 형성된 천연 호수이다. 봄부터 녹기 시작한 빙하수 맑은 물이 호수를 채우면서 여름이면 하늘을 고스란히 담을 만큼 거대한 호수가 형성된다.

천지에서 흘러내리는 물줄기가 계곡 곳곳에 수많은 폭포수를 형성하는데, 용이 승천하는 모습의 장대한 승룡폭(乘龍瀑)은 그렇게 만들어졌다.

콰르르릉……!

소로 떨어지는 물기둥으로 인해 자욱한 물보라가 피어오르며 햇살이 반사돼 형형색색의 빛깔을 발한다. 자연이 빚어내는 조화는 실로 환상 같은 절경이 아닐 수 없었다. 토착민들의 전설에 의하면 하늘나라의 선녀들이 승룡소(乘龍沼)로 내려와 목욕을 하는 바람에 그런 서기가 발한다고 한다.

한데 그것은 단지 전설이 아니었다.

"호호호……."

시리도록 푸른 소 안에서 한 선녀가 알몸으로 활기차게 수욕을 즐기고 있었다.

풍만한 젖가슴을 훤히 드러낸 채 수욕을 즐기는 여인은 선녀치고도 너무 아름다웠다. 피부는 옥처럼 투명했고 미려한 이목구비는 완벽 그 자체였다. 한 가지 큰 흠이라면 한 팔이 어깨서부터 잘려 있다는 점이었다.

"아, 시원해."

여인은 물고기처럼 유연하게 수면을 미끄러지며 소의 가장자리로 이동했다.

"수캐, 너도 들어와."

소 옆의 나무 그늘 아래 한 사내가 웅크린 채 앉아 있었다. 심연처럼 깊은 애꾸눈의 청년이었다.

흩어진 머리카락은 얼굴을 절반이나 가리며 길게 늘어졌다. 그의 목에는 금빛으로 빛나는 금테와 쇠사슬이 매어져 있어, 흡사 사육당하는 짐승처럼 보였다.

"독종새끼, 들어오라고 했지!"

여인은 표독스럽게 외치며 소 위로 올라섰다. 물기가 흘러내리는 나신이 햇살을 받아 백옥의 조각상처럼 빛난다. 농염함이 넘쳐흐르는 여체는 색기로 가득해 돌부처도 유혹할 정도였다.

그녀는 바위에 박아놓은 쇠말뚝에 감겨 있는 쇠사슬을 홱 잡아끌었다.

"욱!"

쇠사슬이 숨통을 조여오자 청년은 맥없이 끌려 나왔다. 여인은 쇠사슬을 휘둘러 청년을 소 안으로 처넣었다.

첨벙!

물속으로 던져진 청년은 이내 팔을 놀려 물가로 헤엄쳐 나갔다.

"아직 멀었어!"

여인은 청년이 평석 위로 올라서려 하자 재차 쇠사슬을 휘둘러 다시 물속으로 청년을 빠뜨렸다. 그녀는 상대의 고통과 아픔을 몹시 즐기는 듯 자맥질을 치며 빠져나오려는 청년을 내려다보며 호들갑스런 웃음을 터뜨렸다.

"호호호! 난 너만 보면 즐거워, 환유성 이 원수야!"

그러했다. 나신을 고스란히 드러내고도 전혀 부끄러워하지 않는 이 여인은 바로 화옥군주 주화령이었다. 그녀는 중산왕부를 불태운 후 멀리 북방을 관통해 천산에까지 이른 것이다.

중산 땅에서 이만 리나 되는 머나먼 변방에 당도해서야 그녀는 비로소 안심할 수 있었다.

대명의 토벌군도 예까지는 쳐들어오지 않으리라 확신했다. 설사 추격병이 있더라도 언제라도 천산 깊숙이 숨을 수 있으니 그녀로서는 최적의 피신처였던 것이다.

주화령은 다시 쇠사슬을 홱 끌어당겼다.

끄집어 올려진 환유성은 평석 위에 털썩 떨어져 내렸다. 겉보기에 그의 외상은 거의 치유되었다. 무수한 화살에 관통된 사람으로는 도저히 생각되지 않을 만큼 그의 회복 속도는 기적에 가까웠다.

주화령은 그것을 두려워했다. 하지만 결코 그를 죽일 생각은 없었다. 평생토록 그를 학대하고 고통을 주는 것이 그녀의 유일한 즐거움이었기 때문이다.

그녀는 그의 팔대요혈에 화살촉 같은 금맥침(禁脈針)을 박아놓았다. 어떠한 경우에도 공력을 회복하지 못하게 하려는 조치였다. 확실한 건 그의 두 팔을 베는 일이었지만 그것은 너무 싱거운 보복이었다.

그에게 실낱같은 희망은 주어야 한다. 그래야 그가 좌절과 실의에 빠져 자결하는 불상사가 없기 때문이다. 이런 아슬아슬한 모험은 간간이 그녀를 두렵게 했지만, 그를 통해 얻는 쾌감과 희열은 이루 표현할 수 없을 정도였다.

그녀의 가문을 박살 냈고, 그녀의 부친을 죽였으며, 그녀의 야망까지 말살한 그였기에 그녀의 가슴에 사무친 원한은 하늘보다 높았다. 만일 그를 통해 마음속 한을 조금씩 풀지 못했다면 그녀는 미치광이가 되었을 것이다.

"호호. 독종새끼, 너도 시원하지?"

그녀는 그의 몸 위에 걸터앉으며 그의 옷을 벗겨냈다. 물에 젖어 잘 벗겨지지 않는 그의 옷은 그녀의 모진 손끝에서 갈기갈기 찢겨져 나갔다.

그녀는 이미 알몸이었기에 벌거벗은 두 남녀는 이내 밀착되었다.

이것은 남녀의 쾌락 어린 교합이 아니었다. 여인의 강권으로 치러지는 일방적인 능욕이었다.

한 달도 넘는 강행군 속에서도 그녀는 틈만 나면 그를 상대로 욕정을 해소했다. 자신을 거부한 그를 능욕하는 일은 그녀에게 너무도 커다란 희열과 만족감을 주었다.

그녀는 천마혈경을 속성으로 성취하기 위해 숱한 사내들을 상대로 교접을 벌이며 정혈을 흡수했지만, 이렇듯 지극한 환희와 쾌락은 처음이었다.

"아아… 이 원수! 널 죽일 때까지 괴롭힐 거야!"

환유성의 몸 위에서 몸부림치던 그녀는 광적인 신음 소리를 토해냈다. 그녀는 미친 듯이 그의 귀를 깨물고 몸을 마구 할퀴었다.

그녀의 평퍼짐한 엉덩이가 연신 들썩인다.

"난 네 아이를 낳을 거야. 네가 죽게 되면 그 아이를 상대로 괴롭힐 거야. 호호, 생각만 해도 너무 즐거워."

"……."

"그 아이의 목에도 사슬을 묶어 짐승처럼 키우겠어."

"미친년. 네가 낳은 아이한테 그럴 수 있을 것 같으냐?"

"호호, 네 더러운 피를 받은 아이일 뿐이다."

주화령은 사악한 눈빛을 발하며 그를 직시했다.

"호호, 두려우냐? 그래, 느낄 수 있어. 네놈한테도 두려움이란 게 있는 줄은 처음 알았어."

"……."

환유성은 누운 채 무심한 눈빛으로 그녀를 올려다볼 뿐이었다.

그녀는 지극한 희열에 젖어 눈물까지 글썽거렸다. 한껏 만족감에 취한 그녀는 가쁜 숨을 몰아쉬다 갑자기 그의 목을 조이기 시작했다.

"나쁜 놈, 너 때문이야! 너 때문에 모든 게 엉망이 됐어!"

광기와 색정에 번들거리는 그녀의 눈에 강렬한 살기가 피어올랐다. 그녀의 긴 손톱이 금테가 둘러진 환유성의 목 위로 파고들었다.

지독한 질식감에 그의 몸이 본능적으로 한 번 진저리를 쳤지만 그는 끝내 손끝 하나 까딱하지 않았다. 몸은 살고자 몸부림을 치려 했지만 그의 의지는 그것마저 제어했다. 스스로 자결하는 것은 그의 자존심이 허락치 않는 일이지만, 그녀가 죽이려 한다면 기꺼이 수긍할 그였던 것이다.

"아앗!"

순간 제정신을 차린 주화령은 환유성이 눈을 까뒤집은 채 허연 거품을 뿜어내자 기겁하며 몸을 일으켰다.

"유성— 유성!"

그녀는 그의 뺨을 세차게 때리며 흔들었다. 그러나 이미 기도가 막힌 듯 그의 몸은 뻣뻣하게 굳어가고 있었다.

"안 돼! 안 돼—!"

절망스럽게 부르짖는 그녀의 절규가 승룡폭의 벼랑을 사정없이 뒤흔들었다.

2

천산 준령의 계곡 안에 세워진 목조 전각은 급조된 탓으로 실내는 나무진이 풍겨내는 냄새가 코를 찔렀다.

환유성은 주화령이 애써 노력한 덕분에 겨우 숨이 끊어지는 횡사를 면할 수 있었다. 파랗게 변색된 그의 안색에 조금씩 푸른 기운이 가셨다. 그녀로서는 가슴을 쓸어 내릴 만큼 다행스런 일이 아닐 수 없었다.

"오, 유성. 네가 죽는 줄 알았어."

주화령은 그의 뺨에 얼굴을 비비며 눈물을 글썽였다.

"네가 죽은 세상은 상상하기도 싫어. 아마 난 절망할 거야."

그녀는 그의 입술에 연신 입을 맞추며 그의 회생을 기뻐했다. 하지만 오래도록 숨이 막혀서인지 그의 의식은 쉽게 회복되지 않았다. 그의 혈관을 타고 흐르던 생명지기도 다시 간헐적으로 끊어져 그녀의 심장을 덜컥 내려앉게 만들었다.

그녀는 그를 너무 심하게 학대한 일을 후회했다.

그녀와 교접을 가진 사내는 순식간에 정혈이 고갈되고 만다. 한데 천산에 거처를 정하면서 그녀는 하루에도 수차례나 그를 상대로 교접을 벌여왔다. 아무리 건장한 사내라도 그녀의 채양보음술을 감당키 힘든 상황인데 내상까지 입은 그로서는 생명지기까지 빨려 나간 상태였던 것이다.

"안 돼! 절대 죽게 내버려 둘 수는 없어."

그녀는 비수를 집어 들고 그의 팔대요혈 속에 박힌 금맥침을 하나하나 뽑아냈다. 일단 기의 흐름을 원활하게 소통시키는 것이 중요했다. 화살촉 같은 금맥침이 모두 바닥에 떨어지며 환유성의 금제가 해소되었다.

"아, 이래도 깨어나지를 않아."

주화령은 그를 내려다보며 발을 동동 굴렀다. 그는 그녀에게 있어 너무도 소중한 존재이기에 그를 잃는다는 건 자신의 목숨을 잃는 것과 진배없는 일이었다.

그녀는 침상가에 걸터앉아 추궁과혈을 해주었다.

장심을 통한 막강한 공력이 그의 체내로 스며들면서 그의 생명지기가 조금씩 요동치기 시작했다. 그녀의 내공 수위는 이백 년에 달해 세상에 적수가 없을 정도였다.

한 식경 정도 추궁과혈이 진행되자 그의 맥이 힘차게 뛰기 시작했고 심장의 박동도 규칙적으로 움직였다.

"후우, 이제 됐어."

주화령은 겨우 안도의 한숨을 내쉬며 소매로 이마의 땀을 닦았다. 그녀가 남을 위해 이토록 헌신적인 노력을 기울이기도 처음이었다. 그녀는 마치 죽어가는 남편을 살린 듯 감격에 젖었다.

감격도 잠시 일순 그녀는 기이한 불길함에 휩싸였다.

자신의 목줄기로 파고드는 차디찬 한기를 느낀 것이다. 이어 섬뜩한 섬광이 그녀의 시야를 어지럽혔다.

"……?!"

등골이 오싹해진 그녀는 본능적으로 호신강기를 펼쳤다.

퍼억!

목줄기로 파고드는 극렬한 고통과 함께 그녀는 정신이 아득해졌다. 기도를 관통한 쇠붙이로 인해 숨을 쉴 수가 없다. 전신이 무기력해지며 육신을 벗어나려는 영혼의 몸부림에 온몸이 와들와들 떨린다.

고통과 충격으로 부릅떠진 그녀의 두 눈은 비로소 사태를 파악하게 되었다.

누운 채로 손만 뻗은 환유성이 천천히 몸을 일으켜 앉고 있었다. 자신의 눈으로 볼 수는 없었지만 그의 손에 쥐어진 것이 비수임을 그녀는 본능적으로 알 수 있었다. 환유성의 팔대요혈에 박힌 금맥침을 제거하고 침상가에 그냥 놔둔 그 비수였다.

참으로 믿을 수 없는 대반전이었다.

환유성은 그녀의 목에 비수를 꽂았지만 그 스스로도 놀란 눈치였다.

주화령을 살해한 것은 그의 의지와 전혀 무관했다.

그는 심한 질식에 혼수상태에 빠져 있다가 겨우 정신을 차렸다. 그 순간 그의 손에 비수가 쥐어졌고 그는 본능적으로 비수를 뻗어냈을 뿐이다.

비록 그의 체력이 극도로 쇠잔해 있었지만 그의 쾌검 능력은 여전히 천하제일이었다. 젓가락 하나 들 정도의 힘만 있으면 펼쳐 낼 수 있는 절기가 바로 쾌검이기 때문이다.

본래 주화령의 목이 베어졌어야 했지만 한 뼘도 안 되는 비수이기에 그녀의 목을 베지는 못했다. 하지만 겨누지 않은 채 비수를 뻗어냈어도 그는 정확히 그녀의 천돌혈을 꿰뚫을 수 있었다.

"넌 내 손에 죽는다고 했지? 그 시기가 생각보다 조금 빨리 왔군."

환유성이 비수를 쥔 손을 놓자 주화령은 썩은 통나무처럼 침상 아래로 떨어져 내렸다. 천돌혈에 꽂힌 비수 때문에 비명 소리 한 번 지르지 못했다.

환유성은 대충 옷을 걸쳐 입고는 벽에 걸린 반검을 끄집어내 등에 멨다. 자신의 분신 같은 반검을 몸에서 떼어놓은 지가 족히 세 달은 된 듯싶었다.

그는 주화령의 허리춤에서 태아검을 뽑아 들고는 자신의 목에 둘러진 금테를 잘라냈다. 태아검의 예기가 워낙 날카로워 목 언저리까지 베어졌다.

환유성은 목에 비수를 박은 채 죽어 있는 주화령을 내려다보았다. 눈을 부릅뜬 채로 죽어 있는 그녀의 모습은 끔찍하기 이를 데 없었다. 얼마나 심한 공포와 충격 속에 죽었는지 그녀의 표정은 발작하기 직전의 모습이었다.

"죽은 계집의 목까지 벨 필요는 없겠군."

그는 검을 던지며 몸을 돌렸다. 그의 손에서 떨어진 태아검은 손잡이만 남긴 채 바닥에 푹 꽂혔다.

그는 천천히 목조 전각을 나섰다.

주화령이 대동한 오백의 친위병은 드넓은 경계지 곳곳에 배치돼 있었고 계곡 내에는 백 명 정도가 있을 뿐이었다. 번을 서고 있던 군병 하나가 전각을 나서는 환유성을 보고는 눈을 커다랗게 떴다.

"어엇?"

그는 자신이 잘못 보았나 싶어 눈을 비비며 다시금 환유성을 직시했다.

틀림없이 중산왕을 살해한 환유성이다. 주화령이 쇠사슬을 이끌고 나설 때에만 모습을 보인 그였다. 한데 그가 홀로 나왔다. 목에 둘러진 금테도 없고 쇠사슬도 없었다. 게다가 버젓이 반검까지 등에 메고 있다.

"아, 아니?!"

"이, 이게 대체 어찌 된 일이지?"

비로소 그를 발견한 십여 명의 군병들은 기겁을 하며 뒤로 물러섰다.

그들에게 있어 환유성은 사신(死神) 그 자체였다. 오천 군병의 공세 속에서 기어코 중산왕을 척살한 그의 무공은 꿈에서도 접하기 두려운 공포였던 것이다. 그가 무심하게 군병들 사이를 지나치자 군병들은 비로소 제정신을 차렸다.

친위군장 하나가 전각 안으로 들어서며 주화령을 찾았다.

"군주— 군주— 환유성이란 놈을 보내시는 겁니까?"

내실 안에서 아무런 대답도 들려오지 않았다.

친위군장은 주화령의 매서운 성깔을 알기에 함부로 내실로 들어서지 못하고 다시 아뢰었다.

"군주, 환가 놈이 나가고 있습니다!"

여전히 응답이 없자 친위군장은 길게 숨을 들이키고는 내실의 문을 열고 들어섰다. 순간, 그는 전신의 피가 싸늘하게 얼어붙고 말았다.

주화령은 이미 죽어 있었다. 목에 비수가 박힌 채 눈을 부릅뜬 그녀의 시체는 보기에도 끔찍했다.

"아아악!"

비명을 지르며 뛰어나온 친귀군장은 미친 듯이 외쳤다.

"군주께서 돌아가셨다— 놈이 군주를 살해했다—!"

난데없이 곡 내에 소란이 일어나며 비상을 알리는 종소리가 요란하게 울려 퍼졌다.

자신의 처소에서 휴식을 취하고 있던 호표무장이 급히 튀어나왔다.

그는 전각 앞으로 달려오며 외쳐 물었다.

"대체 무슨 일이냐? 황군의 토벌군이라도 당도한 것이냐?"

너무도 놀란 친위군장은 턱을 덜덜 떨며 전각을 가리켰다.

"군주… 군주께서……."

"그래, 군주께서 어찌 되셨단 말이냐?"

호표무장이 답답하다는 듯 묻자 옆에 선 군병이 대답했다.

"군주께서… 살해되셨다 합니다."

"뭐라고?!"

호표무장은 문을 왈칵 밀치며 전각 안으로 들어섰다.

군병의 보고는 사실이었다. 목 깊이 비수가 박힌 주화령은 눈을 부릅뜬 채 석상처럼 굳어 있었다.

호표무장은 이마를 짚으며 비틀비틀 물러섰다.

"허억! 이럴 수가!"

들어선 친위군장과 군병들이 아우성을 쳤다.

"환가 놈의 짓이 분명합니다!"

"잠시 전 전각을 나서는 것을 속하들이 분명히 보았습니다!"

"어, 어찌해야 합니까, 장군님?"

호표무장은 허리춤의 칼을 뽑아 들었다.

"죽여라!"

그는 휘하 군병들을 대동한 채 급히 계곡 입구로 달려갔다.

휘이잉……!

계곡을 타고 불어오는 바람에 월창의 휘장이 심하게 나부낀다. 바람결에 주화령의 나삼이 가볍게 흔들린다.

한데 참으로 믿을 수 없는 괴사가 발생했다.

그녀의 목 깊숙이 박힌 비수가 조금씩 뽑혀지고 있는 것이 아닌가. 붉은 피가 배어 나오며 그녀의 목에 꽂힌 비수가 서서히 솟아오르더니 쨍그랑 바닥으로 떨어졌다.

"콜록콜록……!"

그녀는 고통스런 기침과 함께 되살아났다. 겨우 손을 움직인 그녀는 혈도를 찍어 목 부위를 점혈하고 옷을 찢어 목의 상처를 싸맸다.

"크으… 환유성! 이, 이놈!"

몸을 일으켜 앉은 그녀는 가쁜 숨을 몰아쉬며 서서히 기력을 되찾아 갔다.

죽은 자가 되살아났다!

이것은 고금을 통틀어 도저히 믿을 수 없는 기문이 아닐 수 없었다. 그러나 그녀는 분명히 되살아났다. 인체의 사혈 중 하나인 천돌혈이 관통되고도 죽지 않은 것이다.

엄밀히 말하자면 그녀는 완전히 죽은 상태가 아니었다.

환유성의 비수가 목을 꿰뚫는 순간 그녀는 천마혈공을 펼쳐 일순간 생명지기를 정지시켰다.

물론 그녀는 사력을 다해 환유성을 죽일 수도 있었다. 하지만 그를 죽이는 것보다 자신의 생명지기를 간직하는 것이 더 중요했기에 그녀는 일시적으로 가사 상태에 빠진 것이다. 이어 천마혈공이 운기되며 천돌혈을 꿰뚫은 비수를 밀어내면서 그녀는 죽음 직전에서 기사회생할 수 있었다.

이 모두 마도의 정화인 천마혈경에 의한 마법과도 같은 생환술(生還術)이었다.

이백 년 수위의 공력을 지닌 그녀는 천마혈경을 오 할이나 터득해 전신이 토막나지 않는 한 죽지 않는 혈강지체를 연성했기에 이런 생환이 가능했던 것이다.

"빠드득! 환유성, 이 독종아! 내가 죽으면 네놈도 죽는 줄 뻔히 알면서 기어코 날 죽이려 했단 말이냐?"

전신 가득 분노의 불꽃을 피워낸 그녀는 꼿꼿이 치솟아올랐다.

콰아앙!

목조 전각이 대번에 박살나며 붉은 마화로 휩싸인 그녀의 몸이 허공을 가로질렀다.

"죽인다! 반드시 내 손으로 죽이겠어!"

두 눈에서 뿜어지는 안광에 그녀의 시야를 가로막는 모든 것이 파괴되었다. 계곡을 벗어나기도 전에 그녀의 입에서 터져 나오는 괴성이 천산의 대평원을 진동시켰다.

그것은 세상을 피로 물들일 악녀의 포효성이었다.

〈제8권에 계속〉

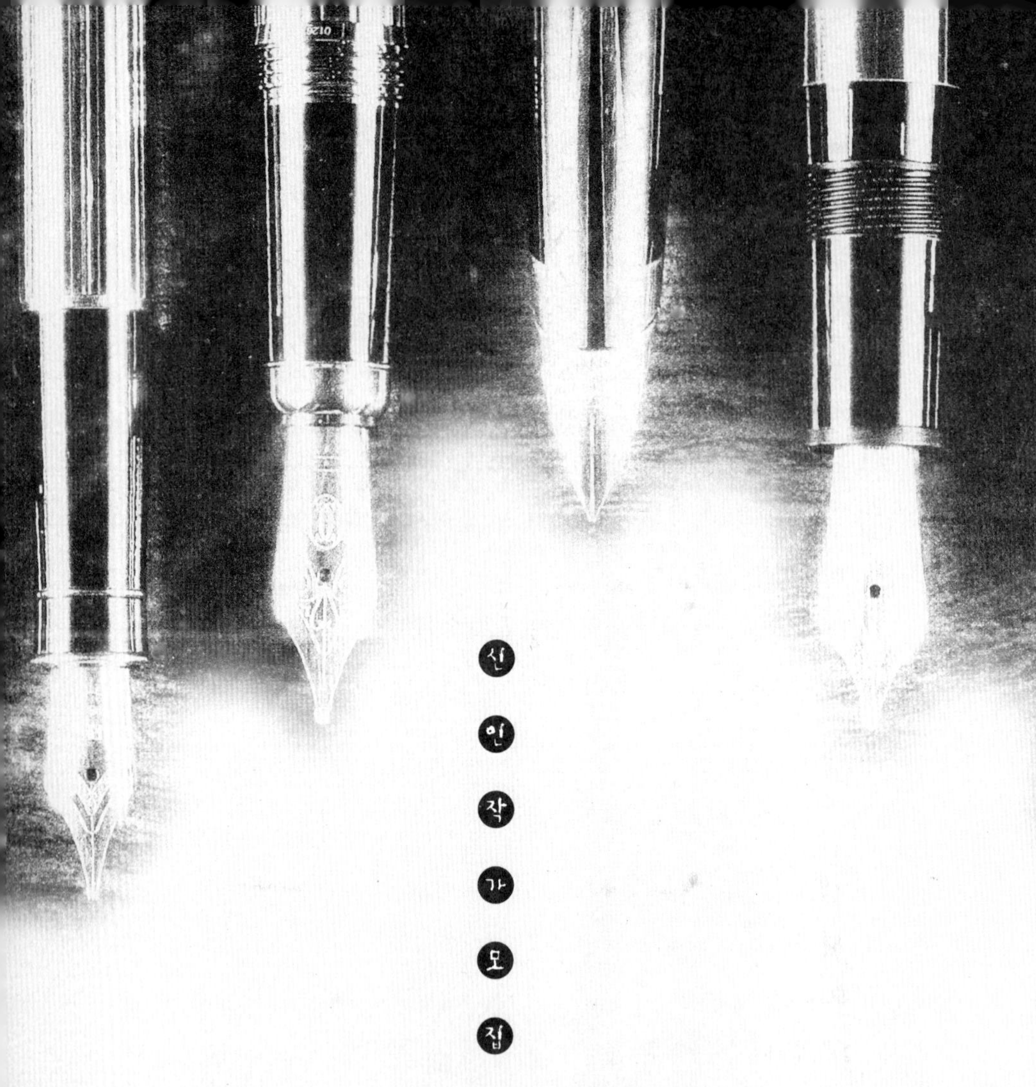

신
인
작
가
모
집

시작이 반이라고 했습니다.
작가의 길에 대한 보이지 않는 벽을 과감히 깨뜨리십시오!
청어람은 작가 지망생 여러분들의
멋진 방향타가 되어드리겠습니다.

저희 도서출판 청어람에서는
소설 신인 작가분들을 모집합니다.
판타지와 무협을 사랑하시는 분들의 많은 참여를 바랍니다.
소정의 원고(A4용지 150매)를 메일이나 우편으로 보내주시면
검토 후 출판 여부를 알려드리겠습니다.

주소:경기도 부천시 원미구 심곡1동 350-1 남성B/D 3F 우편번호420-011
TEL:032-656-4452 · FAX:032-656-4453
http://www.chungeoram.com
e-mail:chungeoram@chungeoram.com